향공열전 5

조진행 신무협 장편소설
ORIENTAL FANTASY STORY & ADVENTURE

dream books
드림북스

향공열전(鄕貢列傳) 5
귀거래사(歸去來辭)

초판 1쇄 인쇄 / 2008년 6월 30일
초판 1쇄 발행 / 2008년 7월 10일

지은이 / 조진행

발행인 / 오영배
편집장 / 김경인
펴낸 곳 / (주)삼양출판사 · 드림북스

주소 / 서울특별시 강북구 미아8동 322-10호
대표 전화 / 02-980-2112~4 팩스 / 02-983-0660
편집부 전화 / 02-980-2116 팩스 / 02-983-8201
홈페이지 / www.sydreambooks.com

등록번호 / 제9-00046호
등록일자 / 1999년 3월 11일

ⓒ 조진행, 2008

값 8,000원

(주)삼양출판사 · 드림북스의 서면 허락 없이는 어떠한
형태나 수단으로도 이 책의 내용을 이용하지 못합니다.

ISBN 978-89-542-2582-3 04810
ISBN 978-89-542-2235-8 (세트)

* 지은이와 협의하에 인지는 생략합니다.
* 잘못된 책은 구입한 곳에서 바꾸어 드립니다.

제1장 대토번전쟁 7

제2장 살리기 위해 죽인다 (生道殺人) 41

제3장 요마(妖魔)와 숙녀(淑女) 71

제4장 하나를 죽이면 하나를 살린다 103

제5장 인생은 복불복 (福不福) 135

제6장 거목(巨木)과 잡목(雜木)의 차이 165

제7장 뛰는 놈 위에 나는 분 195

제8장 가지 많은 나무 231

제9장 선비가 사는 법 263

제10장 소림사(少林寺)로 가는 사람들 291

제1장
대토번전쟁

계속된 패배로 풀죽어 있던 서부영의 병사들이 모처럼 활기차게 움직였다. 사천성의 총부(總部; 총사령부)에서 보충병력을 급파했기 때문이다.

총부에서는 이례적으로 절충부의 병력뿐 아니라 금군까지 충원시켜 주었다. 그 덕에 거의 해체 직전이던 돌격여단은 금군만으로 재편성을 마칠 수 있었다.

서부영(西部領)의 장군(將軍) 이세명(李世明)이 장수들을 둘러보며 말했다.

"지금까지 토번과 세 번을 싸워 세 번 모두 패했다. 왜 이런 일이 벌어졌는지 알고들 있는가?"

"……."

절충부의 장수들은 누구 하나 입을 열지 않았다. 병력의 열세가 주된 이유였지만, 변명처럼 들릴까봐 답을 하지 못한 것이다.

고개를 떨구고 있는 장수들을 바라보던 이세명이 말을 이었다.

"토번은 일만이 넘는 대부대를 이끌고 국경을 넘었다. 하지만 우리가 그 사실을 알게 된 것은 얼마 전의 일이다. 바로 얼마 전까지 우리는 토번의 병력을 알지 못했다. 당연한 말이지만 병력의 열세(劣勢) 속에서 승리하기란 쉬운 일이 아니다."

장수들이 하나 둘씩 고개를 들어 올렸다. 서부영의 장군 이세명이 자신들을 질책하지 않고 있다는 것을 감지한 까닭이다.

사실 이세명이 이끄는 본진은 지금까지 전투에 참전하지 못했다. 흩어져 있던 절충부의 부대들이 독단적으로 싸우다가 대패한 까닭에 전투를 벌일 기회조차 없었던 것이다. 그런 이유로 이세명은 총부에서 문책을 받지 않아도 되는 유일한 지휘관이기도 했다.

"그러나 이제는 다르다. 서부영의 본영에서 사천, 총부에서 삼천의 병력이 보충되었다. 비록 사상자를 포함한 숫자이지만, 총 일만의 병력을 운영하고 있다는 말이다. 앞으로의 전투에서 병력의 열세라는 변명은 통하지 않을 것이다."

"……."

순간 장수들의 얼굴이 급속도로 어두워졌다.

사상자를 제외하면 구천 명도 안 되는 병력이었지만, 이세명은 일만이라고 했다. 물론 과정이야 복잡했지만 결과적으로 서부영에 배정된 병력은 일만이다.

하지만 감군사들의 보고서에나 기록될 병력 현황을 일선의 지휘관들에게 되새김질시켜 주는 이유는 무엇이란 말인가?

'남은 전투에서 필사적으로 싸우라는 말이겠지…….'

암암리에 한숨을 내쉬던 절충도위(折衝都尉) 사마담(司馬憺)이 막여삼(漠如三)과 황억(黃億)을 힐끔거렸다. 정도의 차이는 있지만 그들 역시 토번에게 당했다. 그래서인지 두 사람의 표정 역시 밝지 않았다. 이세명의 말속에 숨은 뜻을 알아차린 모양이다.

이세명의 말이 계속됐다.

"정찰부대의 보고에 의하면 토번은 신룡을 떠나 북진(北進) 중이다. 총부에서는 토번이 감자에 주둔한 우리 서부영의 부대를 깨고 사천으로 동진(東進)할 것으로 예상하고 있다. 싫든 좋든 우리는 토번과 이곳에서 사생결단을 내야 한다는 말이다."

사마담이 자리에서 벌떡 일어나 외쳤다.

"장군님! 백옥(白玉)의 절충부가 선봉에 서도록 허락해 주십시오! 소장이 적의 예봉을 꺾겠습니다!"

"……."

노련한 이세명은 즉시 대답하지 않았다.

하지만 이세명 역시 선봉은 사마담이 이끄는 백옥의 절충부에 맡길 생각이었다.

무림의 고수 사마담과 천산삼웅이라면 적의 기세를 약화시킬 수 있을 것이기 때문이다.

"사마 도위, 백옥의 절충부는 거의 대부분이 신병들인데…… 가능하겠는가?"

생각과 달리 이세명은 사마담의 약점이라고 할 수 있는 부분을 지적했다. 백옥의 절충부 중에 무사 귀환한 병사들은 궁수대를 필두로 삼백여 명에 불과했다.

거기에 보충된 인원이 오백여 명이니 사실 새로 창설된 부대라고 해도 과언이 아니었다.

"맡겨만 주시면 임무를 완수하겠습니다!"

"흠, 자네가 보기에는 어떤가?"

이세명이 중랑장(中郞將) 고중산(高中山)에게 시선을 돌렸다. 평생 전장에서 잔뼈가 굵은 자신과 달리 고중산은 지략이 뛰어난데다가 뒷배경까지 든든한 무장이었다.

중랑장 고중산이 담담한 음성으로 말했다.

"소장(小將)도 사마 도위가 이번 일에 적임자라고 생각합니다. 사마 도위의 희생이 아니었다면 토번의 전력을 짐작할 수 없었을 것입니다. 이번 일로 가장 큰 피해를 입은 사마 도위에

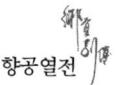
향공열전

게, 명예를 회복할 기회를 주는 것이 마땅하다고 봅니다."

중랑장 고중산이 사마담에게 기회를 주어야 한다고 하자 이세명은 흡족한 미소를 지어 보였다.

중랑장 고중산까지 사마담에게 선봉을 맡기자고 하니 누가 보아도 억지스러운 일은 아니지 않은가!

"흐음! 그도 그렇군. 사마 도위의 살신성인(殺身成仁)이 아니었다면 토번을 상대할 작전조차 세우지 못했을 테지. 나의 생각도 중랑장과 다르지 않네."

이세명이 사마담에게 시선을 돌렸다.

"사마 도위."

"예!"

"서부영의 전군(全軍)이 투입되는 대작전이니 실패는 용납되지 않는다. 목숨을 걸어야 할 것이다."

"알겠습니다!"

"대토번전의 작전은 간단하다. 동계훈련에서 지긋지긋하게 반복했으니 어렵지 않을 것이다. 사마 도위는 기마대와 함께 적의 중앙을 돌파한다. 토번이 두 조각나면 좌측은 서부영의 본진이, 우측은 막 도위(석집의 절충도위)와 황 도위(파당의 절충도위)가 맡는다."

"예!"

"예!"

절충도위 막여삼과 황억이 결연한 음성으로 답했다. 사마담

뿐 아니라 그들에게도 이번 전투는 중요했다.

전쟁이 끝나고 논공행상(論功行賞)을 하게 될 때, 삭탈관직이나 좌천을 당하지 않으려면 대공(大功)을 세워야 하기 때문이다.

"중앙이 뚫리면 기마대는 좌측의 후면을, 사마 도위는 우측의 후면을 각각 포위 공격한다. 기마대는 좌측으로 달리고 사마 도위는 우측으로 달려가 토번을 포위 압살하라는 말이다."

"알겠습니다!"

가장 먼저 기마대장 정극진(鄭劇震)이 우렁차게 답했다.

결과적으로 기마대는 서부영의 본영과 함께 합류하게 되니 어려운 일은 아니었다.

기마대장 정극진이 주춤거리고 있는 사마담을 힐끔 바라보았다. 이세명의 작전은 서부영 본영과 절충부의 부대를 따로 운영하는 것이었다. 서부영의 본영이 주력인데다가 피해를 입지 않은 상태니 무게중심이 좌측으로 심하게 기울어진 셈이다.

'계획대로 적의 병력을 절반으로 나눈다면 절충부에서 감당하기 벅찰 텐데……'

적군이 일만이니 삼천의 절충부로 오천의 토번을 상대하라는 뜻이다. 그에 비해 서부영의 본영은 충원된 병력을 합해 육천이 넘었다.

전쟁이 단순히 숫자의 싸움만은 아니지만 그렇다고 무시할 수도 없다.

육천의 서부영 본영이 오천의 토번을 여유롭게 상대하는 반면, 삼천의 절충부는 오천의 토번에게 먹히지 않기 위해 애를 써야 할 판이 되고 만 것이다.

이 순간 정극진은 좌군에 배치된 기마대의 행운에 감사했다. 만약 우측을 지원하라고 했다면, 자신을 믿고 따르는 기마대의 수하들에게 할 말이 없었을 것이다.

사마담이 부담스러운 표정으로 이세명을 바라보았다.

명예를 회복하는 것도 좋지만, 그렇다고 목숨까지 버릴 수는 없는 일이기 때문이다.

"장군님, 우측을 맡게 될 절충부에 더 이상의 지원은 없는 것입니까?"

이세명이 천연덕스러운 표정으로 말했다.

"서부전선 최강의 돌격여단이 절충부를 돕게 될 것이다."

"……."

순간 사마담은 극도로 실망한 표정을 감추기 위해 한 손으로 관자놀이를 움켜쥐었다.

'제길, 죽으라는 소린가?'

돌격여단이라고 해봐야 사백에 불과했다. 그것도 대부분이 이번에 급조된 신병들이다. 훈련된 병사들은 거의 대부분 사망했기 때문이다.

'전쟁터로 내몰면 집으로 보내 달라고 울먹일 샌님들과 무

얼 하라고······.'

과거의 돌격여단이라면 그래도 믿을 만했다. 최소한 그들은 절충부의 병사들보다 더 근성이 있었다.

최전선에 배치되어 토번과 여러 차례 전투를 치르는 동안 변해간 것이리라. 하지만 지금 새로 구성된 돌격여단은 다르다. 그들에게 과거와 같은 무력을 기대하기란 어려운 일이었다.

인상을 찡그리고 있는 사마담의 귀로 이세명의 말이 들려왔다.

"절충삼부(折衝三府)의 병력이 열세라는 점은 인정 되나, 감수해야 한다. 제장들도 알다시피 절충부와 서부영 본영은 지휘체계와 훈련 내용이 다르다. 좌우군(左右軍)의 병력을 비슷하게 맞춘답시고 병사들을 섞었다가는 작전에 차질이 올 수가 있다."

"······."

이세명의 지적에도 불구하고 사마담은 물론 막여삼과 황억까지 무거운 표정이었다. 지휘의 혼란보다 당장 수적인 열세가 더 큰 짐이었던 것이다.

절충부의 지휘관들을 둘러보던 이세명이 쓴웃음을 지어 보였다. 그들의 심정을 모르는 것은 아니지만 어쩔 수 없다. 서부영의 잘 훈련된 병사들을 절충부에 넘길 생각은 단 한 번도 해본 적이 없으니 말이다.

이세명은 '패장(敗將)은 절충부의 도위들만으로도 충분하다'고 생각했다. 패장인 절충도위들을 위해, 위험을 무릅쓰면서까지, 서부영의 주력을 분산할 이유는 없었다.

"위기는 곧 기회다. 적군은 고립무원(孤立無援)의 처지인지라, 시간이 지날수록 사기가 저하될 것이다. 그에 비하면 우리는 안마당에서 싸우고 있다. 하루하루가 불안한 적과 달리 사기가 점점 오를 수밖에 없다는 소리다. 전쟁의 승패는 숫자의 많고 적음에 달린 것이 아니다. 승리를 주워 먹으려 들지 말고 만들어서 스스로 쟁취하도록 하라."

그 한 마디 말을 끝으로 이세명은 회의를 끝냈다.

절충도위들의 발걸음이 분주해졌다. 승리를 위해서가 아니라 죽지 않기 위해서 묘수를 짜내야 했던 것이다.

우군을 맡게 된 절충부의 무장들은 누구도 말하지 않았지만 약속한 듯 중앙의 막사로 모여들었다. 임시 지휘부로 사용하고 있는 막사였다.

그러나 하나 둘씩 자리를 잡고 앉을 뿐 먼저 입을 여는 사람은 없었다.

얼마나 침묵이 흘렀을까?

절충도위 황억(黃億)이 벌떡 일어나 신책별장 제갈현석에게 정중히 읍(揖)을 해보였다.

"나는 제갈 별장의 고견을 들어보고 싶소이다."

"……."

갑작스런 황억의 말에 무장들의 이목이 집중되었다.

침통한 표정으로 창밖을 바라보던 절충도위 막여삼도 제갈현석에게 시선을 돌렸다. 황억의 음성은 거의 외침에 가까워서 돌아보지 않을 수 없었다.

사실 제갈현석은 병법에 밝은 지장(智將)으로 알려져 있다. 그럼에도 불구하고 지금까지 누구도 제갈현석에게 조언을 구하지 않았다.

그것은 제갈현석이 한때 역모에 연루되었기 때문이 아니다. 금군에게 의지하지 않는 것은 절충부 무관의 마지막 자존심이었기 때문이다.

황억은 그런 자존심을 보란 듯이 버린 셈이다. 다른 절충부의 무관들 앞에서 말이다. 그만큼 절박한 상황이라는 것일까?

"흠……."

막여삼은 여전히 암울한 표정을 풀지 않았다. 제갈공명이라면 모를까, 제갈현석으로는 감당하기 어려운 문제라고 생각한 것이다.

그래도 막여삼은 제갈현석의 입을 바라보았다. 다른 절충부의 무장들처럼 숨소리까지 죽이고 말이다.

절충부의 무장들 가운데 유일하게 사마담만이 제갈현석을 외면하고 있었다. 정확히는 제갈현석과 그 곁에 앉은 용무대 대정 도지산이 앉아 있는 방향이다. 시도 때도 없이 돌격여단

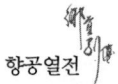

향공열전

과 비교되고 있는 터라 반감이 든 탓이다.

"낙관적인 것은 아닙니다만, 그렇다고 지나치게 비관적으로 현재의 상황을 볼 필요도 없습니다."

"……."

제갈현석의 말에 절충부의 무장들이 씁쓰름한 미소를 지었다. 다분히 형식적인 발언이라고 생각한 까닭이다.

"우선은 이세명 장군의 말처럼 서부영의 병사와 절충부의 병사가 섞이면 지휘에 혼란이 올 수도 있습니다. 절충부와 서부영의 병사들은 훈련의 내용이 상당 부분 다르기 때문입니다. 토번의 대군 앞에서 우왕좌왕하다가 낭패를 당하는 것보다는 낫다고 생각합니다."

"하지만, 병력의 차이가 크지 않소?"

황억의 말에 제갈현석이 담담하게 말했다.

"토번의 대군과 전투를 치르기까지 적어도 사나흘의 여유는 있습니다. 사천성 절도사 왕이건(王易建)이 지방군을 모집해 남하(南下)하고 있다 들었습니다. 조만간 그의 병력도 우리와 합류하게 될 테니…… 토번의 군사에 크게 뒤지지 않을 것입니다."

"그런데 이세명 장군이 왕 절도사의 병력을 우리에게 주겠소?"

"이세명 장군은 지휘의 혼란을 막기 위해 서부영의 병력을 나누지 않았습니다. 그런 이 장군께서 왕 절도사의 군대를 서부영에 배치하려 하겠습니까? 게다가 서부영의 좌군(左軍)은 이미 적을 상대하기에 충분한 전력입니다. 감군사까지 나와 있으니 이 장군께서 병력을 독식하지는 못할 것입니다."

"오! 그렇다면 우리에게도 승산이 있겠구려!"

황억의 얼굴이 밝아졌다.

처음에는 꼼짝없이 당하게 되었다고 생각했다. 하지만 제갈현석의 말을 듣고 사천성 절도사의 군대를 생각하니 희망이 엿보이지 않는가!

그제야 잔뜩 찡그리고 있던 절충도위들의 표정이 조금씩 펴졌다. 모른 척 외면하고 있던 사마담의 얼굴까지 말이다.

하지만 정작 제갈현석의 표정은 달라지지 않았다. 왕이건 절도사의 군대는 급하게 모집한 지방군으로 전력에는 그다지 도움이 되지 않을 것이었다.

그에 비해 토번의 군사는 고도로 훈련된 정예부대다. 단지 병력이 늘어났다고 안심할 수 있는 상대가 아닌 것이다.

'게다가 왕 절도사의 병력이 얼마나 되는지 알지 못한다.'

왕 절도사의 병력이 얼마나 되는지, 언제 합류하게 될지 알 수 없으니 안심하기 이른 셈이다.

하지만 제갈현석은 그런 이야기를 하지 않았다. 겨우 살아나기 시작한 절충도위들의 사기를 꺾고 싶지 않았던 것이다.

절충도위들이 왕이건 절도사의 부대에 대해 이런저런 의견을 나누고 있을 때다.

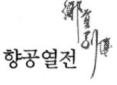
향공열전

이세명 장군의 전령(傳令)이 급하게 뛰어들었다.

"무슨 일인가?"

마침 입구 쪽에 앉아 있던 절충도위 막여삼이 전령을 불러 세웠다.

전령이 황급히 군례를 올린 후에 입을 열었다.

"이세명 장군님의 전언(傳言)입니다. '절충부의 지휘관들은 지금 즉시 서부영의 지휘 막사로 모이도록 하라.' 이상입니다."

"이봐, 회의는 아까 끝나지 않았나? 착오가 있는 것 아닌가?"

"알고 있습니다. 저는 조금 전에 명을 받았습니다."

"그래? 혹시 무슨 일 때문인지 알고 있나?"

막여삼의 물음에 전령이 즉시 답했다.

"조금 전 사천성의 병마절도사(兵馬節度使)께서 당도하셨습니다. 지금의 회의는 절도사께서 요청한 것으로 알고 있습니다."

"헛! 왕이건 절도사께서 오셨단 말인가!"

"오오! 드디어!"

전령을 바라보고 있던 절충도위들이 자리에서 벌떡 일어섰다. 고대하고 있던 병력의 증원인지라 모두가 흥분한 얼굴이었다.

* * *

"그런 이유로 본인이 우군(右軍)의 지휘를 맡을 것이다. 질문이 있는가?"

사천성 병마절도사 왕이건은 장수들에게 "나는 황상의 명으로 대장군직을 이행하기 위해 왔다"라고 말하고는 임박한 전투에서 우군을 이끌겠다고 선언했다.

서부영의 이세명 장군이 좌군을 맡고 있으니, 자신은 우군을 선택한 것이다.

"……."

절도사 왕이건의 물음에 절충도위들은 눈만 끔뻑거렸다.

대장군이 된 병마절도사가 절충도위들을 지휘하겠다는데 이견이 있을 리가 없다.

그러나 고대하던 순간임에도 절충도위들의 표정은 복잡하기만 했다. 그들은 내심 우군의 지휘를 신책별장인 제갈현석이 맡았으면 하는 바람을 가지고 있었던 것이다.

단지 제갈현석이 지장(智將)이라는 풍문 때문만은 아니다. 토번군에 대해 가장 많이 알고 있는 것은 물론, 그 토번에 잡혀 있던 수하들까지 구출해 돌아온 명장(名將)이기 때문이다.

하지만 누구도 감히 절도사 왕이건의 말에 반대하지 않았다. 사천성의 절도사 왕이건이 좌군(左軍)으로 가 버리면 우군은 몰살당할 것이었다.

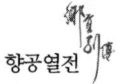
향공열전

"왕 장군님, 토번군에 밝은 제갈 별장을 군사로 기용하시는 것은 어떻겠습니까?"

"제갈 별장?"

절도사 왕이건이 절충도위 황억을 향해 되물었다.

지금 왕이건의 얼굴에는 불쾌한 빛이 역력했다. 절충도위들이 자신의 지휘를 환영하지 않고 있다는 느낌을 받은 것이다.

황억이 어색하게 웃으며 제갈현석을 가리켰다.

"저기 있는 신책별장 제갈현석은 수차례 토번과의 전투에서 혁혁한 공을 세웠습니다. 토번의 군세와 전술에 대해 가장 잘 알고 있는 사람이라고 할 수 있습니다."

"아! 해체되었다가 다시 소집되었다는 그 신책군의 별장?"

"그렇습니다."

절도사 왕이건이 야릇한 표정으로 제갈현석을 바라보았다.

하지만 그뿐이다. 왕이건의 표정에는 호기심이나 호감 등과 같은 일체의 관심이 보이지 않았다.

그도 그럴 것이 왕이건이 알고 있는 신책군은 황실에서 체면상 파견한 부대다. 왕이건과 같은 고위층의 절도사들에게 지방의 신책군 돌격여단은 상징적인 것 이상의 의미가 없었다.

돌격여단이 서부전선에서 어떤 활약을 했는지 알 리가 없는 왕이건은 황억의 요청에 미미하게 고개를 흔들었다.

"제장(諸將)들! 토번은 우리와 하루거리에 있다. 남은 것은 속전속결, 적을 앞에 두고 전술전략 따위를 운운할 때가 아니다."

"……."

황억은 슬그머니 고개를 떨구었다. 딱히 절도사의 말이 틀린 것도 아니었다. 작전을 짜서 어쩌고 할 정도의 여유가 피차에 없었다.

토번은 무조건 진군하고 있었고, 자신들은 막아야 했다. 힘과 힘의 대결 외에 고려할 만한 사항이 없는 셈이다.

"그리고 이 장군, 기본적으로 나는 좌군과 우군을 나누는 장군의 전술에 동의하오."

"예."

한쪽에 물러나 있던 서부영의 장군 이세명이 애써 담담한 표정으로 절도사 왕이건을 마주 보았다.

사실 이세명은 병마절도사 왕이건을 좋아하지 않았다. 평소 절도사들의 사병 양성을 못마땅하게 생각하고 있었던 탓이다.

하지만 지금은 한 사람이라도 아쉬운 판국이다. 이세명은 '왕이건이 나를 존중하는 한 나도 그를 존중해야 한다'고 몇 번이고 속으로 중얼거렸다.

하지만 끝내 이세명의 표정은 일그러지고 말았다.

"그러나 아군의 기마대와 절충하부(折衝下府; 사마담의 절충부)로 토번을 토막 낸다는 것은 다소 억지스러운 방법이라 할 수 있소. 누구의 생각인지는 모르겠지만, 우리의 상대는 살아

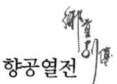

움직이는 토번군이오. 아무 생각 없이 움직이는 장기판의 졸(卒)이 아니라는 뜻이오."

"험, 험, 대장군께서 다른 복안이라도 가지고 계신 것입니까?"

이세명이 끓어오르는 화를 눌러 참으며 겨우 입을 열었다.

왕이건은 아무렇지도 않은 얼굴로 되물었다.

"우리가 토번군과 전투를 벌일 지역은 평야지대가 아니오?"

"그렇습니다."

"기마대와 절충하부를 선봉에 세워 적을 반으로 나눈다는 것은, 실현 가능성이 대단히 희박한 작전이오. 일단 절충부의 보병이 기마대를 따라잡을 수가 없지 않소? 게다가 토번에도 기마대가 있으니 결국 쌍방 간에 기마전으로 시간을 끌다가 흐지부지 될 가능성이 높소. 세상에 어느 정신 나간 군대가 적에게 중앙을 내어 준단 말이오?"

"물론 힘든 일이기는 하지만 불가능하다고 속단하기도……."

"이 장군, 생각과 현실은 차이가 있는 법이오."

"……."

분노를 참느라 노장(老將) 이세명의 눈가가 실룩거렸다. 생각과 현실에 차이가 있다는 말은 전장(戰場)에서 잔뼈가 굵은 자신에게 할 소리가 아니었다.

"기마대를 둘로 나누는 것이오. 그래서 좌군의 선봉에 일진을, 우군의 선봉에 이진을 세우는 거요. 우리가 토번의 중앙을 파고들어 분리하는 것이 아니라, 그들 스스로 분열되게 만들자는 말이외다. 이른바 쌍두진(雙頭陣)으로 적을 토벌하자는 말이외다."

"대장군님! 불가(不可)합니다! 우선 아군의 기마대는 두 개로 나눌 정도의 병력이 되지 못합니다! 그랬다가는 오히려 적의 궁병과 창병의 밥이 될 수도 있습니다!"

참다못한 이세명이 소리를 버럭 내질렀다.

왕이건이 역시 지지 않고 되받았다.

"좋소! 허면 중앙으로 기마대만 몰아넣었다가 포위 압살(壓殺)이라도 당하는 날에는 어쩌실 생각이오? 이 장군이 모든 책임을 질 수 있소?"

"그건, 그건…… 끙!"

이세명은 답하지 못했다.

당연히 절충하부의 엄호가 없는 상태에서 중앙의 돌파마저 실패한다면, 기마대는 몰살당하고 말 것이다. 하지만, 하지만 말이다. 싸워 보기도 전에 부정적인 생각만 앞세울 수는 없지 않은가?

"대장군님, 실패를 생각한다면 어떤 작전도 세울 수 없습니다!"

"그것은 나도 마찬가지라오."

"……."

이세명은 왕이건의 고집에 한숨을 길게 내쉬고 말았다. 왕이건이 뜻을 꺾지 않으면, 마음에 들지 않아도 따라야만 했다.

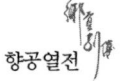

'허어! 천둥벌거숭이 같은 놈이 뛰어 들어서…….'

이세명이 감군사 독고휘를 향해 힐끔 시선을 돌렸다. 절충도위들은 절도사의 눈치를 살피기에 급급하니 기대할 것이 없다.

심지어 선봉을 맡겨 달라던 사마담까지 꿀 먹은 벙어리였다. 그나마 이 자리에서 자기 소리를 낼 수 있는 사람은 독고휘뿐인지도 몰랐다.

'독고휘라도 기마대를 나누지 않는 게 좋다고 말해 준다면…….'

감군사가 한 마디 거들기만 해도 왕이건은 독단적인 결정을 내리지 않을 것이다.

하지만 간절한 눈으로 독고휘를 바라보던 이세명은 이내 땅이 꺼져라 탄식을 터뜨리며 고개를 떨구고 말았다.

감군사 독고휘의 인형처럼 매끈한 얼굴에는 '작전지휘권이 누구에게 있든지 관계없다'는 표정이 역력했기 때문이다.

병마절도사 왕이건이 소집한 회의는 그것으로 끝이 났다.

* * *

임시 막사에서 쉬고 있던 서문영은 밖에서 들려오는 인기척에 자리에서 부스스 일어섰다.

"안에 있나요?"

서문영이 가볍게 한숨을 내쉬었다. 독고휘였다.

"예."

서문영의 대답과 동시에 독고휘가 안으로 들어왔다.

독고휘는 작은 막사 안을 이리저리 둘러본 후에 웃으며 말했다.

"화장(火長; 십인 대장)의 막사가 따로 지급된다는 것은 몰랐네요."

"아! 화장의 막사가 따로 있는 건 아닙니다. 신책군에게 허용되는 특권 같은 것이죠. 이러니저러니 해도 우리는 황상(皇上)의 부대이니까요."

"그렇군요."

독고휘가 아무렇지도 않은 표정으로 간이 침상 위에 털썩 주저앉았다.

"오늘 왕 절도사의 부대가 합류했어요."

"예, 들었습니다."

독고휘가 침상을 손으로 쿡쿡 찌르며 중얼거렸다.

"사천성 절도사가 이끌고 온 병력이 천이백이에요. 절충부의 부대와 연합한다고 해도 아직은 열세인데, 대책은 있나요?"

절도사 왕이건과 서부영 장군 이세명의 계획대로 토번이 좌우로 나뉘면, 우군(右軍)의 몫은 대략 오천이다. 우군이 절충부 병사 삼천에 절도사의 병사 천이백이니, 모두 합해도 사천

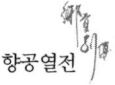

이백. 아직은 열세라고 할 수 있었다.

"다행히 화장은 그런 것까지 생각하지 않아도 됩니다."

"쳇! 그렇게 말할 줄 알았어요."

말과 함께 독고휘가 침상 위로 드러누웠다.

서문영이 곤혹스러운 표정으로 독고휘를 바라보았다.

"저어, 그 침상, 상당히 더럽습니다."

"서 화장이 사용하는 거니까 나도 괜찮아요."

"정히 그러시다면 어쩔 수 없지만…… 벼룩과 이 때문에 저도 죽지 못해 사용하는 형편이라는 것만 알아 두십시오."

서문영의 말에 독고휘가 튕겨지듯 일어났다.

"뭐예요! 그렇다면 진즉에 말을 했어야죠!"

자리에서 일어난 독고휘는 요란하게 옷자락을 털어댔다.

"야전생활이란 게 의례히 그런 것 아닙니까? 저는 감군사님도 알고 계시는 줄 알았습니다."

"흥! 나는 그래도 당신 때문에 절도사가 하는 짓을 모른 척했는데…… 너무 하는군요. 당신도 가끔은 내 생각을 해주길 바라요."

"절도사가 무슨 일이라도?"

서문영이 얼른 화제를 돌렸다.

"기마대를 좌우군에 나누어 배치하겠다고 하더군요."

"허! 기마대는 나누지 않는 편이 이로울 텐데요."

서문영이 놀란 눈으로 독고휘를 바라보았다. 독고휘처럼 지략이 뛰어난 사람이 그걸 모를 리가 없다는 생각에서다.

"나누지 않으면 확실히 좌군에게는 도움이 될 거예요. 하지만 우군은 어떻죠? 우군에게는 아무런 희망이 없어요."

"아군끼리 좌우군의 구별은 의미가 없지 않습니까?"

서문영은 영 이해가 가지 않는다는 표정이었다. 좌군이 토번의 한 축을 무너뜨린다면, 결과적으로 우군에게도 도움이 되기 때문이다.

"사마담이 지휘하는 절충하부로는 중앙을 돌파할 수 없어요. 그건 오직 기마대만 가능한 일이지요. 기마대가 운 좋게 중앙을 돌파한다고 해도, 사마담의 부대는 그 뒤를 받쳐주지 못할 거예요. 오히려 중앙에 휩쓸린 사마담의 절충하부를 제물 삼아 이세명 장군의 좌군과 기마대는 토번의 좌익을 제압할 수 있을 거예요."

"우군이 조금 버텨 주기만 한다면, 나름대로 쓸 만한 작전이라고 할 수 있지 않습니까?"

"흥! 당신은 좋은 쪽으로만 생각하려고 하는군요. 전쟁을 수행하는 지휘관들은 후방의 안전한 곳에 있는 고관대작들과 별반 다르지 않아요. 이세명 장군은 우군이 버티든 전멸하든 별 관심을 보이지 않을 거예요. 아시겠어요? 좌군이 토번의 좌익을 제압하면, 무리하게 전투를 이끌어 나가지 않는다고요. 우군이 승기를 잡고 있지 않는 한, 이세명 장군은 우군을 돕지 않을 거라는 말이지요."

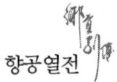
향공열전

"그렇지 않습니다. 이세명 장군의 목표는 전쟁의 승리입니다. 만에 하나 우군이 패한다면, 토번과의 대치는 다시 원점으로 돌아갑니다. 이세명 장군이 그런 걸 원할 리가 있겠습니까?"

"서 화장님."

갑자기 독고휘가 서문영의 코앞으로 성큼 다가갔다.

깜짝 놀란 서문영이 멍하니 서 있을 때다.

"당신은 순진하다는 말을 종종 듣는 편인가요?"

"……"

서문영이 질문의 속뜻을 알아내려고 잠시 망설이자 독고휘가 계속해서 말했다.

"병마절도사가 대장군으로 왔으니 지휘관이 바뀐 셈이에요. 그런 상황에서 서부영은 좌군을, 절도사는 우군을 맡았어요. 같은 장소에서 절도사의 지휘로 벌이는 전투지만, 이제 두 개의 독립된 전투가 기록되어 조정에 올라갈 거예요. 서부영의 좌군과 절도사의 우군도 그걸 알고 있어요."

"그게 어떻다는 겁니까?"

"운 좋게 좌우군이 토번을 물리친다면, 모든 공은 대장군인 병마절도사에게로 돌아가게 되요. 절도사의 힘이 커지는 것을 두려워하는 좌군의 이세명 장군은…… 그런 상황을 만들고 싶지 않을 거예요. 다소 우군의 희생이 따르더라도 말이죠."

"지나친 억측입니다."

"그럼 당신은 이세명 장군이 좌군에게 유리하도록 병력을 편성한 것은 무엇 때문이라고 생각하셨어요?"

"그야 빨리 토번의 좌익을 제압하고 우군을 지원하기 위해서……."

"틀린 말은 아니에요. 하지만 하나가 빠져 있어요. 이왕 어느 한쪽이 피해를 입어야 한다면, 그건 서부영이 아니라 절충부여야 한다는 거죠. 이세명 장군의 입장에서 보자면…… 절충부의 손실은 이미 각오한 일이에요. 거기다 눈엣가시 같은 병마절도사까지 절충부로 갔으니 더 생각할 것도 없지요."

"……."

서문영이 반신반의(半信半疑)한 표정으로 독고휘를 바라보았다.

"헐! 그런 식이라면, 절도사가 기마대를 나눈 것은 기마대의 활용가치가 줄어들지라도…… 공을 이세명 장군에게 넘길 수 없다는 생각에서란 말입니까?"

"당연하지요. 거기에다 하나를 더 추가한다면, 우군의 숫자를 늘려야 한다는 강박관념도 있었을 거예요. 이세명 장군 만큼이나 절도사도 절박한 상황이니까요."

"……."

서문영은 더 이상 반박하지 않았다. 어쩌면 그럴 수도 있을 거라는 생각이 들었다.

어차피 지휘관들은 병사들을 전쟁의 도구로밖에 생각하지

않았으니 말이다.

독고휘의 말을 부정하고 싶었지만, 그렇게 장담할 수 없는 현실이 암울하기만 했다.

"감군사님은, 그런 사실을 알았다면, 왜 지적하지 않은 겁니까?"

서문영의 음성에는 은은한 분노가 서려 있었다. 지휘관들의 알력과 공명 다툼에 죄 없는 병사들만 죽어간다고 생각하니 욕지기가 치밀어 올랐다.

"당신 때문이라고 말했을 텐데요."

독고휘가 서문영의 눈을 정면으로 바라보았.

두 사람의 거리는 숨결이 느껴질 만큼 가까운 것이어서, 서문영은 흥분한 와중에도 가슴이 덜컹 하고 내려앉았다.

"게다가 나는 지켜보고 기록하는 사람에 불과해요. 그들과 같은 야전군 지휘관이 아니라는 말이에요. 당신이 일개 화장이듯, 나도 그냥 감군사라고요."

"그래도……."

"그래도 뭐요? 당신은 설마, 내가 기마대를 좌군에 돌려서 우군의 극심한 피해를 모른 척 했어야 한다는 뜻인가요?"

"……."

"흥! 나는 당신을 위해서라면 무슨 일이든지 다 할 거예요! 당신은 어떻게든 이 말도 안 되는 전쟁에서 살아남을 궁리나 하세요!"

"나는……."

서문영은 차마 말을 잇지 못했다.

화가 난 듯 소리치는 독고휘의 눈가에 맺힌 물방울을 보았던 것이다.

서문영은 가슴이 먹먹해지면서 아득한 느낌이 들었다. 처음 느끼는 감정이지만, 이 낯선 감정이 싫지는 않았다.

"나는 죽지 않을 겁니다. 감군사님이나 조심하십쇼."

"훗! 지금 내 걱정을 해주는 건가요?"

독고휘가 반걸음 더 다가갔다. 언제 울었냐는 듯 화사한 얼굴에는 미소가 가득했다.

괜히 오기가 치밀어 오른 서문영은 뒤로 물러서지 않았다.

두 사람의 몸이 살짝 맞닿았다.

순간 두 사람의 심장이 공명(共鳴)했다.

서문영과 독고휘는 시간의 흐름을 잊고 서로의 심장이 울리는 소리를 들었다.

얼마나 시간이 흘렀을까?

먼저 정신을 차린 서문영이 후다닥 몸을 돌렸다.

"저는 신참들을 좀 둘러봐야겠습니다."

"……."

서문영은 독고휘의 대답을 기다리지도 않고 허둥지둥 막사 밖으로 걸어 나갔다.

막사 안에 홀로 남겨진 독고휘가 나직이 중얼거렸다.

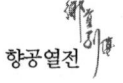
향공열전

"겁쟁이 같으니."

  *   *   *

 저녁이 되자 절도사 왕이건은 절충부와 신책군의 지휘관들을 따로 소집했다. 자신이 직접 지휘할 우군(右軍)을 점검하기 위해서다.

 "제장(諸將)들도 알고 있겠지만, 내가 기마대를 나누어 배치한 것은…… 우리 우군(右軍)의 피해를 최소화시키기 위해서다."
 "……."
 절충도위들은 결기가 가득한 얼굴로 고개를 끄덕였다. 절도사의 병사에, 적은 수라고 해도 기마대까지 얻었으니, 한결 기운이 나는 표정들이었다.
 "전투가 시작되면 좌군(左軍)은 잊어라."
 "……."
 뜻밖의 말에 절충도위들이 눈을 끔뻑였다. 힘을 모아도 시원치 않은 판국에 잊으라니?
 "혹여 좌군에 의지하려는 마음이 있었다면, 그것을 버리라는 말이다."
 "아!"

절충도위들의 입에서 탄성이 흘러나왔다. 그런 심오한 뜻이!

"그것은 이세명 장군 역시 다르지 않을 것이다."

"예!"

"알겠습니다!"

절충도위들의 힘찬 대답에 왕이건이 흐뭇한 미소를 지어 보였다. 그러나 그것도 잠시, 이내 왕이건의 안색이 딱딱하게 굳었다.

"쩝! 솔직하게 말하겠다. 제장들도 이미 알고 있겠지만…… 서부영의 이세명 장군은 절도사가 사병을 보유하는 자체를 부정적으로 보는 사람이다. 지방의 치안을, 총부(總部)에서 파견하는 병력만으로 통제할 수 없다는 것을 알면서도 말이다. 그런 이유로, 내가 제장들과 함께하는 한…… 좌군은 우군을 지원하지 않을 것이다."

"……."

절도사의 충격적인 발언에 막사 안은 숨소리마저 들리지 않을 정도로 조용해졌다.

"좌군을 잊으라는 말은 그래서 한 것이다. 무리하게 기마대를 나눈 것도, 우군이 독자적으로 전투를 수행할 수 있도록 하기 위함이다."

"아!"

절충도위들의 입에서 다시 한 번 감탄이 흘러나왔다. 독자

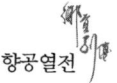
향공열전

적인 전투수행이라는 말에 뭔가 느껴지는 점이 있었던 것이다.

"알겠나! 좌우군 모두 기마대, 궁병, 창병, 보병을 갖추고 있으니 의지할 것도, 남을 걱정할 것도 없다! 전쟁에서 이길 생각만 해라! 전투 중에 좌군이 위급하게 되었다고 해도 소란 떨지 말란 말이다! 우군에게 그들을 지원할 여력도 없지만, 야만의 토번군에게 당해 죽는 것들은 동정할 가치도 없다! 오직 승리하는 쪽만이 살아남아 황상(皇上)의 은덕을 입게 될 것이다! 그것이 세상의 이치다!"

"예!"

"알겠습니다!"

절충부의 무관들이 결연한 표정으로 답했다.

그런 절충도위들을 지그시 바라보고 있던 왕이건이 사마담에게 시선을 돌렸다.

"사마 도위!"

"예!"

갑작스러운 왕이건의 부름에 사마담이 자리에서 벌떡 일어섰다.

"기마대가 적의 전열을 흩어 놓고 동쪽으로 빠질 것이다. 북소리가 울리면 수하들을 이끌고 돌격하여 적의 선두를 무너뜨려라!"

"예!"

고개를 끄덕이던 왕이건이 이번에는 황억과 막여삼을 바라보았다.

"황 도위와 막 도위가 그 뒤를 따른다!"

"알겠습니다!"

"예!"

왕이건이 쉬지 않고 명을 내렸다.

"이제부터가 중요하다. 두 번째 북소리가 울리면 절충도위들은 동쪽으로 후퇴하며 전선(戰線)을 길게 늘어뜨려라."

"후퇴? 동쪽으로요?"

뜻밖의 지시에 사마담이 확인하듯 되물었다.

"그렇다. 동쪽, 기마대가 사라진 방향으로 전선(戰線)을 길게 늘어뜨리라는 말이다."

"……."

절충도위들이 잠시 상황 파악을 위해 머뭇거렸다.

전투 중에는 전진보다 어려운 것이 후퇴다. 뒤통수에 눈이 달려 있지 않아 방어를 할 수가 없기 때문이다. 그런데 싸우다 말고 후퇴를 하라니?

"전선이 충분히 늘어지면 세 번째 북소리가 날 것이다. 그것이 마지막 신호다. 세 번째 북소리에 동쪽으로 사라졌던 기마대가 되돌아와 늘어진 적의 배후(背後)를 칠 것이다. 절충부 역시 신호를 받는 즉시 역습에 들어간다. 그때를 노려 나의 주력 부대가 눈앞에 드러난…… 토번의 길게 늘어진 흉부를 가를 것이다."

"아!"

"알겠습니다!"

"존명!"

절충도위들의 안색이 밝아졌다. 왕이건의 작전이 제대로 먹혀들기만 하면, 토번은 일시에 삼면(三面)의 공격을 받아 괴멸될 것이 분명했다.

절충부의 무관들 사이로 "이길지도 모른다"는 속삭임이 파문처럼 번져 나갔다.

한바탕 소란이 가라앉자 파당(巴塘)의 절충도위 황억이 조심스럽게 물었다.

"대장군님, 신책군 돌격여단은 어떻게 운영하시려는지요?"

"신책군 돌격여단이라……."

절도사 왕이건이 복잡한 눈으로 제갈현석을 바라보았다.

자신이 아는 한 신책군의 전력은 어디 내세울 만한 것이 못 된다.

절도사의 사병이 늘어난 것은 전적으로 황제의 무능함 때문인데, 그 무능한 황제의 병사들이 바로 신책군인 까닭이다.

그렇다고 그런 속내를 드러낼 수도 없었다.

"신책군은 나의 병사들과 함께 적의 주력을 칠 것이다."

말은 그렇게 했지만 속으로는 신책군이 도움이 될 거라는 생각은 하지 않았다.

하지만 절충도위들은 "신책군으로 적의 주력을 친다"는 말에 희색이 만연한 표정들이었다. 그리고 그 대답이 만족스러운 듯 더 이상 묻지도 않았다.

왕이건은 갑자기 절충도위들이 잠잠해지자 혼자 머쓱한 표정을 지어 보인 후, 짧게 말했다.

"세 번의 북소리를 잊지 말도록!"

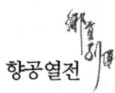
향공열전

제2장

살리기 위해 죽인다(生道殺人)

신책별장 제갈현석은 절도사의 막사에서 나오자마자 휘하에 있는 대정(隊正; 오십인 대장)과 화장들을 한자리에 불러 모았다. 그리고 서부영 대장 이세명과 절도사 왕이건에 의해 부대가 어떻게 재편성 되었는지를 소상히 알려 주고 당부의 말을 했다.

"본래 전쟁 중에는 장수를 바꾸지 않는 법이지만, 절도사가 오면서 갑작스럽게 지휘관이 바뀌었다. 하지만 신경 쓸 것 없다. 언제라도 우리의 사명은 하나다. 싸워서 이기는 것, 그것만 신경 쓰면 된다. 그리고…… 그것 못지않게 중요한 것이 또 하나 있다. 그것은, 어떻게든 수하들과 함께 살아남으라는 것이다. 알겠는가!"

"예? 예!"

제갈현석과 눈이 마주친 비천대(飛天隊)의 신임 대정 장우혁(張宇赫)이 얼떨결에 답을 했다.

제갈현석이 토끼눈을 하고 있는 장우혁을 향해 희미하게 웃어 보였다.

황실의 동원령에 의해 급하게 소집된 장우혁은 몰락한 고관의 아들로 순한 인상이었다. 사람들이 흔히 말하는 전형적인 신책군 무관(武官)인 셈이다.

제갈현석은 곧이어 호국대의 신임 대정 천무도(天武道)에게 시선을 돌렸다.

"……."

금군에서 역전(歷戰)의 명장(名將)으로 알려진 제갈현석의 눈길을 받자 천무도는 흠칫 몸을 떨었다.

"자네와 장 대정은 전쟁이 처음이라지?"

"그, 그렇습니다."

"처음에는 좀 낯설겠지만…… 곧 익숙해질 걸세. 그러니 미리부터 너무 긴장할 필요는 없네."

"예? 예……."

"도 대정과 오 대정은 신임 대정들에게 전투에서의 지휘 요령을 잘 일러 주게."

"예!"

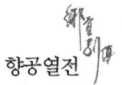
향공열전

"예!"

용무대의 대정 도지산(道智山)과 무룡대의 대정 오운금(吳暈金)이 짧게 답했다.

토번과의 전투에서 용케 살아남은 두 사람은 현재 돌격여단의 중심이라고 해도 과언이 아니었다.

"그리고 서 화장."

제갈현석이 서문영을 불렀다.

"예."

"자네에게 돌격여단의 선봉을 맡길 수밖에 없는 나를 이해해 주게."

"명대로 하겠습니다."

고개 숙인 서문영을 대견한 듯 바라보던 제갈현석이 웃으며 말했다.

"이번 싸움은 느낌이 아주 좋네. 대장군님의 작전대로라면 토번은 물러나지 않을 수 없을 걸세. 확실히 지난번 전투와는 다를 거야. 암, 그렇고말고……."

제갈현석은 근심을 덜어낸 표정이었다.

처음에는 대장군 왕이건과 이세명 장군의 갈등을 염려했다. 하지만 오늘 왕이건의 전술을 듣고는 마음이 한결 가벼워졌다.

더 나아가 좌군과 우군 모두 토번군을 상대함에 큰 어려움이 없을 거라는 확신이 들었다. 좌군은 병력이 토번에 뒤지지 않았고, 우군은 전술이 뛰어난 까닭이다.

"기분이 좋으신가 봅니다."

서문영이 담담한 표정으로 제갈현석을 바라보았다.

"음, 걱정거리가 사라졌다고나 할까······."

제갈현석은 잠시 토번과의 대전투를 머릿속으로 그려 보았다. 좌군은 우세한 병력으로 토번을 막아내고, 우군은 지략으로 토번을 밀어 붙인다.

계획대로라면 대장군 왕이건과 이세명 장군이 반목할지라도 병사들에게 화가 미치지는 않을 것이다.

"솔직히 자네들도 알고 있겠지만······ 왕 대장군과 이 장군의 사이가 좀 껄끄럽지 않은가. 전투가 벌어지면 좌우군이 서로를 돌보지 않을 것은 명약관화(明若觀火)한 일. 이런 암울한 상황에서 좌우군 모두가 각자의 장점을 살릴 수 있으니, 불행 중 다행이 아닌가?"

"별장님은 이번 전투에서 아군의 승리를 확신하십니까?"

신책교위(神策校尉) 마고전(馬考田)의 물음에 제갈현석이 고개를 끄덕였다.

"토번에 용장(勇將)이 있다면, 우리에게는 병마절도사 왕이건이라는 지장(智將)이 있네. 일기토(一騎討; 일 대 일 장군전)라면 용장이 으뜸이겠지만, 집단전에서는 지장을 따라올 수가 없지. 아군이 승리할 것이라고 성급하게 말할 수는 없지만······ 확실히 이전과는 다른 전투가 될 게야."

"별장님께서 그렇게까지 말씀하시니 힘이 솟는 것 같습니다."

"다행이군."

"그런데, 이번 전쟁이 끝나면 정말 군문을 떠나실 생각이십니까?"

"금군(禁軍)에 내 후임으로 자네를 추천해 두었네. 개인적으로 알아보니 금군에서도 자네를 긍정적으로 생각하고 있다고 하더군. 아무쪼록 좋은 결과가 있기를 바라네."

"쩝, 벌써 그렇게 하셨군요."

"응? 싫다는 표정이군. 다른 사람을 추천할 걸 그랬나? 정히 자네가 원하지 않는다면 추천을 취소할 수도 있네."

"그, 그건 아닙니다."

"하하! 그 사람 정색을 하기는. 농담일세."

"아, 알고 있습니다."

당황한 표정으로 주변을 휘휘 둘러보던 마고전이 서문영을 물고 늘어졌다.

"그런데 서 화장도 좀 진급을 시켜야 하지 않습니까? 누구보다도 공을 많이 세웠는데 만년 화장이라고 하면…… 아무래도 병사들의 사기가 떨어지지 않겠습니까?"

"어이쿠! 저는 괜찮습니다. 솔직히 저는 화장도 버겁습니다. 귀찮은 일은 질색이라서요."

"그렇다는군."

제갈현석이 야릇한 미소로 서문영을 바라보았다.

　그렇지 않아도 마고전의 진급을 요청할 때 서문영의 보고서도 함께 올렸다. 그런데 어찌된 일인지 금군에서는 서문영에 관한 일체의 이야기가 없었다.

　은밀히 지인들을 동원해 알아보니 "서문영은 금군의 관할이 아니라더라"는 다소 기이한 답이 돌아왔다. 신책군인 서문영이 금군의 관할이 아닐 경우는 하나밖에 없다. 아마도 서문영은 황제 직할의 특무대가 관리할 것이었다. 본인이 알든 모르든 말이다.

　마고전만 아쉽다는 표정으로 서문영을 힐끔거렸다. 사실 마고전은 서문영을 자신의 후임으로 했으면 하는 바람을 가지고 있었다.

　제갈현석이 서문영을 휘하에 거느리고 있듯 자신도 그렇게 하고 싶었던 것이다. 서문영이 다른 곳으로 떠나기 전에 말이다.

　　　　　　*　　　*　　　*

　다음날 정오(正午) 무렵, 대장군 왕이건이 이끄는 부대와 토번의 정예가 평원에서 서로를 마주하고 섰다.

　아침부터 꾸물거리던 하늘은 희미한 눈발을 쏟아냈다.

　날선 긴장 속에 떨어져 내리는 눈이 삭막한 평야 위를 하얗

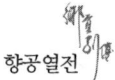
향공열전

게 수놓아 갔다.

 양쪽 모두 벼르고 벼르던 일전(一戰)인지라, 상대를 확인하고도 쉽게 움직이지 않았다.

"오늘은 제대로 붙어볼 생각인가?"

 토번의 상장군 샤카파가 길게 늘어서 있는 당(唐)의 대부대를 보며 중얼거렸다. 지금까지와 달리 토번의 원정군과 비슷한 규모로 보였다.

"서문영의 돌격여단은 좌측에 있는가?"

 샤카파의 물음에 샬루파가 전방을 둘러본 후에 답했다.

"예, 좌측의 선두에 돌격여단의 깃발이 보이고 있습니다."

"그렇군."

 한동안 회한이 깃든 눈으로 전장을 살피던 샤카파가 단호하게 명했다.

"즉시 추행진(追行陣; 쐐기모양으로 뭉쳐 적을 돌파하는 형태)으로 진군한다. 중앙을 돌파한 후, 대장군은 학익진(鶴翼陣; 퇴로를 남기고 적을 포위하는 진형)으로 우측의 적을 제압하라. 나는 본진을 이끌고 좌측의 돌격여단을 섬멸하겠다."

"예!"

 샬루파가 군례를 올린 후 물러났다.

 뿌우우.

 뿌우우.

곧이어 뿔나팔 소리와 함께 토번의 병력이 이동하기 시작했다.

추행진의 모습이 갖추어지자 샤카파가 손을 번쩍 들어 올렸다.

기다렸다는 듯 기마대를 필두로 토번의 대군이 당의 진영으로 달려갔다.

두두두두.

"와아아!"

토번의 대군이 밀려오자 병마절도사 왕이건의 얼굴이 딱딱하게 굳어갔다. 그러나 이내 왕이건의 입에서 마른 웃음이 흘러 나왔다.

"후후! 하늘이 돕는 건가!"

만약 적이 학익진이나 안행진(雁行陣; 기러기 떼 모양의 진) 같이 넓게 포진한 군진(軍陣)으로 밀려왔다면, 좌우의 군단(軍團)을 나누기도 전에 혼전이 벌어졌을 것이다.

그랬다면 전술이고 뭐고 생각할 여유도 없이 패했을지도 모른다. 아군이 급하게 충원된 신병임에 비해 적은 노련한 병사들이기 때문이다.

하지만 토번이 추행진으로 나온다면 말이 다르다. 추행진의 목표는 아군의 중심을 가르겠다는 뜻이다. 그러나 아군은 이미 좌우군으로 나누어 싸울 준비를 마친 상태였다. 중앙을 돌

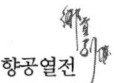
향공열전

파한 적이 진형을 갖추기 전에 한 걸음 먼저 움직일 수 있는 것이다.

"기마대 전진! 궁수 장전!"

왕이건의 명이 떨어지자 좌우익(左右翼)의 선봉에 서 있던 기마대가 정면으로 달려 나갔다.

곧이어 당의 기마대와 토번의 기마대가 중간 지점에서 충돌했다.

기마대 간에 피 튀기는 접전이 있었지만, 피차 목적이 다른 지라 싸움은 오래가지 않았다.

양쪽의 기마대는 거칠게 일전을 치른 후 약속이라도 한 듯 서로를 스쳐 지나갔다.

당의 기마대는 토번으로, 토번의 기마대는 당의 본진으로 몰려간 것이다.

누구의 지시도 없었지만 좌우익의 선두에 있던 궁병들이 화살을 날렸다.

촤촤촤촤.

수백 개의 화살이 토번의 기마대로 날아들었다.

곧이어 오십여 명의 토번 기마병이 화살에 꿰어 지면으로 나뒹굴었다.

그러나 쏟아지는 화살 속에서도 살아남은 사백 오십여 명의 기마병은 파죽지세(破竹之勢)로 당의 보병을 쓸고 지나갔다.

거의 동시에 당의 기마대도 토번의 진영으로 뛰어들었다.

그러나 토번의 기마대가 당의 본진에 입힌 피해를 생각하면 당의 기마대는 그다지 효과적이지 못했다.

토번의 궁병이 쏘아올린 화살의 양은 당의 그것에 비할 바가 아니었다. 설상가상으로 적은 수의 기마대인지라 피해는 더욱 컸다.

토번의 본진에 도착한 당의 기마대는 고작 백여 명에 불과했다.

그나마 토번의 창병에 밀려 안으로 파고들지도 못하고 외곽을 돌다가 허둥지둥 달아나고 말았다. 다행히 그때쯤 토번의 주력은 당의 본진에 신경을 쏟느라 달아나는 기마대를 신경 쓸 여유가 없었다.

결과적으로 기마대 간의 일차 접전으로 이익을 본 곳은 토번인 셈이다.

"으음!"

쫓겨 가는 기마대를 바라보던 대장군 왕이건이 손을 들어올렸다.

둥. 둥. 둥. 둥.

북소리에 맞춰 당의 대군이 좌우로 갈라졌다.

얼핏 보면 토번의 추행진에 중심이 뚫린 것도 같지만, 자세히 보면 이미 당의 군단은 양쪽으로 늘어서 진영을 갖추고 있

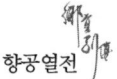

었다.

"절충부 돌격!"

왕이건의 뒤에 서 있던 기수(旗手)가 힘차게 돌격의 깃발을 휘둘렀다.

절충도위 사마담이 이끄는 선봉부대가 토번의 중심으로 밀려들어 갔다.

곧이어 막여삼과 황억의 절충부가 꼬리를 물고 뒤를 따라갔다.

멀리서 절충삼부와 토번이 얽혀들었다.

문득 왕이건이 반대편으로 시선을 돌렸다. 아직 자신이 참전하기까지 여유가 있으니 서부영의 상황을 둘러보는 것이다.

순간 왕이건의 얼굴에 차가운 미소가 감돌았다.

서부영의 한쪽 끝이 채찍처럼 휘둘러지며 토번에게 밀려가고 있었다. 서부영의 이세명 장군 역시 자신과 비슷한 작전을 쓰고 있는 것이다.

'과연! 이세명도 장사진(長蛇進; 뱀처럼 길게 늘어선 진형)으로 전환했군.'

장사진은 종렬로 길게 늘어선 형태인데 양쪽의 말단을 이용해 공격과 수비를 겸하는 진형이다. 지금처럼 양쪽으로 갈라져서 적을 끌어들일 때 효과적인 진식이기도 했다.

'흥! 전장에서 굴러먹은 노장이라고 하더니…….'

비록 좌우군이 기마대로 재미를 보지는 못했지만, 저 정도의 기민한 움직임이라면 토번을 제압하는 것도 불가능은 아니라는 생각이 든다.

궁극적으로 아군의 승리를 바라지만, 이세명의 활약에는 왠지 입맛이 썼다.

잠시 생각에 잠겨 있던 왕이건의 귀로 제갈현석의 다급한 외침이 들려왔다.

"대장군님! 드디어 적이 흩어지고 있습니다!"

그제야 왕이건은 정면으로 시선을 돌렸다. 뒤늦게 토번도 좌우군을 상대하기 위해 군단을 나누는 모양이었다.

"좋아, 좋아!"

왕이건이 다시 한 차례 신호를 보냈다.

둥. 둥. 둥. 둥.

다급한 북소리가 전장에 울려 퍼졌다.

절충삼부의 병력이 조금씩 한쪽으로 빠져나갔다.

얼마 지나지 않아 토번과 당의 전선은 우측으로 길게 늘어졌다. 얼핏 보면 당의 부대가 몰리고 있는 형국이다.

그러나 대장군 왕이건의 얼굴은 흥분과 기대감으로 붉게 달아오르고 있었다.

꿀꺽.

왕이건의 목울대로 마른침이 넘어갔다.

자신의 눈앞에 절충부를 쫓는 토번의 본진이 길게 드리워져 있었다.

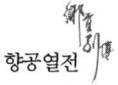
향공열전

마침내 자신이 참전해야 할 순간이 온 것이다.

전장을 살피던 제갈현석은 어느새 돌격여단의 선두로 자리를 옮겨갔다. 왕이건의 명이 떨어지면 돌격여단이 앞장을 서야 했기 때문이다.

그러나 왕이건은 좀처럼 명령을 내리지 않았다.

제갈현석은 왕이건과 도지산을 번갈아 바라보았다. 왕이건의 명령이 떨어지면 가장 먼저 도지산이 이끄는 용무대가 움직이기로 했던 것이다.

극도로 긴장된 순간, 제갈현석의 눈은 자연히 서문영에게로 향했다.

현재 돌격여단의 사기를 좌우하는 것은 용무대였고, 용무대를 움직이는 사람은 서문영인 까닭이다.

의외로 용무대의 선봉에 선 서문영은 담담한 표정이었다.

다른 사람들처럼 병장기를 손에 뽑아 들지도 않은 상태였다.

희끗희끗한 눈발 사이로 보이는 서문영의 표정은 차분하다 못해 쓸쓸해 보이기까지 했다.

'그러고 보니 서 화장은 전직 향공이라고 했지……'

제갈현석은 저도 모르게 실소를 흘렸다. 서책을 끼고 살던 사람이 전장에 던져졌으니 아무리 공을 세워도 기쁘지는 않을 것이다. 군문(軍門)의 공이란 사람을 죽여야 얻는 것이니 말이다.

갑자기 제갈현석이 좌우의 수하들에게 소리쳤다.

"살고 싶으냐! 살아서 고향으로 돌아가고 싶으냐! 그렇다면 목숨을 돌보지 말고 싸워라! 눈앞의 적을 베어라! 그러면, 살아서 고향으로 돌아가게 될 것이다!"

"예!"

"알겠습니다!"

숨죽이고 있던 신책군들이 여기저기서 고함을 질러댔다.

위축되어 있던 신책군들 사이로 가벼운 열기가 전염병처럼 번져 나갔다.

선두에 홀로 서 있던 서문영도 제갈현석의 외침을 들었다.

서문영의 얼굴에 야릇한 표정이 스치고 지나갔다. 한순간 제갈현석의 말이 '살리기 위해 죽이겠다'는 뜻으로 들린 탓이다. 유리하지 못한 전황 속으로 신책군을 밀어 넣는 것은 죽이겠다는 것이다. 그러나 전투를 독려하는 것은 신책군을 살리기 위한 최선의 방법이기도 했다.

하지만 제갈현석의 외침은 '훗날 사람들이 그것을 어떤 입장에서 보느냐?'에 따라 '위선' 혹은 '지혜로움'으로 해석될 것이었다.

서문영은 남에 의해 복잡하게 해석되는 삶이 싫었다. 살다 보면 본의 아니게 오해도 받을 수 있다. 높은 자리에 오를수록 그것은 심해진다. 정적(政敵)들은 말 한 마디, 단어 하나를 물고 늘어져 진의를 왜곡하고 공격할 것이다. 그때마다 일일이 해명하고 설명해야 한다고 생각하면 끔찍했다.

'화장도 할 짓이 아니지.'

열 명의 수하들도 이해관계에 따라 이리저리 패를 갈라 싸워댔다. 그때마다 잔소리도 하고 타이르기도 했지만, 그때뿐이었다.

마치 늑대나 이리 떼처럼, 사람들은 쉬지 않고 서로를 물어댔다. 그것이 무료함을 떨치기 위한 장난이든, 진심으로 싸우는 것이든 말이다.

군문에의 생활이 길어질수록 자신은 이곳에 어울리지 않는다는 확신이 들었다. 피 튀기는 싸움에서 승리할 때마다, 오히려 싸움이 싫어졌다.

싸움 직전까지 검을 뽑지 않는 습관도 그래서 생겼다.

서문영은 자신의 두 손을 내려다보았다. 평생 책과 붓만 잡을 줄 알았던 손이다. 검을 잡은 뒤 한동안 물집과 굳은살이 떠난 적이 없다. 그러나 언제부터인가 거친 일을 모르는 손으로 바뀌어 있었다. 괴걸(怪乞) 손은구(孫恩龜)에게 취팔선보를 배운 날 이후부터 그렇게 된 것 같다.

'후후! 손 선배는 잘 지내고 있으려나?'

희끗희끗한 눈발 사이로 손은구가 비틀거리며 걷는 모습이 떠올랐다.

"팔선(八仙)은 종리권(鍾離權), 장과로(張果老), 여동빈(呂洞賓), 조국구(曹國舅), 이철괴(李鐵拐), 한상자(韓湘子), 남채화(藍采和), 하선고(何仙姑)를 가리킨다. 취팔선보는 바로 그 신선들의 보법을 일컫는 말이다. 내가 전한 구결을 마음에 새기고 이 팔선(八仙)의 신법을 익히도록 해라. 네 놈이 게으름을 피우지 않고 열심히 한다면 언젠가는 팔선이 현신할 것이다."

언젠가 현무호반에서 손은구가 정색을 하고 그 말을 했을 때, 속으로 웃었다.

손은구가 비틀거리며 잘 보라고 할 때는 억지로 웃음을 참느라 오히려 집중하기 어려웠다.

지금은 다르다. 물론 팔선의 현신이 무엇인지는 여전히 오리무중이었지만 한 가지는 분명했다. 그날 손은구가 가르쳐준 보법은 인세(人世)에 보기 드문 것이었다.

기괴하게 걷던 손은구의 움직임이 사라졌다.

현실, 피 튀기는 전장으로 돌아온 서문영은 답답했다.

서문영은 숨을 크게 들이마셨다.

그리고 "후우!" 하고 정면으로 길게 뿜어냈다.

위이이잉.

서문영의 앞에서 작은 소용돌이가 일어나 굵어져 가는 눈을 휘감아 올렸다.

"와아!"

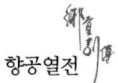
향공열전

우연히 그 기괴한 광경을 목격한 수하들의 입에서 탄성이 흘러나왔다.

서문영이 멋쩍은 얼굴로 뭐라 말하려 할 때다.

둥. 둥. 둥. 둥.

뒤쪽에서 급박한 북소리가 울려 퍼졌다.

곧이어 "와아아!" 하는 고함과 함께 대장군 왕이건의 부대가 달려 나갔다. 준비하고 있던 마지막 대반격이 시작된 것이다.

거의 동시에 신책별장 제갈현석의 외침이 울려 퍼졌다.

"돌격여단 앞으로!"

용무대 대정 도지산이 그 말을 받아 "돌격 앞으로!"를 외쳤다.

서문영은 앞으로 달려 나갔다.

여전히 중검은 뽑지 않은 상태였다.

'미안하다. 살기 위해 죽이겠다.'

대오(隊伍)를 맞춰 뛰어가는 서문영의 얼굴에서 표정이 사라져 갔다.

* * *

회색의 대지가 차츰 붉게 물들어 갔다. 약한 눈발로는 시체에서 흘러나오는 피를 덮을 수 없었던 것이다.

토번과의 전투에서 가장 큰 피해를 입은 부대는 돌격여단이었다. 토번의 상장군 샤카파가 당의 대장군 왕이건이 아니라 돌격여단을 목표로 하고 있었던 탓이다.

돌격여단의 주변은 시체들로 가득했다.

그 시체들 너머에 토번의 궁병과 창병이 전열을 흩트리지 않고 서 있었다.

대장군 왕이건의 부대가 토번과 뒤섞여 혼전을 벌이고 있는 것과는 대조적인 장면이라 할 수 있다.

지금 신책군 돌격여단은 철저히 고립되어 있었다. 처음에는 왕이건의 부대도 간간이 섞여 있었다. 그러나 시간이 지날수록 상황은 악화됐다. 토번의 주력이 돌격여단을 노리고 있다는 것을 알게 된 왕이건의 병사들이 돌격여단에게서 멀어져간 탓이다.

"헉! 헉!"

서문영이 피에 절은 중검을 들고 좌우를 살폈다.

살아 움직이는 사람은 열 명도 되지 않았다.

대정 도지산은 물론 신책별장 제갈현석과 교위 마고전의 모습도 보이지 않았다. 하지만 서문영은 그런 사실조차 인식하지 못했다.

지금 서문영의 머릿속은 하얗게 비워져 있었다.

토번의 화살이 쉴 틈을 주지 않았다.

처음부터 기묘한 싸움이었다.

먼저 화살이 날아온다.

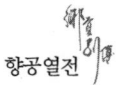
향공열전

서문영과 돌격여단이 궁병에게 다가가면 창병이 막아선다.

힘겹게 창병을 죽이면 이선으로 물러났던 궁병이 다시 활을 쏴댔다.

"하아!"

서문영의 입에서 한숨이 흘러나왔다. 사방 어디를 보아도 토번군 천지였다.

그 많던 절도사의 부대는 어디로 갔는지 단 한 사람도 보이지 않았다. 다른 곳의 전황은 알 수 없었지만, 돌격여단 만큼은 몰살당하기 직전이었다.

피잇.

처음으로 화살 한 대가 얼굴을 스치고 지나갔다.

그제야 정신을 차린 서문영은 다시 중검을 말아 쥐었다. 순간 서문영의 눈에서 시퍼런 광채가 줄기줄기 흘러나왔다.

그러나 서문영은 거리를 벌린 토번군에게 달려가지 않았다.

온몸으로 날 선 투지를 흘리는 것과 달리 서문영의 머리는 신속하게 돌아가고 있었다.

'이대로는 안 된다. 어떻게든 여길 벗어나야 한다!'

아무리 자신의 무공이 뛰어나다 해도 저 많은 궁병과 창병을 당해낼 수는 없다. 덫에 걸린 짐승처럼 발버둥 치다가 힘이 빠지면, 그것으로 끝이다.

"으악!"

뒤쪽에서 또다시 돌격여단의 비명이 들려왔다. 누군가 또

눈먼 화살에 맞은 모양이다.

서문영은 자신에게 날아드는 화살을 쳐내며 주변을 살폈다.

멀리 깃발 두 개가 보였다. 하나는 샤카파의 것이고, 다른 하나는 대장군 왕이건의 것이다.

비록 샤카파의 깃발이 가깝게 느껴졌지만 서문영은 그쪽으로 갈 엄두를 내지 못했다. 샤카파의 주변을 지키는 헤아릴 수도 없는 토번의 병사들 때문이다.

서문영이 뒤쪽을 향해 소리쳤다.

"이봐! 후퇴한다! 모두 대장군님의 깃발을 향해 달려라!"

근처에 있던 돌격여단 병사 일곱이 급히 서문영의 뒤로 모여 들었다.

서문영에게로 가장 많은 화살이 쏟아지고 있다는 것을 알지만, 지금 상황에서 의지할 사람은 역시 서문영밖에 없었던 것이다.

"간다!"

우렁찬 기합과 함께 이가 다 빠진 서문영의 중검이 허공을 갈랐다.

순간 허리가 부러진 화살이 후두둑 떨어져 내렸다.

서문영이 앞서 달려 나갔다.

또다시 사방에서 화살이 날아왔다.

"악!"

"크읙!"

향공열전

뒤에서 연신 비명이 터져 나왔다.

그러나 서문영은 이를 악물 뿐, 멈추지 않았다. 지금은 다른 사람을 염려해 줄 수 있는 상황이 아니었다. 비정하지만 자신의 목숨은 자신이 챙겨야 했다.

퍽.

화살 하나가 등 뒤로부터 날아와 어깨를 관통했다. 등 뒤에는 눈이 없는지라, 막아내지 못한 것이다.

참을 수 없이 아팠지만 서문영은 입도 뻥끗하지 않았다. 피바다 속에 누워 있는 병사들을 생각하면, 화살이 주는 고통쯤은 사치였다.

서문영은 이십여 명의 토빈군을 베었다.

그러는 동안 화살 몇 개가 더 몸에 박혔다. 등 뒤에서 더 이상 아무런 소리도 들리지 않았다.

서문영은 돌아보려 하지 않았다.

"허억! 허억!"

대장군의 깃발이 더욱 가깝게 다가왔다.

그리고 마침내 서문영은 대장군의 깃발 앞에 도착할 수 있었다.

"하악! 하악! 하악!"

서문영은 중검에 의지해 겨우 몸을 세웠다.

그러나 죽을 고비를 수도 없이 넘기고 찾아온 깃발 아래에

살리기 위해 죽인다(生道殺人) 63

서 서문영은 오히려 절망했다.

믿을 수 없게도 그곳에는 단지 대장군의 깃발만 나부끼고 있었다.

서문영은 시체더미 위에 세워져 있는 대장군기를 올려다보았다.

사방에 널린 것은 얼마 전까지 살아 있던 대장군의 병사들이었다. 무슨 일이 있었기에 그토록 짧은 시간에 전멸을 당했단 말인가?

멍했다. 죽음이 성큼 다가온 느낌이다.

서문영의 얼굴에서 점차 핏기가 사라져 갔다.

먼저 무릎이 지면에 닿았다.

그리고 머리가 서서히 숙여지는가 싶더니 더 이상 움직이지 않았다.

"와아아!"

서문영과 대장군기를 둘러싼 토번의 병사들이 펄쩍펄쩍 뛰며 고함을 질러댔다. 마치 사냥꾼들이 힘겹게 맹수를 사냥하고서 자축을 벌이는 것처럼.

토번의 병사 중 하나가 조심스럽게 다가가 창끝으로 서문영을 건드렸다.

서문영의 몸이 천천히 앞으로 넘어갔다.

풀썩.

상태를 살피던 토번의 병사가 살금살금 서문영의 곁으로 다

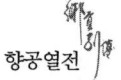

가갔다.

그리고 알아듣기 힘든 욕설과 함께 침을 뱉으며 걷어찼다. 그러고도 분이 풀리지 않는지 창을 머리 위로 치켜들었다.

피잉.

"컥!"

그때 멀리서 날아온 화살 하나가 병사의 머리에 박혔다.

단발마의 비명과 함께 병사가 쓰러지자, 놀란 병사들이 주춤주춤 뒤로 물러섰다.

곧이어 상장군(上將軍)이자 행군총관(行軍總官)인 샤카파가 말을 타고 달려왔다. 샤카파의 손에는 강궁(强弓)이 들려 있었다.

"모욕하지 마라. 적이지만 최고의 전사다."

마상(馬上)의 샤카파가 서문영을 내려다보았다. 온몸에 화살이 박힌 서문영에게서는 더 이상 생기가 느껴지지 않았다.

사천성의 돌격여단을 없애고 서문영까지 죽였으니 원하는 것은 다 이룬 셈이다.

그럼에도 불구하고 샤카파의 표정은 복잡했다. 그것은 "당의 왕이 파병한 이만의 금군(禁軍)이 금천(金川)에 도착했다"는 첩보를 받았기 때문만은 아니었다.

원형진(圓形陳)을 이루고 있는 병사들 속에서 특무장군 강첸이 걸어 나왔다.

"허락하신다면, 소장(小將)이 그의 장례를 치르겠습니다."

살리기 위해 죽인다(生道殺人) 65

"……."

특무장군 강첸의 말과 표정은 정중하기만 했다.

샤카파가 미미하게 고개를 끄덕였다.

창병과 궁병으로 끝까지 서문영을 물고 늘어진 강첸이다. 어쩌면 저 강첸이야말로 서문영의 마지막 가는 길을 맡기에 적합한 인물인지도 모른다.

푸르르.

말이 가볍게 투레질을 했다.

마음을 정리한 샤카파가 천천히 말머리를 돌렸다. 그리고 막 자리를 떠나려고 할 때였다.

"아직 살아 있습니다!"

강첸의 말에 샤카파가 급히 돌아섰다.

"본국으로 압송하겠다. 어떻게든 살려라!"

"예!"

상장군 샤카파의 얼굴이 조금 밝아졌다.

그를 살려서 당장 어떻게 해볼 생각은 없었다. 다만 서문영 정도의 무사가 아직 살아 있다고 하니, 살려두고 싶었을 뿐이다.

백마(白馬)를 탄 무장(武將) 하나가 샤카파에게로 다가왔다.

"상장군께서는 그를 노예로 쓰실 작정이오?"

샤카파가 고개를 저었다.

"아니외다."

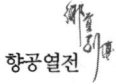
향공열전

"허면?"

"정해진 바는 없지만, 일단 데리고 가볼 생각이외다."

"허허! 어지간히 그가 마음에 든 모양이오?"

"토번에는 저런 사람이 없으니까요."

"……."

백마 위의 무장, 토번에서 샤카파 만큼이나 무명(武名)을 떨치고 있는 부총관(副總官) 게사르가 전신(戰神)이라 불리는 사내를 내려다보았다.

죽은 것처럼 기식(氣息)이 거의 느껴지지 않는데도 한 손에는 여전히 검의 손잡이를 쥐고 있었다. 그것만 보아도 그가 얼마나 대단한 남자인지를 알 수 있다.

"과연!"

대왕의 명으로 오천의 원군을 이끌고 오지 않았다면, 저 무장(武將)의 이야기를 과장된 것으로 치부했을지 모른다. 그러나 지금은 다르다. 자신의 눈으로 본 것만 해도 한 사람의 무장이 했다고는 믿어지지 않는 일이었다.

처음 부총관 게사르가 이천의 중갑기마대와 삼천의 보병을 이끌고 전장에 도착했을 때, 행군총관 샤카파의 원정부대는 궤멸 직전이었다.

만약 게사르의 중갑기마대가 서부영의 후미(後尾)를 쑥밭으로 만들지 않았다면, 서문영과 샤카파의 위치가 바뀌었을지도 모른다.

 게사르는 전황을 파악하자마자 먼저 이세명의 부대를 격파했다. 그리고 여세를 몰아 대장군 왕이건의 본진까지 도륙을 냈다.

 그 대단한 전투에서 마지막까지 그를 애먹인 것은, 나중에야 알게 된 사실이지만, 돌격여단과 전신 서문영이었다.

 특히 전신 서문영은 혼자서 창병과 궁병 오백을 베었다.

 그 흉흉한 기세에 눌려 행군총관 샤카파와 부총관 게사르는, 승리를 확정짓고도 멀찍이서 부대를 지휘해야 했다.

"하아! 전쟁은 한 사람이 하는 게 아니니까……."

 한숨을 내쉬던 부총관 게사르가 스스로를 위로하듯 중얼거렸다. 그렇게라도 하지 않으면 꺼림칙한 기분을 떨칠 수 없을 것 같았다.

"맞는 말씀이오. 전쟁은 한 사람이 좌우할 수 없소. 그래서 우리가 승리한 것이 아니오?"

 샤카파가 말고삐를 틀었다.

 샤카파의 말이 토번군의 선두로 달려가기 시작했다. 그 뒤로 대장군 샬루파와 부관들이 우르르 따라붙었다.

 부총관 게사르는 특무장군 강첸이 서문영을 마차에 실을 때까지 자리를 떠나지 않았다.

 서문영과 부상자를 실은 마차가 막 움직이기 시작할 무렵이

향공열전

다.

 담담히 지켜보고 있던 게사르의 눈에 살기가 떠올랐다가 이내 사라졌다.

 '아무리 뛰어난 전사라고 해도 토번의 군사 오백을 벤 죄가 사라지는 것은 아니다.'

 게사르는 기회를 보아 서문영을 없애야겠다고 마음먹었다. 토번의 적인 서문영을 비운(悲運)의 영웅으로 만들고 싶지 않았던 것이다.

제3장
요마(妖魔)와 숙녀(淑女)

 승승장구(乘勝長驅)하던 토번은 사천성에서 당군(唐軍)을 대파하고서 급속회군(急速回軍)했다.

 결국 금천에서 출발한 이만의 금군이 만난 것은 눈밭에 버려진 서부영과 절충부 병사들의 시체뿐이었다. 땅이 꽁꽁 얼어붙어 시체를 묻지 못하게 된 금군은 급한 대로 한곳에 모아 불살랐다. 그리고 부지런히 토번군의 뒤를 쫓았다.

 토번의 군의(軍醫) 송첸타라가 행군총관 샤카파의 부름을 받은 것은 백옥(白玉)에 이르러서다.

 송첸타라는 이동 중에 사망한 병사 십여 명의 유해를 처리하자마자 샤카파의 막사로 달려갔다. 휴식시간이 워낙 짧은 탓에 걸어 다닐 틈조차 없었다.

"그의 상태는 어떠한가?"

송첸타라의 얼굴을 보자마자 샤카파가 물었다. 샤카파 역시 시간이 없기는 마찬가지였던 것이다.

송첸타라가 숨을 몇 번 가다듬은 뒤에 차분하게 답했다.

"아직 사경을 헤매고 있습니다. 몸에 박힌 화살은 모두 제거했으나, 워낙 피를 많이 흘린지라…… 그를 꼭 살리고 싶으시다면, 상세가 호전될 때까지 이동을 하지 않는 것이…… 이대로라면 지금 당장 죽는다고 해도 이상한 일이 아닙니다."

상장군 샤카파가 부총관 게사르를 향해 시선을 돌렸다.

"군의가 저렇게 말하는구려. 부총관께서는 어떻게 생각하시오?"

"고작 한족(漢族) 하나를 살리겠다고 일만이 넘는 군사의 행군을 멈출 수는 없소이다. 우리 뒤를 쫓고 있는 금군도 문제지만…… 당의 군부(軍部)도 우리를 그냥 돌려보내려고 하지 않을 것이외다. 하루라도 빨리 국경을 넘어야만 하오."

"부총관님의 말씀이 옳습니다. 아군의 보급부대도 이미 철수를 마쳤습니다. 당장 가지고 있는 식량이 떨어지면, 노략질이라도 해야 할 판입니다."

대장군 샬루파마저도 게사르의 편을 들었다.

샤카파가 떨떠름한 표정으로 군의를 바라보았다.

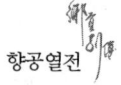
향공열전

"들었는가? 상황이 이러니 그대가 최선을 다해 주게."
"예."

송첸타라가 군례를 올리고 황급히 물러났다. 한 번이라도 더 한족의 상세를 살피는 것이 살리는 길이라고 생각한 것이다.

잠시 후 행군총관 샤카파와 부총관 게사르 등도 막사에서 나왔다.

샤카파가 나가자마자 병사들이 달라붙어 막사를 철거하기 시작했다. 짧은 휴식이 끝났으니 다시 이동을 준비하는 것이다.

송첸타라는 시체처럼 축 늘어져 있는 한인(漢人)의 상처에 비전의 약초들을 처발랐다.

상처가 크고 심해 대여섯 명 분의 약초가 들어갔지만, 약초를 아끼지 않았다. 행군총관의 특별한 관심이 아니더라도 그렇게 했을 것이다.

"전신 서문영…… 죽지 마라."

서문영의 상처를 다시 싸맨 송첸타라가 주문을 외우듯 중얼거렸다.

산전수전(山戰水戰) 다 겪은 중년의 군의 송첸타라의 얼굴에는 간절함이 담겨 있었다. 그건 단지 그가 사람을 치료하는 의원이기 때문만은 아니다.

요마(妖魔)와 숙녀(淑女)

군의인 송첸타라도 그날의 전장(戰場)에 있었다. 당연히 서문영의 손에 죽어간 수백의 동포를 보았다.

그런 송첸타라가 서문영이 깨어나기를 진심으로 바라는 이유는 다른 데 있었다.

송첸타라가 치료한 사람들 중에는 서문영에게 당한 사람들도 수두룩했다. 그 과정에서 송첸타라는 서문영을 다시 보게 되었다.

군의인 송첸타라가 보는 입장에서 서문영에게 당한 사람들은 두 종류였다. 사망 혹은 경상(輕傷)이 그것이다.

대부분의 사망자들은 고통을 느낄 틈도 없이 죽었다. 반면 서문영과 싸우고도 운 좋게 살아남은 사람들은 모두가 경상이었다.

송첸타라는 자신이 다른 사람들은 모르는, "잔혹한 전신" 혹은 "피의 아수라"라고 불리는 서문영의 다른 면을 발견했다는 것을 알았다.

벌써 이동을 준비하는지 주변이 소란해졌다.

다른 곳은 분주했지만 송첸타라가 있는 주변은 고요했다. 송첸타라의 신분이 높은 것도 있지만, 근처에 중상자들밖에 없었기 때문이다.

중상자들을 싣고 다니는 수레는 가장 먼저 멈추지만, 가장 나중에 움직였다. 모두가 행군총관 샤카파의 배려 덕분이다.

송첸타라는 중상자들의 머리맡에 털썩 주저앉았다.

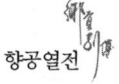

이제 막 행군총관의 막사를 걷고 있으니 전체가 이동하려면 아직 일다경(一茶頃)의 시간이 있었다. 자신에게 주어진 유일한 자유시간이기도 했다.

송첸타라는 얼어붙은 강줄기를 멍하니 바라보았다.

그때 어디선가 짤랑짤랑한 여자의 목소리가 들려왔다.

'전쟁터에 여자라니?'

아무리 국지전(局地戰)이라고 해도 전쟁은 전쟁이다. 게다가 아직 싸움은 끝나지도 않았다.

토번에서 따로 여자를 데리고 오지 않았으니 분명 원주민 여자일 것이다. 그런데 여자의 음성에서 일체의 두려움이 느껴지지 않았다.

호기심을 느낀 송첸타라가 고개를 돌렸다.

과연 토번의 병사 몇이 젊은 여자에게 치근덕거리고 있었다.

송첸타라가 인상을 가볍게 찡그렸다. 병사들이 지금은 말로 하지만 곧 강제로 여자를 덮칠 것이었다. 그러나 여자는 백치인지 병사들을 두려워하지 않는 것 같았다.

'쯧! 타고난 팔자대로 사는 거지……'

송첸타라는 상관하지 않고 눈을 지그시 감았다. 어차피 이민족의 땅이다. 예전 같았으면 마을을 약탈하고 여자들을 죄다 끌고 갔을 것이다.

아니 지금이라도 금군에게 쫓기지만 않았다면, 행군총관 샤카파가 무식한 약탈자였다면 그랬을 게다.

……

갑자기 사방이 고요해졌다.

그 낯선 느낌에 송첸타라는 눈을 번쩍 뜨고 말았다. 아무리 중상자들만 남겨진 곳이라고 해도, 이동 직전에 이토록 조용할 수는 없다.

게다가 방금 전까지 여자를 희롱하던 병사들도 있지 않은가?

송첸타라는 여자와 병사들이 가볍게 실랑이를 벌이던 곳으로 고개를 돌렸다.

"……"

송첸타라의 눈이 휘둥그렇게 치떠졌다. 너무 놀라 목구멍으로 아무런 말도 나오지 않았다.

여자 홀로 피바다 위에 서 있었다.

그 여자의 주변에 있는 것은 몸통을 잃은 머리였다. 그들의 몸에서 뿜어져 나온 피가 얼어붙은 땅에 비현실적으로 뿌려져 있었다.

"어, 어……"

힘겹게 신음을 흘리던 송첸타라와 여자의 눈이 정면으로 마주쳤다.

순간 여자의 눈에서 붉은 빛이 줄기줄기 흘러나왔다.

대경실색(大驚失色)한 송첸타라는 숨소리조차 죽이고 눈만

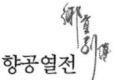
향공열전

끔뻑거렸다. 여자는 말로만 듣던 무림인이다. 여기서 상대의 비위를 건드렸다가는 자신의 목도 잘리고 말 것이었다.

여자의 몸이 허공으로 둥실 떠올랐다.

송첸타라는 자신의 머리 위로 날아가는 붉은 눈의 여자를 멍하니 바라보았다.

막 토번인의 위를 스치고 지나가던 여자의 눈에서 빛이 번득였다. 그것은 토번인을 바라볼 때처럼 붉은 빛이 아니었다.

토번의 부상병들 속에 누워 있는 무관(武官)을 발견한 것이다. 토번인들 속에 유일한 한족이라 더 눈에 띄었는지도 모른다.

'응? 낯이 익은걸?'

제법 멀리까지 날아갔던 붉은 눈의 여자가 되돌아갔다.

"제, 제발……."

송첸타라는 돌아온 여자를 보며 부들부들 떨었다. 자신을 죽이기 위해 온 줄로 착각한 것이다.

여자의 눈에서 흘러나온 붉은 빛이 송첸타라의 눈으로 파고들었다.

송첸타라는 아무 말도 하지 못하고 눈을 까뒤집으며 뒤로 넘어갔다.

토번의 병사가 쓰러지자 여자는 서문영을 가볍게 안아 올렸다.

"역시! 남의 일에 나서기 좋아하는 사람이었네."

뒤늦게 토번의 병사들이 몰려오기 시작했다.

우두커니 서서 "쯧쯧!" 혀를 차던 여자가 지면을 박차고 날아올랐다. 여자는 서문영을 품에 안고도 비조(飛鳥)처럼 나무 위로 날아오르더니 어디론가 사라져 버렸다.

토번의 진영이 발칵 뒤집어졌다.

행군총관 샤카파의 특명으로 천여 명에 달하는 기마병이 사방을 헤집고 다녔다.

그러나 여자와 서문영은 종적이 묘연했다. 마치 날개를 달고 하늘로 날아가 버린 것처럼, 아무런 흔적도 남기지 않았다.

결국 행군총관 샤카파는 기마대를 불러들여야 했다.

모든 전투에서 이긴 토번이지만, 국경을 넘는 샤카파의 표정은 어둡기만 했다.

다 잡았던 서문영을 놓친 것과 갑자기 미쳐버린 군의 송첸타라 때문이다. 송첸타라는 왕실의 사람인지라 간단히 처리할 사안이 아니었던 것이다.

* * *

서문영은 꿈을 꾸었다.

자신이 꿈을 꾸고 있다는 것을 알고 있으면서도 서문영은

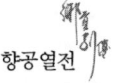
향공열전

좀처럼 꿈에서 깨지 못했다.

서문영의 꿈은 길고 지루하고 때로는 불쾌하기까지 한 것이었다.

어린 자신의 손에 들린 것은 사서오경(四書五經)의 하나인 춘추(春秋)였다. 천자들의 실정과 제후들의 부정불의를 고발하고 비판하는 내용을 볼 때면, 괜히 울컥하고 뭔가 끓어올랐다. 그러나 그것도 잠깐, 책에서 손을 놓으면 친구들과 어울려 시간 가는 줄 몰랐다.

"무한(武漢)에서 온 곽연명이다. 다들 친하게 지내도록."

훈장님의 소개에도 곽연명은 인사를 하지 않았다. 그는 처음부터 이질적인 분위기를 풍겼다. 친구들과도 어울리지 않았고, 대화도 없었다.

그를 볼 때마다 왜 글방에 나오는지 모르겠다는 생각이 들었다. 특출나게 공부를 잘 하는 것도 아니고, 남과 어울리려 하지도 않았다.

곽연명은 오 년 이상 같은 글방에 다녔지만, 온다간다 말도 없이 사라졌다. 자신이 향시(鄕試)에 장원을 한 이후로 그를 만나본 기억이 없다.

"자네의 악담을 한 사람은 내가 아니라 바로 그 곽연명(廓延明)이라고."

무덕원이 부끄럽다는 듯 머리를 긁적였다.

"이부(吏部)의 관리들은 나를 보자마자 '무한의 향시에서 차석(次席)을 한 곽연명에게서 들었다. 서문영이라는 사람에 대해 사심 없이 말해 달라'고 하더군."

"그래서 너도 얼씨구나 하고 나를 팔았냐?"

"나는 그저 곽연명이 한 말이 사실인지 거짓인지를 확인해 주는 정도에 불과했다고. 물론, 지금은 그때의 일에 대해 미안하게 생각하고 있어. 아무리 자네에게 화가 났어도 친구인 이상 좋은 말만 해주었어야 하는데……. 솔직히 그때는 나도 향화의 일로 꽁해 있던 터라…… 욱 하는 마음에 그만 사실대로 말해 주고 만 거지."

"제길!"

"친구, 이왕 이렇게 된 거 그냥 나와 같이 신책군에나 가자. 고위관리들의 자제들이 많으니 인맥을 넓히기에도 좋아. 나와 함께 신책군에 들어가서 세도가와 안면을 트다 보면…… 구품중정 따위 신경 안 써도 된다. 운이 좋아 공이라도 세우게 되면 단숨에 인생역전이라니까!"

솔직히 인생역전이라는 말에 마음이 흔들렸다.

가족들까지 나타나 한 마디씩 던졌다.

"길게 이야기 하지 않겠다. 신책군에 입대하거라."

"예?"

"다른 생각 하지 말고 이번 한 번만 아버지와 형의 말에 따르거라. 신책군인가 뭔가에 세도가의 자식들만 모인다고 하

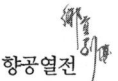
향공열전

니, 힘든 일이야 시키겠느냐."

"예?"

"이것도 기회다. 솔직히 서가장의 힘으로 용호대에 간다는 게 말이나 되냐? 용호대라면 나라도 대신 가고 싶은 곳이다. 세도가의 사람들과 사귀다 보면 막혔던 관직도 다시 열리게 될 거고…… 군문에 남든, 관직을 얻든, 고향으로 돌아오든…… 그때 가서 다시 생각해도 될 거야."

"……."

꿈속에서 서문영이 중얼거렸다.

"용호대는 개뿔, 최전방의 용무대로 가서 죽을 고생을 했구만……."

그랬다. 살인을 밥 먹듯 하게 된 것도 용무대에 들어가고 나서부터였다.

언제나 살을 베는 느낌이 싫었다. 중검이 뼈에 파고드는 느낌은 더더욱 끔찍했다.

그러나 살아남기 위해서 끊임없이 토번군의 살을 가르고 뼈를 깎아야 했다.

어둠 속에서 갑자기 토번군의 얼굴이 튀어 나왔다.

"헉!"

본능적으로 중검을 휘둘렀다.

"크악!"

토번군의 가슴이 시뻘겋게 갈라졌다.

뿜어져 나오는 피를 고스란히 뒤집어쓰고 멍하니 서 있을 때다.

"서 형(西兄), 그러게 내가 그만하라고 하지 않았습니까. 왜 나를 이토록 궁지로 몰아넣습니까."

찌이잉.

단전(丹田)에서 낯익은 고통이 밀려왔다.

깜짝 놀라 내려다보니 하복부에 친구처럼 지내던 허인보의 검이 박혀 있다.

"너, 너…… 왜 나를……."

"왜 나를 해치느냐?" 묻고 싶었는데, 눈앞이 캄캄해 졌다.

꿈속에서조차 하고 싶은 말을 못했다고 생각하니 울화가 치밀어 올랐다.

"왜 나를, 왜 나를, 왜 나를……."

처음 당하는 배신이었다. 억울하다 못해 가슴이 먹먹했다.

"서 향공께서도 이번 일로 배운 게 적지 않을 거예요. 이번에는 운이 좋아 생명을 건졌다고 생각하세요. 다음에도 운이 따른다는 보장이 없으니…… 빈틈을 보이지 말아야 할 거예요."

'성 소저?'

"흥! 나는 당신을 위해서라면 무슨 일이든지 다 할 거예요! 당신은 어떻게든 이 말도 안 되는 전쟁에서 살아남을 궁리나 하세요!"

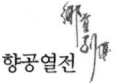
향공열전

'독고휘?'

순간 '독고휘는 그 지옥에서 살아남았을까?' 하는 생각이 든다.

퍽. 퍽. 퍽.

뒤늦게 화살이 박히는 충격이 전해졌다.

살아 있다는 것은 고통이다! 차라리 죽는 게 편할지도 몰라!

그러나 서문영은 이내 '그런 생각이야말로 한심함의 극치다'라고 스스로에게 말했다.

제법 어른스러운 격려에도 불구하고 불에 달군 인두로 지지는 듯한 고통은 온몸으로 번져 나갔다. 단전이, 어깨가, 등이, 허벅지가 찢어질 듯 아팠다.

"으읔!"

서문영의 입에서 신음이 흘러나왔다.

그것은 '죽음에 비하면 내가 느끼는 고통은 사치다'라고 생각한 이후, 처음으로 흘리는 비명이었다.

"이봐요, 이제 정신이 드나요?"

멀리서 조금 쌀쌀맞아 보이는 여자의 음성이 들려왔다. 순간 서문영은 저도 모르게 성가장의 가주인 성유화를 떠올렸다.

"으음, 성 소저(成小姐)?"

"있지도 않는 '성 소저' 그만 찾고, 일단 눈부터 좀 떠봐요."

"……."

상대의 강요에 서문영은 힘겹게 눈을 떠야 했다.

어두컴컴한 탓에 사물이 뿌옇게 보였다.

여자가 기다렸다는 듯 빠르게 말을 쏟아냈다.

"좋아요. 살아났군요. 다행이에요. 시체는 지겨워서."

"……."

서문영은 정신이 희미한 와중에도 여자가 하는 말을 이해하려고 애를 썼다. 왠지 그래야만 할 것 같은 느낌이 들었다.

다행이라는 말의 내용과 달리 차가운 말투도 그랬지만, 보통의 여자는 시체라는 말을 입에 달고 다니지 않기 때문이다.

"하아! 여기는…… 어디입니까?"

서문영은 힘이 빠져 고개조차 들 수 없었다.

어딘지 모르게 낯익은 여자가 자신을 내려다보며 답했다.

"금천(金川)에 있는 객점(客店)이에요."

"금천이요?"

"그래요. 성도에서 멀지 않은 곳이에요. 당신은 이곳에 와 본 적이 있나요?"

"없습니다."

"당신은 토번의 사람인가요?"

"아닙니다."

"그런데 왜 토번군이 당신을 치료했죠?"

"으음, 저도 잘……."

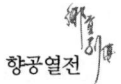
향공열전

여자가 냉소를 치며 말했다.

"흥! 어차피 나와는 관계없어요. 토번이든 거란이든 한족이든 별 차이가 없으니까요."

다소 뜻밖의 말에 서문영이 희미하게 웃어 보였다. 종족을 차별하지 않는다는 것은 쉬운 일이 아니었던 까닭이다.

"좋은…… 생각이십니다."

"호호! 고맙군요. 나는 출신이 다르다는 이유로 사람을 죽인 적은 없어요."

"나는……."

서문영은 뭐라고 말하려고 했다.

그러나 끝내 아무 말도 나오지 않았다. 그 부분에 대해서는 입이 열 개라도 할 말이 없었다. 그것이 아무리 살아남기 위해서 한 일이라고 해도 말이다.

생각에 잠긴 서문영을 향해 여자가 말했다.

"아참! 나는 아직 당신에 대해 몰라요. 토번군도 아니라면 당신은 대체 누구죠?"

"신책군의 화장 서문영입니다."

"어머! 이제 보니 군관(軍官) 아저씨였네. 순진하게 생긴 사람이 왜 군부 같은 곳에 투신을 했어요? 그거 아니래도 먹고 살 길이 얼마나 많은데."

"그건…… 나름의 사정이 있습니다. 끙! 그런데…… 소저(小姐)는 누구십니까? 낯이 익은데……."

서문영이 눈에 힘을 주고 여자를 바라보았다.

그러나 불도 밝히지 않은 어두운 방 안에서 이제 막 정신을 차린 서문영이 여자의 얼굴을 확인하기란 쉬운 일이 아니었다.

어둠 속에서 두 개의 붉은 빛이 일렁거렸다.

서문영은 요사스러운 그것이 사람의 안광(眼光)이라는 것을 알았다.

'헉! 초혼요마?'

순간 초혼요마가 유령처럼 다가와서 수혈을 짚었다.

서문영이 스르륵 눈을 감았다.

잠시 망설이던 초혼요마가 서문영이 누워 있는 침상 위로 슬쩍 올라갔다.

그리고 서문영의 곁에 반듯이 누웠다.

아무렇지도 않아 보이는 행동과 달리 초혼요마는 쉽게 잠들지 못했다.

정욕에 사로잡힌 남자의 정혈을 갈취한 적은 헤아릴 수 없을 만큼 많았다. 그러나 지금처럼 이렇게 아무 생각 없이 남자의 옆에 누워 보기는 처음이었다.

초혼요마의 여린 팔꿈치가 살금살금 서문영의 팔에 닿았다.

사내의 따뜻한 체온이 전해졌다. 살아 있는 남자의 몸을 만지는 것도 괜찮은 느낌이라는 생각이 들었다.

대범해진 초혼요마는 조금 더 움직여 서문영의 팔에 등을

항공열전

기댔다. 뭔가 짜릿한 기운이 등줄기를 타고 귀밑까지 전해졌다.

"쳇! 그냥 개나 돼지 같은 거잖아."

괜히 투덜거리던 초혼요마는 잔뜩 몸을 웅크렸다.

그제야 기분 좋은 느낌과 함께 피로가 몰려왔다. 지난 며칠간 서문영을 돌보느라 제대로 쉬지 못해서인지, 몸이 물먹은 솜처럼 축 늘어졌다.

사람을 살리는 것도 제법 괜찮은 일이라는 생각이 든다.

'미쳤어. 별생각을 다 하네······.'

비몽사몽(非夢似夢)간에 초혼요마는 자신을 꾸짖었다. 요마가 사람을 살리다니? 누가 들으면 배꼽 잡을 일이었다.

*　　　*　　　*

덜컹.

서문영은 몸에 충격을 받고 눈을 떴다.

분명히 객점에서 정신을 잃었는데 지금은 좁은 마차 안에 누워 있다.

머리를 조금 비틀자 초혼요마가 보였다.

초혼요마는 맞은편에 앉아 빤히 자신을 바라보고 있었다.

'종잡을 수 없는 여자군.'

토번군에게서 자신을 구해내서 이제는 어디로 데리고 가는 걸까? 초혼요마가 하는 일치고 좋은 일이 없다고 들은지라 은근히 불안해 졌다.

"음…… 우린 어디로…… 가고 있는 건가요?"

초혼요마가 생글거리며 답했다.

"나는 당신을 생사광의(生死狂醫)에게 데리고 갈 거예요."

'생사광의? 그는 또 누구지?'

서문영이 모르겠다는 표정을 하자 초혼요마가 친절하게 설명을 달았다.

"지금 당신의 기경팔맥(奇經八脈)은 서서히 굳어가고 있어요. 그동안 의원 셋을 불러 봤는데, 하나같이 황실의 어의(御醫)가 아니라면 손쓰기 어려울 거라고 하더군요."

"……."

서문영의 표정이 어둡게 가라앉았다. 온몸에 힘이 들어가지 않아 은근히 걱정을 했는데, 결과를 듣고 나니 암담했던 것이다.

"남자가 그만한 일로 풀죽을 것 없어요. 생사광의를 만나면 모두 해결될 테니까요."

"하아, 그는…… 대단한 의원인가 보군요."

"그가 손을 쓰면 죽은 사람도 살아난다고 하더군요."

"아, 그래서 생사광의라고 하는 건가요?"

"그건 아니에요. 그는 한 사람을 살리면 반드시 한 사람을 죽여요. 그 반대의 경우도 마찬가지고요."

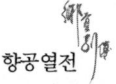
향공열전

"허······."

뜻밖의 말에 서문영은 그만 할 말을 잃고 말았다.

"일생일사(一生一死)가 그의 신조라서 사람들은 그를 생사광의라고 부르죠."

"죽인다는 것은······ 정말 살인을 의미하는 겁니까?"

"네."

"의원이 살인을?"

"그 정도가 아니면 무림의 공적(公敵)이 될 수 없죠."

"······."

서문영은 잠시 눈을 감았다. 그리고 자신에게 일어나고 있는 일들을 하나씩 정리해 나갔다.

'초혼요마가 토번에게서 나를 구했다. 그리고 지금 생사광의에게 나를 데리고 가는 중이다. 생사광의는 무림공적이다.'

무림공적(武林公敵)이란 뭔가! 누군가 용서하지 못할 만큼 심각한 범죄를 저지르면 강호의 협객들은 그를 무림공적으로 선포한다.

누군가 무림공적으로 낙인찍힌 사람과 교분을 나누면, 그도 무림공적이 된다. 그런 이유로 무림공적과 왕래를 하는 사람들은 사파의 인물들밖에 없다. 그게 서문영이 알고 있는 무림공적의 모든 것이었다.

"저어, 초 소저(招小姐), 오해는 말고 들어 주십시오."

"퓸!"

초 소저라는 말에 초혼요마가 웃음을 터뜨렸다. 하지만 그 말이 마음에 드는 듯 별반 다른 말을 하지는 않았다.

"저는 금군(禁軍)의 소속이라…… 잘하면 어의에게 치료를 받을 수도 있습니다. 그러니……."

서문영의 말이 채 끝나기도 전에 초혼요마가 물었다.

"당신의 기경팔맥이 완전히 굳으면, 그때는 어의도 손을 쓸 수가 없어요. 황도(皇都)로 가기 전에 당신은 불구가 되고 말 거예요. 그래도 황도로 가고 싶은가요?"

"생사광의가 마음에 와 닿는군요."

"호호! 잘 생각했어요."

정색을 하고 답하는 서문영의 태도에 초혼요마는 한참을 웃어댔다.

그 뒤로 두 사람은 별다른 이야기를 나누지 않았다.

마차가 가볍게 흔들렸다.

일다경쯤 지났을까?

초혼요마가 밑도 끝도 없이 물었다.

"성 소저는 누구죠?"

"성 소저라니요?"

"그걸 나에게 물으면 안 되죠. 당신이 정신을 차리기 전에 몇 번이나 부르던 이름이에요."

서문영이 황당하다는 표정으로 초혼요마를 바라보았다. 자신이 성유화를 찾았다는 게 이해가 가지 않아서이다. 하지만

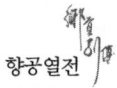

초혼요마가 성유화를 알 수 없으니, 자신이 그녀의 이름을 부르긴 부른 모양이다.

"성 소저는……. 성가장(成家莊)의 가주(家主)입니다. 그곳에서 처음 무공이란 것을 배웠지요. 아마 그래서 찾았던가 봅니다."

"혹시 강소성의 성가장을 말하는 건가요?"

"어떻게 아셨습니까?"

서문영의 눈이 휘둥그렇게 떠졌다. 성가장이 어디 있는지 아는 사람을 처음 만난 까닭이다. 게다가 초혼요마와 같은 초고수가 어떻게 성가장을 알고 있단 말인가?

"요즘은 강소성의 나찰옥녀(羅刹玉女)를 모르면 바보라는 소리 들어요. 그녀는 떠오르고 있는 신성(新星)이거든요."

"아, 그랬군요."

서문영의 얼굴에 자부심이 어렸다. 성가장과 성유화가 유명해졌다니 괜히 으쓱해진 것이다.

"그럼 당신이 바로 그 성가장의 검공(劍貢) 서문영인가요?"

"제가 성가장에 있던 서문영은 맞는데, 검공이라는 말은 처음 들어봅니다."

"성가장에 또 다른 서문영이 없다면, 그건 아마 당신을 가리키는 말일 거예요."

"……."

서문영은 묘한 기분이 되었다. 생각해 보면 사람들이 자신을 검공이라고 부르는 이유를 알 것도 같았다. 성가장에서 자신은 향공(鄕貢) 출신의 글선생이었다. 자신이 봐도 향공보다는 검공이라는 말이 더 적합한 것 같았다.

"당신은 무림을 떠나 있었군요?"

"예, 신책군에 입대했으니까요."

"잘했어요. 성가장에 있었다면 피곤했을 거예요."

"예?"

"나찰옥녀와 검공의 이름이 조금 알려지는 바람에 성가장은 바람 잘 날이 없다고 들었어요."

"왜……."

무공으로 유명해지면 오히려 덕을 봐야 하는데, 초혼요마의 말을 들으니 별로 그렇지도 않은 모양이었다.

"무명(無名)의 후기지수들이 밤낮으로 성가장에 찾아가 시비를 걸지 않겠어요? 검공과 나찰옥녀만 꺾으면 단숨에 신성이라는 소리를 들을 테니까요."

"……."

"훗! 너무 신경 쓰지 말아요. 그래봐야 강소성의 이야기이니까. 진짜 무서운 고수들은 한귀로 듣고 흘릴 거예요."

진짜 무서운 고수들이라는 말에 서문영은 호기심이 생겼다. 그건 자신의 이름이 강소성의 무림에 오르내리고 있다는 말을 들어서인지도 모른다.

"진짜 무서운 고수들이란 누구입니까?"

"사파에는 녹림백팔채(綠林百八寨)의 대표들인 녹림십왕(綠

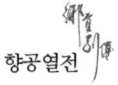
향공열전

林十王)이나, 혼세삼악(混世三惡), 남북쌍마(南北雙魔) 같은 못난이들이 있겠고…… 협객이라 자처하는 바보들 중에는 십대문파의 문주(門主)나 일왕칠협일괴(一王七俠一怪) 정도?"

"많군요."

서문영의 말에 초혼요마가 피식 웃었다.

"겨우 그 정도에 많다고 하면 안 되죠. 전대의 고수들과 은거기인들을 빼고 그 정도란 말이었으니까요."

"……."

서문영은 자신이 무림이라는 곳에 대해 무지하다는 것을 깨달았다. 하지만 생각해 보면 그럴 수밖에 없었다.

무림에 입문을 하게 만든 성가장은 삼류였고, 그 뒤로는 군문에 입대를 해서 견문을 넓힐 시간이 없었기 때문이다.

"그럼, 사마담과 같은 고수는 어느 정도나 되는 건가요?"

"혹시 사마세가의 가주인 불퇴검(不退劍) 사마담을 말하는 건가요?"

"예."

"굳이 비교를 하자면 백팔채의 채주들과 비슷할 거예요."

"허, 녹림십왕이라는 사람들보다 못하다는 건가요?"

"녹림십왕은 백팔채에 있는 도둑들 중에 최고수 열 명을 의미해요. 사마담이 녹림의 백팔 고수들 중 몇 명이나 상대할 수 있을 것 같아요? 어림도 없죠."

덜컹.

갑자기 마차가 정지했다.

곧이어 마부의 음성이 들려왔다.

"아가씨, 불청객들이 찾아왔습니다요."

서문영은 불청객이라는 말에 힘겹게 상체를 일으켜 세우려 했다.

하지만 맥없이 자리에 눕고 말았다. 초혼요마의 희고 부드러운 손이 서문영의 어깨를 가볍게 눌렀던 것이다.

"당신은 그냥 누워 있어요."

"……."

초혼요마의 몸에서 풍겨오는 방향(芳香)에 서문영은 얼굴을 붉혔다. 그러고 보니 초혼요마는 지고의 경지에 이른 사람치고는 지나치게 젊어 보였다.

서문영을 제지한 초혼요마는 바람처럼 밖으로 빠져 나갔다.

마차 안에 홀로 남겨진 서문영은 촉각을 곤두세웠다. 바깥에서 무슨 일이 일어나고 있는지 알고 싶어서다. 그러나 아직은 아무런 소리도 들려오지 않았다.

'초혼요마에게 찾아온 불청객은 사파의 고수들일까? 십대문파의 사람들일까?'

서문영은 불청객이 누구라고 해도 자신에게 이로울 게 없다는 결론을 얻었다.

사파의 고수들이 흉한 목적으로 찾아온 것이라면 초혼요마의 일행인 자신을 살려둘 이유가 없다. 반면 십대문파의 고수

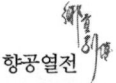

들이 무림공적을 처단하겠다고 온 것이라면 그것도 문제다. 자신을 구해 준 초혼요마가 당하는 것도 싫었지만, 당장 초혼요마가 당하면 자신도 영영 불구로 살아야 하기 때문이다.

초조한 마음에 서문영은 저도 모르게 입술을 물어뜯었다.

서문영이 억지로 상체를 들어 밖을 내다보려는 순간이다.

어느 틈에 돌아왔는지 초혼요마가 서문영의 어깨를 다시 눌렀다.

"이제 됐어요."

서문영은 가까이 다가온 초혼요마의 몸에서 방향 이외의 것을 느꼈다. 그것은 누가 가르쳐 주지 않아도 이제는 알 수 있게 된 혈향(血香)이었다.

"누구…… 였습니까?"

"산적이요."

"당신이라면 굳이 죽이지 않아도 되지 않았습니까."

"나를 탐하거나, 나에게 살의를 드러낸 자들은 죽어 마땅해요. 신경 쓰지 말아요. 나에게는 누구처럼 구질구질한 일생일사 따위의 신조가 없으니까."

"……"

그제야 서문영은 사람들이 왜 초혼요마를 두려워하는지, 그리고 왜 죽이려고 하는지 알 수 있었다. 그녀는 기본적으로 인명을 귀하게 여기고 있지 않았다.

서문영의 얼굴에 언뜻 실망의 기색이 스치고 지나갔다.

그런 서문영을 향해 초혼요마가 말했다.

"흥! 당신도 역시 하나만 알고 둘은 모르는 사람이었군요."

"하나는 뭐고 둘은 뭡니까?"

"만약 조금 전에 그들이 욕보이려고 했던 사람이 내가 아니라 여염집 여자였다면, 지금쯤 그 자리에는 마부와 여자의 시체만 남아 있을 거예요."

"……."

"미쳐 날뛰는 짐승은 도축(屠畜)하는 수밖에 없어요."

"……."

서문영은 초혼요마의 말에 반박하지 못했다.

미쳐 날뛰는 짐승을 교화(敎化)시켜 사람으로 만들어 줄 것도 아니면서, 초혼요마가 하는 행동을 무작정 비난할 수는 없었다.

세상을 바꾸는 것은 말이 아닌 행동에 있지 않은가! 그것이 교화든 도축이든 말이다. 뒤늦게야 '이게 옳다 저게 옳다 백 번 떠드는 것은 한 번 행동하는 것만 못하다'는 자책이 들었다.

'하아! 확실히 나는 말뿐이다.'

서문영은 한숨과 함께 눈을 감았다.

말상대를 잃은 초혼요마는 서문영에게 입술을 삐죽여 보인 후 창밖으로 시선을 돌렸다.

생각할수록 은근히 짜증이 났다.

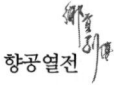
향공열전

'쳇! 자기가 무슨 부처라도 되는 양 입에 발린 말만 늘어놓는담!'

한참 동안 화를 삭이던 초혼요마는 결국 참지 못하고 한 마디 하고 말았다.

"이봐요. 좋은 소리는 누구나 할 수 있어요. 진짜 어려운 건, 남이 하기 싫어하는 일을 하는 거라고요. 알겠어요!"

가만히 듣고 있던 서문영은 초혼요마가 '애써 어려운 일을 자처 하고 있다'는 투로 말하자 속이 언짢아졌다. 성현(聖賢)이라면 모를까 무림공적에게 어울리는 소리는 아니지 않은가?

"네에, 그러시겠죠."

'그래서 무림공적이 되셨습니까?'라는 말이 목구멍까지 치밀어 올랐지만 참았다. 초혼요마에게 그런 식으로 빈정거려서 좋을 일이 없다고 생각한 것이다. 지금은 자신을 돌봐주고 있지만, 상대는 사람 목숨을 파리나 모기처럼 여기고 있는 초혼요마였다.

하지만 서문영이 하고 싶은 말을 참았어도 이미 늦었다.

명백하게 비꼬는 듯한 서문영의 말투에 초혼요마가 노하고 만 것이다.

"지금 나를 비웃고 있는 건가요?"

"……"

"눈 떠봐요."

섬뜩한 초혼요마의 음성에 서문영은 슬며시 눈을 떴다.

아름답지만 살벌한 초혼요마의 얼굴이 보였다.
　"내가 당신을 구했다고 해서 죽이지 않을 거라고 착각했다가는……."
　초혼요마가 말끝을 흐렸다. 뒷말을 확실하게 하지 않은 이유는 더 큰 공포를 불러일으키기 위해서다.
　서문영이 눈을 내리깔았다.
　그것으로 두 사람 사이의 자존심 싸움은 일단락 지어졌다. 적어도 초혼요마는 그렇게 생각했다.
　하지만 그것으로 끝난 것은 아니었다.
　승리의 기쁨을 맛보고 있는 초혼요마의 귀로 서문영이 음성이 들렸던 것이다.
　"당신은 나를 죽일 수 있겠지만, 내 말과 생각은 죽일 수 없을 겁니다."
　초혼요마가 "흥!" 하고 냉소를 치며 창밖으로 시선을 돌렸다. 비록 다 죽어가는 소리였지만, 그 속에 담긴 의지만은 분명하게 느낄 수 있었다.
　초혼요마는 새삼 깨달았다.
　이 남자는 누구의 눈치를 살피며 살아가는 사람이 아니다.
　그리고 강한 자에게 강한 사람이라고.
　시간이 지나자 초혼요마는 곁눈질로 서문영을 훔쳐보았다. 그는 길고 지루한 신경전에 지쳤는지 눈을 감고 쉬고 있었다.
　'확실히 보통 사람은 아니야.'

향공열전

그는 자신의 눈치를 살피며 조심하다가도, 결정적인 순간에는 자신의 주장을 굽히지 않았다. 지금까지 보아왔던 사람들과는 사뭇 다른 모습이다.

 자신의 눈치를 살피는 사람은 죽는 순간까지 그랬고, 자신을 반대하는 사람들은 처음부터 끝까지 모든 걸 인정하지 않으려 들었다.

 하지만 서문영은 다르다. 분명히 서문영은 자신과 통하는 부분이 있다. 그건 꼬집어 말하지 않아도 느낌으로 알 수 있었다.

 괜히 기분이 좋아졌다. 조금 전까지의 불쾌하던 감정은 어디론가 멀리 사라져 버렸다.

제4장
하나를 죽이면 하나를 살린다

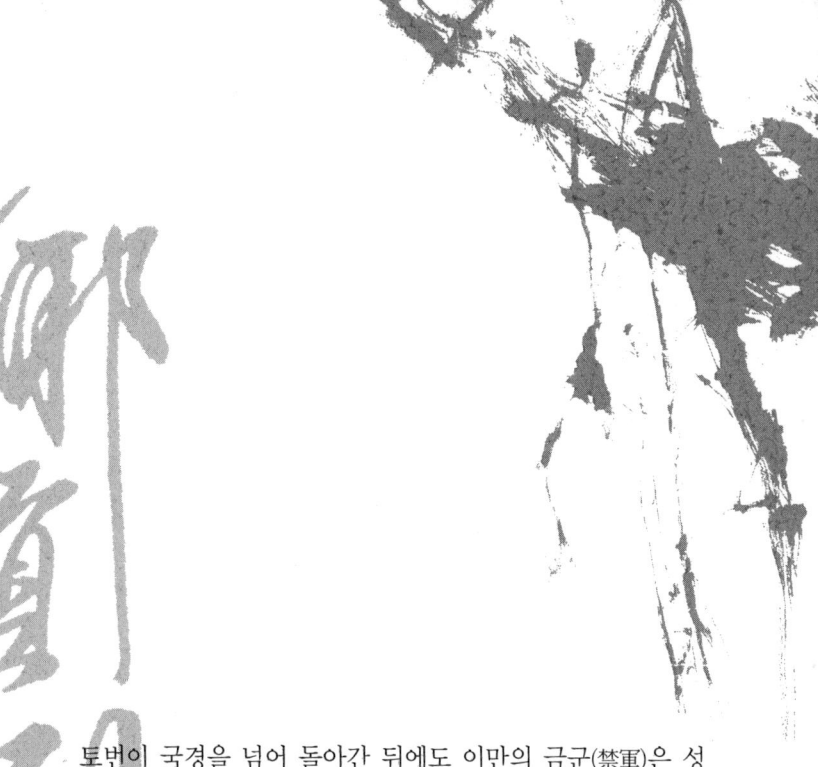

　토번이 국경을 넘어 돌아간 뒤에도 이만의 금군(禁軍)은 성도 외곽에 머물렀다.
　토번이 다시 국경을 넘을까봐 조금 더 지켜보겠다는 것이 이유였지만, 실상은 내부적으로 조율해야 하는 중요한 문제가 남아 있었기 때문이다.
　금군의 지휘본부에서는 늦은 밤까지 두 사람이 팽팽한 신경전을 벌이고 있었다. 감군사 독고휘와 금군의 지휘관이자 금룡대(金龍隊) 대주(隊主)인 천도문이다.
　전쟁이 끝났음에도 금군이 황도(皇都)로 회군하지 못하고 있는 것은 두 사람의 입장차가 좀처럼 좁혀지지 않고 있는 탓이었다.

 감군사 독고휘가 금룡대의 대주이자 동문(同門) 사형인 천도문을 노려보았다.
 "사형(師兄)이 금천에서 이틀이나 뭉기적거리고 있지만 않았어도, 이 정도의 희생을 치르지는 않았을 거예요. 왕이건 대장군과 팔천이 넘는 병사가 전사(戰死)하고, 신책군 돌격여단은 전멸했어요. 나는 사형의 직무유기(職務遺棄)를 황상께 아뢰어 그에 상응하는 대가를 치르게 하겠어요."
 날 선 독고휘의 말에도 천도문은 왠지 느긋한 표정이었다. 믿는 게 있다는 뜻이다.
 "네가 그토록 화가 난 것은 서문영이 죽었기 때문이냐?"
 "흥! 서문영은 아직 죽지 않았어요. 실종된 사람을 죽었다고 하다니, 너무 하시는군요. 게다가 내가 화가 난 건 서문영의 실종과 관계없어요. 사형은, 사형이 저지른 죄가 얼마나 큰 것인지 알아야 해요. 내가 하고 싶은 말은 그뿐이에요."
 "쩝, 난 죄 없다."
 "그날 금군의 지원이 없어서 병마절도사 왕이건과 팔천의 병사들이 죽었다고요! 신책군도 사백 명 전원이 사망했고요! 아시겠어요!"
 "네가 뭐라고 해도 그게 내 책임이 아니라는 사실에는 변함이 없다."

"그럼 누구의 책임이죠? 사천성에 파견된 금군의 최고 지휘관은 사형이었잖아요!"

"지휘관들에게도 나름의 고충이 있는 법이다."

독고휘가 냉소를 치며 되물었다.

"흥! 그 고충이라는 게, 대장군과 팔천이 넘는 병사들의 목숨보다 더 큰 것이었던가 보죠?"

"나도 그들의 희생에는 큰 슬픔을 느끼고 있다. 나라고 사람의 목숨을 가볍게 여기는 줄 아느냐? 전장을 정리한 뒤로 며칠간 잠도 못 잤다."

"고양이가 쥐를 생각해 주는 것처럼 들리는군요."

"뭐라고 말해도 좋다. 하지만 너의 보고서에 '금군이 금천에서 이틀간 놀고먹었다'고 적어서는 안 될 것이야. 만에 하나라도 그런 보고서가 작성된다면, 여럿이 다치게 될 것이다."

"상관없어요. 그들은 모두 사형과 같이 공(公)과 사(私)도 구별할 줄 모르는 매국노(賣國奴)들이니까요."

"어허! 말이 심하구나! 너는 아직도 내가 서문영 때문에 금군을 움직이지 않았다고 생각하느냐? 내가 고작 서문영 하나를 없애자고, 그토록 큰 희생을 감수할 사람으로밖에 안 보이냔 말이다!"

"그럼 뭐죠? 왜 평소의 사형답지 않은 행동을 했냐고요!"

"……"

이글거리는 눈으로 독고휘를 노려보던 천도문이 땅이 꺼져라 한숨을 내쉬었다.

"하아! 너는 모르는 편이 낫다. 세상의 모든 일을 알려고 하지 말아라. 세상은 네가 알고 있는 것보다 훨씬 더 더럽고 비열하니까 말이다."

"사형이 말하지 않는다면, 나는 내가 보고 느낀 것을 사실대로 보고 할 수밖에 없어요."

"뭐라고! 그랬다가는 가장 먼저 감군원의 원수(元首)이신 네 의부(義父)께서 다치게 된다. 너 때문에 관 원수께서 해를 입으면, 네 본가(本家)인 독고가(獨孤家) 또한 무사하지 못할 게다. 그분께서 수족(手足)과 같은 관 원수를 해친 너와 독고가를 가만히 내버려 둘 것 같으냐?"

"그, 그게…… 무슨 말이죠?"

독고휘의 얼굴이 굳어갔다.

감군원의 원수인 관억은 일인지하(一人之下) 만인지상(萬人之上)이라고 해도 과언이 아니다. 그런 관억을 수족으로 부릴 수 있는 사람은 정해져 있었다.

'황상(皇上)? 그렇다면 이번 일은 황상의 뜻이란 말인가?'

독고휘의 얼굴이 여러 차례 변해갔다.

그런 독고휘를 지그시 바라보던 천도문이 장탄식을 터뜨렸다. 더 이상 독고휘에게 감출 수 없게 되었다고 생각한 것이다.

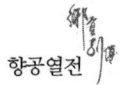
향공열전

"휴! 너도 외인은 아니니, 내 말해 주마. 만약 이 이야기가 외부로 흘러 나갈 경우…… 너와 나는 물론 관 원수님까지도 위험해 진다. 그러니 듣고는 잊어버리도록 해라."

"……."

천도문은 주변에 사람이 없는 것을 확인한 후, 독고휘에게 나직이 말했다.

"모든 것은 관 원수님께서 절도사들의 세력이 지나치게 확대되는 것을 견제하기 위해 한 일이다. 병마절도사 왕이건 대장군은 황실에 위험한 인물이었다. 제 살을 잘라내는 아픔을 감내하고…… 병마절도사와 그의 사병들을 감축한 셈이지. 그 과정에서 억울하게 희생된 절충부와 신책군의 일은 나도 유감이다. 하지만 너도 알겠지만, 절충부는 이세명 장군이 적당한 시점에 퇴각해 주어서 큰 희생은 없었다. 신책군의 전멸은 예상치 못한 일이었지만……."

"……."

천도문은 잠시 독고휘의 안색을 살폈다.

독고휘는 하얗게 질린 얼굴로 어찌할 바를 모르고 있었다.

"이 모든 일은 황상께서도 이미 알고 계신다. 그런데 이제 와서 네가 금군이 직무를 유기했다고 고발하면, 관 원수님과 나의 입장이 어떻게 되겠느냐?"

"……."

한참 동안 말없이 서 있던 독고휘가 조용히 입을 열었다.

"만약, 의부님과 사형이 하고자 하는 일에 내가 방해가 된다면…… 나도 그런 식으로 처리 할 건가요?"

"그 무슨 섭한 소리냐? 관 원수님과 내가 왜 너를 없애겠느냐? 너는 이미 한 가족과 같은 사람이거늘……. 다시는 그런 생각을 하지 말아라. 그건 네 의부님과 나에 대한 모욕이다."

"그냥, 그런 생각이 들었어요."

독고휘가 자리에서 일어섰다.

떠나려고 하는 독고휘를 향해 천도문이 확인하듯 물었다.

"이번 토번과의 전쟁에 따라나선 감군사 중 살아남은 사람은 너뿐이다. 어느 때보다 너의 보고서가 중요하다. 네가 황상의 뜻을 거스르지 않을 거라고 믿어도 되겠느냐?"

"훗! 그렇다면 정말 있으나 마나한 감군사로군요. 어쨌든 보고서는 제가 알아서 할 거예요. 조금 전에 한 가족이라고 하셨죠? 제가 방해가 되어도 한 가족인가요? 정말 궁금해지는군요."

"너, 서문영 때문에 신경이 날카로워져 있는 것 같은데…… 너만 바라보고 있는 독고가를 생각해라. 너를 황실로 보낸……."

"그만 해요! 사형에게 그런 이야기 듣고 싶지 않아요!"

독고휘가 막사 밖으로 나가 버렸다.

막사 안에 남겨진 천도문이 중얼거렸다.

"어차피 감군사의 보고서는 모두 관 원수에게 보내진다. 그는 나와 달리 무자비한 사람이야. 그러니 제발 어리석은 짓 하지 말아라……."

 독고휘는 막사를 나오자마자 무작정 걷기 시작했다.
 독고휘의 걸음이 멈춰선 곳은 숙영지 근처의 작은 산꼭대기였다.
 휘영청 밝은 달을 향해 독고휘가 소리쳤다.
 "바보야! 어떻게든 살라고 했잖아! 왜! 왜! 실종된 거냐고! 죽지 않겠다면서!"
 씩씩거리던 독고휘는 제법 커다란 바위 위에 걸터앉았다.
 천도문은 토번에서 서문영의 시체를 먹었을 거라고 했다. 그래서 시체도 남기지 못한 거라고 했다.
 서문영이 토번의 원수이니 먹지 않았으면 조각조각 찢어 버렸을 거라고도 했다. 그렇지 않고서야 서문영의 시체가 발견되지 않았을 리가 없다고 했다.
 아니라고 반박했지만, 그럴 수도 있다는 생각을 떨쳐 버릴 수 없었다. 돌격여단에 단 한 사람의 생존자도 없어서 더 그랬다.
 악을 쓰던 독고휘는 고개를 떨구고 소리죽여 흐느꼈다.
 굵은 눈물을 뚝뚝 흘리던 독고휘가 자리에서 벌떡 일어섰다.
 독고휘의 젖은 눈이 어둠 속에서 번득였다.
 서문영과 팔천의 병사들이 왜 죽었는지 시원하게 까발려 주마!

 상대가 황제라 해도, 그 일로 자신이 죽게 된다고 해도. 어차피 추악한 세상, 더 미련은 없다.

* * *

"초 소저, 얼마나 더 가야 하는 건가요?"

 사흘 만에 겨우 상체를 일으킬 수 있게 된 서문영이 물었다. 마차에서의 생활이 지겹기도 했지만, 기약 없이 이동만 하는 게 영 마음에 걸렸던 것이다.

 며칠 전에 들린 객점에서 토번과의 전쟁이 끝났다고 들었다. 하지만 아무도 신책군에 대해서는 알지 못했다.

 당장 용무대로 달려가 복귀 신고를 하고 싶었지만, 몸을 회복하는 게 먼저였다. 용무대에 어의가 없으니 생사광의를 만나러 가는 것을 미룰 수 없었던 것이다.

"내일 저녁이면 생사광의를 만날 수 있을 거예요."

"아, 감사합니다. 초 소저의 은혜는 평생 잊지 않을 것입니다."

"흥! 나중에 원망이나 하지 마세요."

"제가 왜 초 소저를 원망하겠습니까?"

 초혼요마가 조금 토라진 표정으로 답했다.

"그러게요. 나와 얽힌 사람들은 왜 하나같이 나를 원망할까요? 나도 그게 궁금하더라고요."

"초 소저께서 손속에 조금만 더 인정을 두시면……."

"닥쳐요. 다시 한 번 인정 운운하면 당신을 버리고 떠날지도 몰라요."

"……."

찔끔 놀란 서문영이 아무 일도 없었다는 듯 창밖으로 시선을 돌렸다.

붉게 타오르는 석양이 보였다.

순간 서문영의 입에서 저도 모르게 한숨이 흘러나왔다. 자신의 처지와 아무 상관없이 세상은 평화롭고 아름답기만 했다.

'독고휘는 무사할까?'

석양을 보고 있자니 불현듯 독고휘의 얼굴이 떠올랐다.

"흥! 나는 당신을 위해서라면 무슨 일이든지 다 할 거예요! 당신은 어떻게든 이 말도 안 되는 전쟁에서 살아남을 궁리나 하세요!"

독고휘의 음성이 귀에 쟁쟁 울리는 듯했다.

살짝 주눅 들어 있던 서문영의 표정이 부드러워졌다. 언젠가 독고휘를 다시 만났을 때 그가 놀랄 것을 생각하니 괜히 웃음이 났던 것이다.

"성 소저를 생각하나요?"

"아니요. 잠시 신책군에 복귀할 일을 생각했었습니다."

"이제 보니 군문이 체질이신가 봐요. 지금까지 당신의 얼굴에 그런 미소가 떠오른 적이 없어요."

"대정님과 별장님이 들으시면 기겁을 할 이야기로군요."

"왜요?"

"그분들은 제가 군문에서 무슨 사고를 치고 돌아다녔는지 잘 아시니까요. 저는 자타가 공인하는 부적응자였습니다."

초혼요마가 잠시 멍한 얼굴로 서문영을 바라보았다. 그동안 서문영이 무관에 잘 어울린다고 생각했는데, 의외의 말을 들은 까닭이다.

"내가 짐승들을 많이 도축하고 다닐 때의 일이에요."

"……."

서문영은 귀를 쫑긋 세웠다. '초혼요마가 대체 무슨 말을 하려고 저렇게 분위기를 잡는가?' 하는 호기심에서다.

"삼협[三峽; 양자강 상류의 구당협(瞿塘峽)·무협(巫峽)·서릉협(西陵峽)의 세 협곡]을 지나다가 쭈글쭈글한 도사를 만난 적이 있어요. 그때 색마(色魔) 구양수(九陽脩)를 베고 찜찜한 기분에 사로잡혀 있을 때였지요. 구양수 알죠? 십 년 전쯤에 채음보양(採陰保陽)을 한다고 어린 여자애들을 강간하고 다니던 놈, 무당파 출신이라 무공도 제법 뛰어났었죠. 그래서 다들 슬슬 피해 다니고 그랬어요. 그놈을 저잣거리에서 만나게 돼서, 그냥 베어 버렸거든요."

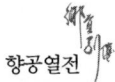
향공열전

"쯧, 그런데 무당파 사람이 그런 일을?"

"원래 도사들이란 게 보통 사람들의 상상을 초월해요. 그게 자기 수양 쪽으로 가면 다행인데, 가끔 구양수처럼 미친 짓을 하는 인간들이 있거든요."

"아, 예."

"그런데 내가 어디까지 얘기했죠?"

"색마 구양수를 베고 찜찜할 때 삼협에서 노 도사를 만났다면서요."

"아! 맞다. 그때 그 늙은 도사가 그러더군요."

"아가씨, 근심이 있는 얼굴이오."

"왜요? 당신도 혹시 젊어지고 싶어서 어린 여자를 찾으러 다니는 도사인가요? 그런 거라면 지금 힘쓰고 싶지 않으니까, 그냥 가던 길 가세요."

"허허, 오해하지 마시고 빈도(貧道)의 말을 잠시 들어 보시구려. 빈도는 여자가 아니라, 요괴를 찾아 없애는 일을 전문적으로 하고 있소이다."

"요괴퇴치? 그럼 내가 요괴로 보인다는 말인가요?"

"아니외다. 요괴퇴치는 양생(養生)을 하기 위함이오. 도(道)라는 게 모양새는 다르지만 결국 모두가 양생을 위한 게 아니겠소? 소저가 조금 전에 말한 채음보양의 수법 또한 궁극적으로는 양생을 위함이라오. 간혹 몇몇 도사들이 그릇된 행동을 하는 것은 양생에 대해 무지하기 때문이외다."

"그런데요? 그게 나와 무슨 상관이 있죠?"

서문영이 초혼요마를 향해 묻고 싶은 게 그 말이었다. 그게 대체 지금의 자신과 무슨 관계가 있다고? 자신은 그저 "군문에 어울리지 않았다"는 사실만 말했을 뿐이다.

"그때 그 늙은 도사가 말했어요. 마음이 편해지는 일을 하는 게 바로 양생이라고. 난 그게 무슨 말인지 정확히는 몰랐지만, 한 가지 득이 된 건 있어요. 마음이 가벼워졌거든요. 인간 같지 않은 것들을 도축하는 게 마음이 편했다고나 할까?"

"그래서 하고 싶은 말이 뭔가요?"

"당신도 아까의 그 환한 표정을 보면 의외로 군문이 체질에 맞을지 모른다는 거예요. 아님 말고요."

"……."

서문영은 조금 전에 자신이 생각하던 게 뭔지 떠올려 봤다. 신책군의 복귀? 그렇다면 정말 초혼요마의 말처럼 신책군이 천직(天職)인 걸까?

마차가 다시 섰다.

곧이어 마부의 음성이 들려왔다.

"아가씨, 불청객이 찾아왔습니다."

서문영은 그냥 눈을 질끈 감아 버렸다.

초혼요마가 바람처럼 사라졌다.

"하아! 왜 이렇게 세상이 험한 거냐. 사방에 도적과 강도가 널려 있구나!"

적어도 이 순간 만큼은 초혼요마의 말이 맞았다. 만약 불청

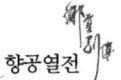

객들이 초혼요마보다 강하다면, 초혼요마는 물론 자신과 마부 역시 죽은 목숨이다.

초혼요마가 자신의 목숨을 지켜주고 있기에 생명의 존엄이니 뭐니 떠들어 댈 수 있었던 것이다.

잠시 동안의 상상이 채 끝나기도 전에 초혼요마가 돌아왔다. 예의 그 혈향이 마차 안에 은은히 퍼져 나갔다.

서문영은 초혼요마를 비난하지 않았다.

마음으로 동의하지 않았지만, 그녀를 비난할 만큼 뻔뻔하지도 못했기 때문이다.

*   *   *

그 뒤로도 서문영과 초혼요마가 타고 있는 마차는 두 번을 더 섰다. 그럴 때마다 초혼요마가 귀신처럼 나갔다가 들어왔다. 대화도 없고, 신음 소리도 들리지 않았다. 초혼요마는 길을 가로막고 있는 통나무를 치우듯이, 그렇게 불청객들을 해치웠다.

얼마 후 또다시 마부가 불청객이 찾아왔다고 말했을 때, 참다못한 서문영이 말했다.

"개과천선(改過遷善)할 수 있는 기회라도 한 번 주는 게 어떻겠습니까?"

"그걸 누가 확인하냐고요."

"믿어 봐야지요."
"······."
초혼요마가 무표정한 얼굴로 사라졌다.

"아저씨들은 누구세요?"
마차에서 나온 초혼요마가 관도(官途)를 가로막고 선 열 명의 사내들을 바라보았다.
흉악한 얼굴에 가지각색의 병장기를 빼들고 있는 것을 보면 직업을 알 수 있지만, 워낙 마차 안의 서문영이 꼬장꼬장하니 물어 보지 않을 수 없었던 것이다.
"흐흐, 귀여운 아가씨. 우리는 구룡채(九龍寨)에서 나온 분들이시다. 일단 마차 안에 타고 있는 사람들을 다 불러 내거라."
"왜요?"
"이 길은 구룡채로 통하는 길이라 오늘부터 사흘 간 통행을 금하고 있다. 그러니 마차와 아가씨만 남고, 다른 사람들은 모두 걸어서 돌아가야 한다."
"잘 됐군요. 우리도 구룡채로 가는 중인데."
"······."
박도(朴刀)를 빼들고 겁을 주던 사십대의 사내가 잠시 머뭇거렸다. 혹시 자신이 잘못 들은 건 아닌가 하는 생각에서다.
"아가씨, 지금 구룡채로 간다고 했소?"
"그래요. 구룡채. 왜요? 우리는 가면 안 되나요?"

건들거리던 사십대의 사내가 박도를 갈무리하며 정중하게 물었다.

"구룡채에는 무슨 볼일이 있으시오?"

"생사광의를 만나러 왔어요."

"단지 그것뿐이오?"

"그래요. 다른 이유라도 있어야 하나요?"

사십대의 사내, 구룡채의 부채주 왕거륜(王居倫)이 고개를 갸웃거렸다.

눈앞에 서 있는 여자의 정체를 도무지 알 수가 없었다. 현재 구룡채에 생사광의가 있다는 것은 무림의 비밀이라고 할 수 있다. 그런데 지금 눈앞의 아가씨는 사파의 고인들도 잘 모르는 일을 알고 있었다.

"아가씨가 생사광의를 어떻게 아는지는 몰라도 그것 때문이라면 구룡채에 갈 수가 없소. 지금 구룡채에서는……."

왕거륜이 말을 하다가 끊었다. 구룡채에서 일어나고 있는 일은 무림의 비밀이라, 함부로 누설할 수가 없었던 것이다.

"그냥 돌아가시오."

왕거륜으로서는 엄청나게 양보를 한 셈이다. 여자와 마차를 끌고 가려다가 돌아가라고 했으니 말이다.

하지만 초혼요마의 인내심도 바닥을 드러내고 있었다.

"말 많은 아저씨, 비킬래요? 아니면 모두 죽이고 가야 하나? 바쁜데."

생글생글 웃는 초혼요마에게서 왕거륜은 항거할 수 없는 요기를 느꼈다.

"저, 정히 생사광의를 만나야 한다면 사흘 후에 오시는 것이……."

"죽는다."

초혼요마가 왕거륜의 말을 끊었다.

동시에 초혼요마의 눈에서 혈광(血光)이 흘러나왔다.

혈광에 노출된 왕거륜은 마치 거미줄에 걸린 날파리처럼 옴짝달싹 하지 못했다.

초혼요마의 손이 왕거륜의 머리를 움켜잡았다.

왕거륜의 눈이 하얗게 뒤집어질 때다.

누군가 산적들의 중심으로 날아 내리며 소리쳤다.

"그만! 그만! 그놈에게 따로 맡긴 일이 있다고! 이번에 한 번 살려 줘! 그럼 언제고 내가 신세 갚도록 하지. 어때?"

갑자기 나타난 노인이 초혼요마를 향해 능글맞게 웃어 보였다. 생김새는 선풍도골(仙風道骨)인데 하는 짓은 어딘지 모르게 가벼워 보이는 노인이었다.

"흥! 노망난 늙은이가 여기는 웬일이지?"

초혼요마가 왕거륜의 머리에서 손을 뗐다. 칠대마인의 하나인 소면시마(笑面屍魔)가 나타났으니 함부로 행동할 수는 없었다.

정신을 잃은 왕거륜이 철푸덕 쓰러졌다.

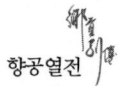
향공열전

멍하니 서 있던 산적들이 뒤늦게 달려들어 그를 부축했다.

소면시마가 산적들에게 눈을 부라리며 소리쳤다.

"이 미친놈들아! 하필이면 칠대마인 중에 사람을 가장 많이 죽였다는 초혼요마와 시비를 벌여! 일반인을 막고, 정파의 끄나풀들이 꼬이는지 살피라고 했더니…… 미친놈들이 눈깔은 어디다 두고 다니길래 칠대마인의 출입을 막고 지랄이야!"

여자가 초혼요마라는 말에 구룡채의 산적들이 뒷걸음질 쳤다.

소면시마가 "쯧쯧" 하고 혀를 차며 중얼거렸다.

"아주 생 지랄을 떨어요."

대충 정리되는 듯하자 소면시마가 초혼요마에게 시선을 돌렸다.

"헐헐! 잘 왔어. 잘 왔어. 네가 왔으니 우리 칠대마인 중에 다섯이 모이는 거로구나. 그런데 모임은 어떻게 알고 찾아온 거냐?"

"흥! 웬 모임? 나는 생사광의를 만나러 왔을 뿐이야."

"이런 기연이 있나! 우리가 이곳에 모이기로 한 것도 실은 생사광의 때문이다."

초혼요마가 싸늘한 눈으로 소면시마를 바라보았다.

"늙은이들이 무슨 꿍꿍이인지는 모르지만, 나는 내 환자를 양보할 생각이 없어. 그러니 죽일 사람을 찾는 거라면 다른 데 가서 알아봐."

"오해다, 오해. 우리는 치료를 받기 위해 모인 것이 아니라고. 자세한 이야기는 산채에 가서 하자. 여긴 아무래도 사람들의 눈에 띄기 쉬운 곳이니까. 어떠냐?"

"좋아. 하지만 허튼 수작 부릴 생각은 말아. 날 상대로 장난을 쳤다가는 제명에 죽지 못할 거야. 적어도 늙은이 둘 정도는 데리고 갈 자신이 있으니까."

"허허, 오랜만에 만나자마자 그 무슨 살벌한 소리. 내 앞장서지."

몇 걸음 걷던 소면시마가 과장된 몸짓으로 돌아보았다.

"그런데, 요마야. 저 마차에 네 환자가 타고 있는 거냐?"

"신경 끄시지."

"헐! 요마가 살아 있는 사람을 돌보다니…… 아무도 믿지 않을 소리로군."

"내 일에 관심이 많은가 본데…… 원한다면 최근에 완성한 무공 하나를 선보여 줄 수도 있어."

"그, 그럴 리가 있나. 요마야, 그런 신공이 있다면 다른 늙은이들에게 써먹어 보거라. 그리고 나는 언제나 마지막에 불러줘. 알겠지?"

소면시마가 비릿하게 웃어 보이고는 산 위로 사라져 갔다.

초혼요마는 말없이 마차 안으로 들어가 버렸다.

정신을 차린 왕거륜이 마차의 앞으로 달려갔다. 그리고 비굴한 미소를 지으며 마부에게 허리를 굽실거렸다.

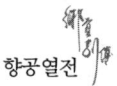
향공열전

"형장(兄丈), 이 길로 반시진만 더 가다가 갈림길에서 좌측으로 가시오. 마차가 다닐 수 없을 만큼 길이 험해지면 다른 형제들이 기다리고 있을 거요."

"알겠소."

마부가 간단히 목례를 해보였다.

마부의 절제된 행동에 왕거륜은 다시 한 번 놀랐다. 초혼요마와 관계된 인물치고 평범한 사람이 없지 않은가 말이다!

잠시 후, 마차가 왕거륜을 스치고 지나갔다.

왕거륜은 마차의 창문을 통해 살짝 안을 엿보았다. 초혼요마와 같은 거마(巨魔)가 치료를 하겠다고 데리고 온 사람이 누군지 궁금했던 것이다.

사십대 중반으로 보이는 산적의 충혈된 눈과 마주친 서문영은 가볍게 손을 흔들어 보였다. 그것은 어색함을 무마하기 위한 반사적인 행동이었다.

구룡채의 부채주 왕거륜은 훗날 검공 서문영과의 첫 만남에 대해 이렇게 말하곤 했다.

"초혼요마가 무서워서 곁눈질로 마차 안을 살피는데, 갑자기 하얀 손 하나가 툭 튀어 나오지 뭐냐. 그게 검공의 손이었거든."

*   *   *

 산을 반쯤 오르자 길이 좁아져 더 이상 마차로는 갈 수 없게 되었다. 왕거륜이 말한 것처럼 그때가 되자 산적 서너 명이 쭈뼛쭈뼛 나타났다. 그때부터는 마부가 서문영을 업었다. 마부의 무공은 상당해서 서문영을 등에 업고도 길안내를 하는 산적들을 여유 있게 따라갔다.

 일다경(一茶頃)쯤 산을 오르자 마침내 구룡채가 나타났다.

 마부는 생사광의의 숙소 앞에 도착하자 서문영을 내려놓고 돌아섰다. 서두르는 모양새가 혼자 하산(下山)을 하려는 것 같았다.

 "저어, 존함(尊銜)이 어떻게 되십니까?"

 서문영이 마부의 옷깃을 잡고 물었다. 언제고 다시 만난다면 은혜를 갚겠다는 마음에서다.

 "됐소. 그냥 나를 잊어주시오. 다음에 당신이 나를 아는 척하면, 나는 당신을 베어 버릴 것이오."

 "……."

 그 말을 끝으로 마부는 자리에서 사라져 버렸다.

 서문영이 황당한 눈으로 초혼요마를 바라보았다. 갑자기 변해 버린 마부의 모습이 이해가 가지 않았던 것이다.

 "그런 사람도 있고 저런 사람도 있는 법이죠."

 마부가 기분 나쁘게 사라졌지만 초혼요마는 아무렇지도 않다는 표정이었다.

서문영이 마부에 대해 골똘히 생각하고 있을 때다.

초혼요마가 생사광의의 초막을 향해 소리쳤다.

"생사광의! 당장 나오지 않으면 초막에 불을 질러 버리겠어요!"

"……."

그러나 초막 안에서는 아무런 소리도 들리지 않았다.

잠시 기다리던 초혼요마가 품안에서 부싯돌을 꺼내 들었다. 그리고 정말 초막에 불을 놓았다.

초막의 지붕으로 불길이 옮아갈 무렵, 멀리서 고함소리가 들려왔다.

"아니! 씨벌! 약탕을 올려둔 화로(火爐)가 넘어갔나? 왜 불이 났지? 거기 뭐해! 불 안 끄고! 이 도둑놈의 새끼들은 불을 싸지르고 다닐 줄만 알지, 제집에 난 불은 끌줄도 몰라요!"

초막에 도착한 생사광의가 근처의 산적들에게 다시 한바탕 욕설을 해댔다.

"씨벌 놈들아! 불부터 꺼야 할 것 아니냐! 뭘 멀뚱멀뚱 구경하고 있는데!"

"……."

그러나 산적들은 초혼요마의 눈치만 살필 뿐 감히 불을 끄려 하지 않았다.

"왜 이년의 눈치를 살피는 거야! 이년이 누구…… 헉!"

뒤늦게 초혼요마를 발견한 생사광의의 입에서 헛바람 소리가 흘러나왔다.

"요, 요마님?"

"불러도 대답이 없어서 장난 좀 쳐 봤어요."

"허허, 장난이었겠지. 암, 장난이었을 게야. 뭣들 하느냐! 이 도둑놈들아! 얼른 불을 끄지 않고! 지금 빨리빨리 움직이지 않는 놈들은 나중에 칼을 맞고 왔을 때 보자! 내가 똑같이 해 줄 테니까!"

그제야 산적들이 초막에 달라붙어 불을 끄기 시작했다.

"드, 들어가서 차라도 한잔 마시겠습니까?"

"차는 됐고, 환자나 봐줘요."

"환자라니? 누구를?"

생사광의가 주변을 휘휘 둘러보았다.

서문영과 잠깐 눈이 마주쳤지만 생사광의는 서문영에게 그다지 관심을 보이지 않았다. 생사광의의 관점에서 보면 서문영은 그다지 중병이 아닌지라 '설마 저놈은 아니겠지!' 하는 마음이 들었던 것이다. 천하의 생사광의에게 데리고 올 정도의 환자가 평범할 리가 없지 않은가!

"이 사람이에요."

초혼요마는 생사광의가 자꾸 다른 곳을 두리번거리자 서문영을 가리켜 보였다.

그제야 생사광의가 서문영에게 다가가 찬찬히 살폈다.

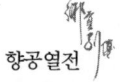

"어디 보자, 내가 모르는 증상이 겉으로 드러나지 않는 병이라도 걸린 건가? 아니면 아무렇지도 않아 보이지만 반드시 죽게 되는 독에 당했나?"

서문영은 위태롭게 서 있었지만, 생사광의의 표정과 말투는 영 시큰둥했다.

지켜보던 초혼요마가 서문영의 부상에 대해 설명을 늘어놓았다.

"그는 화살 일곱 대를 맞고 창에 두 번 찔렸어요. 의원들의 말로는 어의에게 가지 않으면 기경팔맥이 굳을 거라고 하더군요. 나는 그의 기경팔맥을 원래대로 해놓으라고 당신을 찾아온 거예요."

"이런 씨벌! 아니, 나는 요마님에게 한 말이 아니고, 그 의원이라는 병신들이 답답해서. 이런 기초적인 상처도 치료하지 못하면서 어떻게 의원질을 해먹고 사는지 원! 그런 놈들 때문에 죽을병이 아니면 손을 안대는 나까지 번거롭게 됐으니, 이런 걸 두고 무림에서는 소 잡는 칼로 닭을 잡게 생겼다고 하질 않겠습니까? 하여간 그냥 놔둬도 되는 병에는 약을 써대는 놈들이, 꼭 조금만 손보면 되는 병세는 나 몰라라 한단 말이야! 뭐 이런 개 같은 경우가 있는지 원!"

"그래서, 어떻다는 거예요? 결론을 말해 봐요. 완치가 가능하다는 말이겠죠?"

"가능이야 하겠지만, 지금 제가 돌보고 있는 환자 하나가 워낙 희귀증세를 보이고 있어서…… 그를 살려놓으면 이 사람은 치료할 수 없다는 게 문제인데…….”

"오호, 그래서요?"

"요마님께서도 잘 아시겠지만, 제가 죽은 애첩(愛妾)의 무덤 앞에서 스스로 맹세한 바가 있질 않습니까? 한 놈을 살리면 다른 놈은 반드시 죽도록 내버려 두겠다고……. 그 약속만큼은 제 목에 칼이 들어와도 지킬 작정입니다."

"처(妻)도 아니고 첩(妾)의 무덤에서?"

"요마님, 진정한 사랑에 처첩(妻妾)이 무슨 상관이 있겠습니까."

"사랑에 목숨을 거시겠다?"

초혼요마의 음성이 차분하게 가라앉았다. 모르는 사람은 침착해졌다고 생각하겠지만, 그것은 살인의 전주곡이었다.

하지만 생사광의 역시 괜히 무림공적이 된 것은 아니다.

"지금 저를 죽인다고 해도 어쩔 수 없습니다요. 일생일사의 맹세를 져 버리느니 차라리 죽겠다고 약속했으니 말입니다."

생사광의의 말과 표정에 생사를 초월한 결기가 내비쳤다.

지금 생사광의는 특유의 고집과 과거의 상처가 결합하여 자신의 목숨에 연연하지 않게 된 상태였다.

무공도 모르던 명의(名醫)가 무림공적이 되기까지는 눈물없이 들을 수 없는 사연이 있다. 명의였던 그에게는 뒤늦게 얻은, 목숨처럼 아끼는 애첩이 있었다. 그런데 하늘의 시샘일

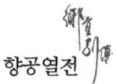
향공열전

까? 그토록 애지중지하던 애첩이 중병에 걸리고 만 것이다. 물론 명의로 소문난 생사광의에게는 치료할 자신이 있었다.

그러나 하늘은 그에게 기회를 허락하지 않았다.

어느 날 밤, 생사광의는 잠을 자다 말고 정체불명의 무림인들에게 끌려가고 말았다. 끊임없는 감시와 고문과 협박 속에서 생사광의는 무림인들이 주인으로 섬기는 사람의 딸을 치료해야 했다. 무려 석 달 동안이나 말이다. 집에 죽어가는 환자가 있다고 눈물로 호소를 했지만 소용이 없었다.

겨우겨우 치료를 마치고 집으로 달려간 생사광의는 피눈물을 흘려야 했다. 중병에 걸렸던 애첩이 이불 속에서 반쯤 썩어가고 있었던 것이다. 내심 믿고 있던 처는 하인들과 쓸 만한 살림살이를 챙겨 어디론가 사라진 뒤였다.

애첩의 시신을 묻으며 생사광의는 정작 소중한 사람에게 화(禍)가 된 자신의 의술을 저주했다. 그리고 한 가지 피의 다짐을 했다. 한 사람을 살리면 반드시 한 사람을 죽이겠다고. 살아난 무림인의 딸과 시신으로 변한 애첩처럼 말이다. 무림공적 생사광의는 그렇게 해서 만들어진 것이었다.

"좋아요. 당신의 환자는 누구죠?"

"그는 녹림왕(綠林王)의 수제자입니다. 허파가 제구실을 못하는 워낙 희귀한 증상인지라…… 처음에는 저도 애를 좀 먹었습지요. 그러나 제가 허파의 반쪽을 들어내는 시술을 한 덕분에 지금은 많이 좋아졌습니다. 그 사람이 완쾌된다면 의술의 진보가 이루어지는 셈입니다."

생사광의의 표정에 자부심이 어렸다. 의술의 진보를 이루었다는 자신의 말에 취해 잠시 초혼요마를 잊은 것이다.

"저런, 그 녹림왕의 제자는 가망이 없겠군요. 일생일사나 일사일생이나 같은 거라고 들었어요. 그러니 이 사람이나 빨리 치료해 주세요."

"아니 저의 말을 안 들으셨습니까요? 제가 새로운 치료법으로……."

"흥! 나는 그런 시술은 들어본 적이 없어요. 그가 죽어 가는지 낫고 있는지 내 눈으로 확인하기 전에는 믿지 않아요."

"정히 그러시다면 환자를 직접 보시고 판단해 주십시오."

말과 함께 생사광의가 왔던 길로 되돌아갔다.

초혼요마는 서문영을 초막 앞에 남겨두고 생사광의를 따라갔다.

생사광의가 도착한 곳은 구룡채에 특별히 마련된 전망이 좋은 별채였다. 녹림왕의 수제자가 요양 중인지라 구룡채에서도 세심한 배려를 아끼지 않은 것이다.

"마침 저기 계시는군요. 저분이 바로 녹림왕의 수제자인 살생마검(殺生魔劍) 고문도(高門徒)입니다요. 보름 전에 허파를 들어냈는데……."

산책을 나왔던 고문도가 생사광의에게 손을 흔들어 보였다.

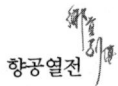
향공열전

무심한 눈으로 바라보고 있던 초혼요마가 고문도에게 다가가 다짜고짜 물었다.

"당신은 어쩌다가 허파를 상한 거지요?"

고문도는 미모의 여자가 다가와 관심을 보이자 의미심장한 미소를 지으며 답했다.

"아아! 그거요? 얼마 전에 장강(長江)의 유람선을 털다가, 배 밑창에 숨은 여자를 발견했지 뭡니까! 그녀와 재미를 보고 있는데, 수하들이 내가 있는지도 모르고 불을 질러 버렸어요. 불이 활활 타들어 오는데, 도무지 멈출 수가 있어야지! 그때는 진짜 극락과 지옥을 번갈아 드나드는 기분이었다오. 여하튼 그날 어쩔 수 없이 연기를 좀 들이마셨는데…… 그 뒤로 조금씩 숨쉬기가 거북하더이다. 그래도 생사광의를 만나 치료를 했으니 난 운이 좋은 셈이오. 그런데 아가씨는 어디가 아파서 오셨소?"

고문도가 초혼요마의 풍만한 가슴과 잘록한 허리를 음흉한 눈으로 쓸어 보았다.

"그래서 이제 숨 쉬는데 지장은 없나요?"

"살아가는데 아무런 문제도 없소이다. 소저, 여길 보시오. 생사광의께서 여기를 열어 허파를 반쯤 들어냈다고 하던데, 대단하지 않소?"

말과 함께 고문도가 자신의 가슴을 열어 길게 난 상흔을 보여주었다. 그리고 초혼요마에게 끈적끈적한 음성으로 속삭였다.

"이제는 숨 쉬는 것보다 더한 일도 너끈히……."

고문도의 말은 더 이어지지 못했다. 가슴이 다시 열린 까닭이다.

하지만 이번에는 옷뿐 아니라 살과 뼈가 함께 열린 터라, 고문도는 비명도 제대로 지르지 못하고 죽어 버렸다.

"요, 요마님. 왜! 왜! 회복을 지켜보기만 하면 됐거늘…… 의술의 진보가……."

생사광의가 부들부들 떨며 고문도를 내려다보았다.

갈라진 가슴에서 솟아나온 피가 별채 앞을 빨갛게 물들여 갔다.

"됐죠? 하나가 죽었으니 다른 하나를 살려내요. 당신의 그 잘난 신조대로."

"아무리 그래도…… 의술의 진보를……."

"당신이 이룩한 의술의 진보는 내가 기억해 주죠. 됐나요? 어서 가서 내가 데리고 온 남자나 고쳐요. 당장!"

"나, 나에게 더 이상 강요하지 마시오."

생사광의가 이를 갈며 중얼거렸다.

억압당한다고 느끼자 이전에 받았던 마음의 상처가 갑자기 도져 버린 모양이다.

하지만 상대는 초혼요마다. 마음의 상처니 인정이니 하는 것들과는 너무도 멀리 떨어져 있는 무림 최고의 살인마다.

향공열전

"후후, 강요하지 말라고? 고산지대(高山地帶)에 오래 머무르시더니 간덩이가 부으셨군요. 생사광의님. 내가 요즘 착하게 살았나봐. 사람들이 도통 어려워하질 않아."

살기 어린 초혼요마의 말에 생사광의가 뒷걸음질 치며 말했다.

"나, 나를 죽이면, 그놈도 오래가지 못할 것이오."

"그게 어때서? 사람은 어차피 죽게 마련이잖아. 안 그래? 그냥 둘 다 죽어 버리는 게 나도 속편해."

"그, 그렇지만, 그 남자는…… 그 남자는…… 아니, 요마님, 갑자기 왜 그러십니까요? 어이쿠! 저놈은 내가 봉합을 잘못했나? 갑자기 죽어 버렸네! 큰일 났다! 빨리 한 사람을 살려야 하는데! 갑자기 누굴 살리지! 아! 집에 환자가 하나 있었지!"

뒤늦게 정신을 차린 생사광의가 열심히 꼬리를 흔들어댔다. 아무리 신기술로 완치를 목전에 둔 환자를 죽였다고 해도 상대는 초혼요마다. 의술의 진보는 언제라도 다시 도전할 수 있지만, 그건 어디까지나 자신의 목숨이 붙어 있을 때의 이야기였다.

"하아! 좋아요. 이것으로 당신은 나에게 두 번의 빚을 졌어요."

초혼요마가 휙 돌아섰다.

"예, 예, 알고 있습니다요. 화산파와 곤륜파에 쫓겨 죽게 되었을 때 살려 주신 은혜는 뼛속까지 새겨 두고 있습니다요. 오

하나를 죽이면 하나를 살린다 133

늘 또 한 번 갱생(更生)의 기회를 주시니 분골쇄신(粉骨碎身)하여 백골난망(白骨難忘)의 은혜를 갚겠습니다요!"

"지켜보겠어요."

초혼요마가 홀연히 사라져 버렸다.

홀로 남겨진 생사광의가 돌연 고문도의 시체를 걷어차며 소리쳤다.

"이 개자식아! 죽으려면 진작 죽어 버리지 왜 지금 죽어서 사람을 심란하게 만드는 거냐! 엉!"

화를 삭이지 못하고 씩씩거리던 생사광의는 어디선가 바스락거리는 소리가 나자 깜짝 놀라 뛰기 시작했다. 초혼요마가 되돌아온 것이라고 지레짐작한 것이다.

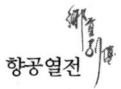
향공열전

제5장
인생은 복불복(福不福)

서문영은 갑자기 생사광의의 귀빈(貴賓)이 되었다. 다른 곳이 아닌 생사광의의 초옥에 머무르며 치료를 받게 된 것이다.

초혼요마와 함께 사라졌다가 다시 돌아온 생사광의는 마치 새사람이 된 양 서문영에게 친절하게 대했다. 음식과 잠자리와 탕약까지 손수 마련하는 정성을 내보였다.

생사광의가 서문영에게 빈 약사발을 되돌려 받으며 공치사(功致辭)를 남발했다.

"험, 험, 자네가 나를 제때에 찾아오지 않았다면 대라신선(大羅神仙)이 살아온다 해도 자네를 구하지 못했을 걸세."

"제 부상이 그 정도였습니까?"

서문영이 놀랍다는 표정으로 생사광의를 바라보았다.

처음에는 기경팔맥이 막혀 운신에 애를 먹었지만, 차츰 좋아지고 있다는 느낌을 받고 있었기 때문이다.

서문영이 군말하지 않고 초혼요마를 따라온 것은 확실한 치료를 위해서였다.

물론 이제는 자신의 몸 상태보다 초혼요마의 곁에 있는 게 더 위험하다는 사실을 알게 되었지만 말이다.

생사광의는 모처럼 신경 써서 돌봐주고 있는데 상대가 그다지 감동하지 않는 듯하자 뚱한 표정으로 되물었다.

"자네는 부상을 당하기 전과 지금 어느 정도의 차이를 느끼는가?"

잠시 몸 상태를 점검하던 서문영이 답했다.

"근육과 힘줄이 상해서 움직이는데 어려움이 느껴집니다."

"그런 잡스러운 외상(外傷) 말고 나는 지금 자네의 내상(內傷)을 묻는 걸세. 기경팔맥이 막혀가고 있었으니 느낌이 남다를 것이 아닌가?"

"아! 전에는 진기의 흐름이 원활하지 못해 답답했습니다."

"치료를 받는 지금은?"

성격 급한 생사광의의 눈이 어린아이처럼 반짝였다.

"글쎄요. 아직 큰 차이는 느끼지 못하고 있습니다."

"……."

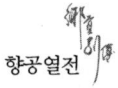
향공열전

서문영의 말에 생사광의의 표정이 찡그려졌다.

"별 차이가 없다고?"

"예."

서문영은 본래 문사 출신으로 과장하는 것을 싫어한다. 게다가 최근에는 전쟁에 참전하여 어지간한 고통과 충격에도 둔했다.

그러다 보니 생사광의의 기대에 다소 어긋난 대답을 하고 있었다. 만약 그의 인생에 토번과의 전쟁이 없었다면, 서문영도 생사광의가 좋아할 만한 답을 해주었을지 모른다.

생사광의가 멀뚱멀뚱 앉아 있는 서문영을 바라보며 생각에 잠겼다.

'과연 초혼요마가 신경 쓰는 놈이라 그런지 보통이 아니구나!'

물론 이성적으로는 자신도 알고 있다. 아직 치료한 지 하루도 안 됐는데 무슨 차도가 있을까!

하지만 생사광의는 서문영의 입에서 찬사를 듣고 싶었다. 성질 더러운 초혼요마에게 단 한 번도 들어본 적이 없는 그것을 말이다.

"좋아, 좋아, 내가 약속 하나 하지. 나의 모든 치료를 끝냈을 때, 자네는 이전과 다른 몸을 가지게 될 걸세. 정말이야."

"다른 몸이라니요?"

"내 비전의 수법으로 자네의 기경팔맥은 물론 전신 세맥(細

脈)까지 두루 통하도록 해보겠네. 그 쾌적함에 자네는 분명 놀라게 될 걸세."

"저는 그냥 치료만 해주셔도……."

"그 무슨 섭섭한 소리를! 초혼요마님의 부탁까지 받았는데 내가 어찌 자네를 소홀히 다룰 수 있단 말인가! 안될 말이지. 암!"

"그러지 않으셔도 되는데……."

누가 말리면 본래 더 하고 싶은 법이다. 생사광의가 서문영의 어깨를 후려치며 말했다.

"어허! 당장 돌아앉게."

"……."

망설이던 서문영은 더 사양하지 않고 돌아앉았다. 어의보다 낫다는 생사광의가 세맥까지 뚫어 주겠다는데, 사양할 이유가 없지 않은가!

생사광의가 품에 고이 간직하고 다니던 은상자를 꺼냈다.

"내가 자네에게 시술하고자 하는 것은 생사금침대법(生死金針大法)이라 불리는 것일세. 무지한 무림인들이 간혹 이게 무슨 만능의 침술법이라도 되는 양 떠벌리고 다니지만, 이건 그냥 기경팔맥을 활성화시켜 세맥과 통하게 하는 보조적인 수단에 불과하네. 내가 이 대법을 하는 동안 자네는 토납법(吐納法)으로 진기를 다스리도록 하게. 그러면 훨씬 도움이 될 테니까 말일세."

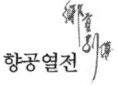
향공열전

"예."

"조금 따끔거리더라도 참게. 침이 꽂힐 때 움찔거리다가는 반신불수(半身不隨)가 되는 수가 있네. 자네가 병신이 되면 요마님께서 나를 살려 두지 않을 게야."

"절대 움직이지 않겠습니다."

하지만 생사광의의 금침은 아팠다.

고통을 참다못한 서문영이 입술을 물어뜯어 피가 나올 정도로 아팠다.

특별히 몇 개가 아픈 게 아니라 거의 모든 침이 아팠다.

그 중에서도 유독 아픈 부위에 침을 놓을 때마다 생사광의는 말했다.

"여기는 그다지 아프지도 않은 곳이지. 진짜 숨이 끊어지도록 아픈 데는 따로 있다네. 그 자리에 놓게 되면 내 미리 주의를 주도록 하겠네."

'끄으윽!'

더 아픈 곳이 있다는 말에 서문영은 비명을 삼키며 이를 악물었다. '원래 침이 이렇게 아픈 것이었던가?' 하면서 말이다.

생사광의는 금침을 놓는 내내 쉬지 않고 입을 놀렸다.

소싯적에 자신도 바늘을 무서워해서 침술을 배우는데 어려움이 컸다는 둥, 닭에게 침을 백 개 쯤 놓으니 사람들이 명의라고 부르기 시작했다는 둥, 생사금침대법을 가르쳐준 스승이 "이 수법은 평생에 한 번 써보지 못한 최종기술이다"라며 전했다는 둥…….

그 바람에 서문영은 생사금침대법이란 침술 자체를 그다지 신뢰하지 못했다. 내공의 고수들이 최후의 기력까지 쥐어짜서 펼치는 것이 비전의 침술이라고 믿은 까닭이다.

그걸 저렇게 손 따로 입 따로 놀리면서 펼치니 한편으로 불안하기까지 했다. 게다가 평생에 한 번 써보지도 못한 침술을 전수했다니? 더 이상 설명이 필요 없는 모호함의 극치가 아닌가!

"으음, 저어…… 그런 최종기술을 몇 명에게 사용하셨는지요?"

"잠깐, 지금 놓을 자리는 자네의 숨골이라, 까딱 잘못하다가는 비명횡사(非命橫死)하는 수가 있네. 그러니 아프더라도 참게."

"자, 잠깐만요. 이 기술을 지금까지 모두 몇 명에게……."

'끄아악.'

순간, 금침이 백회혈을 파고드는 고통에 서문영은 눈을 부릅떴다.

숨이 막히고, 눈이 빙글빙글 돌았다.

시간이 흐를수록 고통은 강해져 팔다리까지 경련을 일으키며 제멋대로 뒤틀렸다.

서문영이 눈을 까뒤집으며 부들부들 떨자 생사광의가 다급한 소리로 말했다.

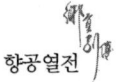

"이보게, 참기 어렵거든 그냥 정신을 놓게. 억지로 버티다가는 미치는 수가 있네."

"씨발! 당신…… 미쳤어……."

서문영은 그 한 마디를 끝으로 기절하고 말았다.

생사광의가 정좌를 한 채 정신을 잃은 서문영의 몸을 바르게 고정시켰다.

금침을 박은 채로 쓰러지다가 괜히 금침이 더 깊이 박히기라도 하면, 정말 수습 불가능한 상황에 이르기 때문이다.

"그럼 내가 괜히 광의로 불리는 줄 알았더냐? 원 시답지 않은 소리 하고는. 그리고 생사금침대법은 나도 처음이다 이놈아. 놓는 순서가 가물가물해서 평생 안 쓰려고 했건만…… 성공했으면 대박이고, 실패했으면 그냥 심하게 몸살 한번 앓는 거다. 어차피 인생 다 복불복(福不福)이지, 안 그러냐?"

　　　　　＊　　　＊　　　＊

서문영이 팔자에 없는 생사금침대법으로 정신을 잃고 있을 무렵, 구룡채의 다른 한쪽에서는 마인(魔人)들이 열띤 회의를 벌이고 있었다.

"십대문파에서 천의단(天義團)이란 것을 만들어 생 지랄이오. 나는 고독신마(蠱毒神魔)가 귀주성에서 크게 당해 살았는지 죽었는지 모른다는 소문을 들었소. 오늘 그가 여기에 오지 못한 것을 보니 소문이 사실이었던 모양이오. 이대로 그냥 있다가는 모두 당하게 될 것이외다."

잔혈검귀(殘血劍鬼)의 말에 옥면수라(玉面修羅)가 인상을 찡그리며 말했다.

"제길! 노부(老父)는 오악검파(五嶽劍派; 무당, 화산, 청성, 곤륜, 공동)가 혈도객(血刀客)을 해치웠다는 소식을 들었소. 그렇다면 벌써 둘이나 당했다는 건데…… 보통일이 아니구먼."

"오악검파에서 따로 사람을 풀었소?"

무림에 다시 나온 지 얼마 되지 않은 잔혈검귀가 옥면수라를 바라보았다.

십대문파에서 천의단이란 것을 만든 것까지는 알지만, 오악검파가 따로 움직인다는 소리는 금시초문이었다.

옥면수라가 침중한 안색으로 고개를 끄덕였다.

"천의단에 워낙 애송이들이 많아서 시원치 않으니까, 오악검파에서 따로 장로급 늙은이들을 풀은 모양입디다."

"……."

옥면수라의 말에 다른 마인들까지 떨떠름한 표정을 지어 보였다.

마인들의 대화를 묵묵히 듣고 있던 소면시마가 천천히 자리에서 일어섰다.

"자자, 진정들 하십시다. 노부가 여러분을 구룡채에 초대한 것도 그 때문이오. 우리가 지금처럼 따로 놀다가는 천의단이

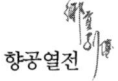

향공열전

나 오악검파의 눈치만 살피다가 쥐도 새도 모르게 사라지고 말 것이외다. 우리도 이참에 천의단이니 오악검파니 하는 것들처럼 모임을 만듭시다. 어떻소?"

그때까지도 창밖에 시선을 고정시키고 있던 혈불(血佛)이 조소를 날렸다.

"흐흐, 도마야. 정파의 위선자들 흉내 내지 말고 본론을 말해라. 그런 식으로 사람들을 모아서 황제라도 되고 싶은 거냐?"

"푸헐! 나에게는 그 정도의 야심이 없다. 게다가 산적과 수적들을 모아 어떻게 황제가 된다고 벌써부터 시비를 걸고 지랄이냐? 땡중 시절에 소림사에서 밥을 짓던 걸 자랑으로 아는 모양인데, 아서라. 이중에 네놈보다 무식한 사람 없느니라."

말과 함께 소면시마가 혈불을 노려보았다. 뭘 좀 해보려고 하면 사사건건 시비를 거는 혈불이 죽이고 싶을 만큼 얄미웠던 것이다.

"아니면 아니지 웬 난리냐? 네놈이 질색을 하는 걸 보니 뭔가 꿍꿍이가 있기는 있는 모양이로구나. 이 혈불님의 눈을 피할 수 있다고 생각하는 건 아니겠지?"

"미친놈, 상황이 상황이니 만큼 더 이상 싸우지는 않겠다만, 언젠가 내 손으로 네놈을 요절을 내줄 테다."

"상황이 뭐가 어때서? 지금이라도 생각이 있으면 덤벼 보거라. 이 혈불님께서 네놈의 모가지를 분질러 버릴 테니까."

소면시마와 혈불이 서로를 잡아먹을 듯 노려보았다.

두 사람의 사이에 앉아 있던 초혼요마가 짜증난다는 얼굴로 소리쳤다.

"빌어먹을 늙은이들 같으니. 그러니까 앞으로 어떻게 하겠다는 건지나 말하라고! 천의단과 오악검파가 움직이고 있으니까 어쩌자고?"

소면시마가 즉시 말을 받았다.

"험, 험. 내가 생각한 바를 말하겠다. 내 생각은 이렇다. 사마외도들을 한곳에 모아서 연합을 구성하는 거다. 사마외도 최초의 무림대회를 열자는 말이지."

"무림대회?"

잔혈검귀가 관심을 보였다. 그도 뭔가 대책을 세워야 한다고 생각하는 사람 가운데 하나였던 것이다.

"그렇소. 우리가 뭉친다면 그까짓 천의단과 오악검파의 장로들이 문제겠소?"

"노부는 찬성이오. 어차피 조용히 숨어 살기는 틀린 것 같은데, 한바탕 강호를 휘저어 봅시다. 십대문파 떨거지들이 천하를 자기 집 마당으로 아는데, 이참에 한번 진짜 주인이 누군지 가르쳐 줘야지!"

옥면수라가 조심스럽게 운을 뗐다.

"그런데, 우리가 사마외도를 모으면 조정에서 가만히 구경만 하고 있겠소? 십대문파도 조정에 엄청나게 재물을 바친 것

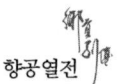
향공열전

으로 알고 있는데……."

"까짓 조정에 끈을 대는 건 일도 아니외다. 우리가 사마외도를 모으기만 하면 나머지는 저절로 되게 되어 있소."

소면시마가 호기롭게 답하자 옥면수라가 고개를 끄덕였다.

"조정에서 군대를 보내지만 않는다면야 무슨 일이든 못하겠소? 나도 십대문파 놈들에게 쫓겨 다니고 싶지는 않소이다."

"그럼 우리 셋은 의견이 모아진 것 같은데……."

소면시마가 초혼요마와 혈불에게 시선을 돌렸다. 남은 두 사람은 어떻게 할 것인지를 묻고 있는 것이다. 소면시마는 가급적 모두가 같이 움직이기를 바랐다. 칠대마인이 함께 움직이면 그 파급효과가 엄청나게 클 것이었다.

"나는 네놈을 지켜본다고 했지 반대한다고 하지 않았다."

혈불의 말에 소면시마가 쓴웃음을 지어 보였다. 끝까지 자신을 물고 늘어지는 혈불이 얄미웠지만 지금은 그걸 따지고 들 때가 아니었다.

"요마는 어쩔 거냐?"

"늙은이들이 뭘 하건 나는 관심 없다. 십대문파가 무서우면 그냥 무덤을 파고 들어가면 될 일이지. 쥐새끼들처럼 뭉쳐 다니겠다고? 호호홋!"

"너 이년! 뚫린 입이라고 말을 함부로 하지 마라!"

"저, 저런 찢어 죽일 년 같으니!"

"대체 어떤 년이 저런 미친년을 싸질러 놓은 거야! 저년이야

말로 악 중의 악이야! 에이, 더러운 년! 상대하고 싶지도 않다! 퉤!"

다들 파르르 떨며 욕을 퍼부었지만 초혼요마에게 더 이상의 도발은 하지 못했다.

같은 칠대마인이라고 해도 초혼요마와 소면시마, 고독신마의 무공이 독보적이라고 알려져 있었다. 그중 고독신마가 실종 상태이니 소면시마 외에는 그녀를 당해낼 사람이 없는 셈이다.

소면시마가 억지로 웃으며 다시 한 번 설득을 시도했다.

"요마야, 너의 무공이 출신입화의 경지에 들어간 것이 사실이지만, 한 손으로 열 손을 당해내기는 어려운 일이 아니냐? 게다가 너 요즘 돌보는 남자도 생겼던데? 혼자서 남자를 돌보랴, 십대문파를 상대하랴 정신이 없을 게다. 어떠냐? 새로운 조직에서 귀찮은 잔챙이들을 다 걸러줄 테니, 너도 한결 쾌적하게 강호를 돌아다닐 수 있을 게다."

"미친 늙은이, 지금 뭐라고 지껄이는 거야."

말과 달리 초혼요마의 표정은 그다지 화가 난 것 같지 않았다.

그 틈을 놓치지 않고 소면시마가 밀어붙였다.

"좋아, 요마도 동의한 것으로 알겠다. 여러분, 날짜를 잡아 녹림에 배첩을 돌립시다. 감히 칠대마인의 명을 거역할 놈들은 없을 것이오!"

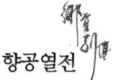
향공열전

"그럽시다."

"멀리서 모여들 테니 노숙하기 적당한 여름에 합시다."

"흐흐, 사마외도가 모처럼 모이는 것이니 칠석(七夕; 음력 칠월 초이렛날)날이 어떻겠소."

"칠석, 거 좋다!"

"그런데, 거 사마외도의 맹주를 뽑을 때 우리도 참가를 해야 하는 거요?"

옥면수라가 마인들을 둘러보았다. 최초의 맹주에 대한 욕심도 있지만, 아랫것들과 드잡이 질을 하고 싶지도 않았던 것이다.

"아니외다. 만약 우리가 비무를 한다면 분명히 끝이 좋지 못할 것이오. 우리는 판만 벌여주고, 뒷자리로 물러납시다."

소면시마가 혈불을 힐끔 바라보았다.

혈불이 의외라는 표정으로 소면시마를 바라보았다. 소면시마가 욕심을 부릴 줄 알았는데 오히려 그러지 말아야 한다니, 믿어지지 않는 모양이다.

"웬일이냐? 네놈이 바른 소리를 다하고 말이다. 나도 우리가 비무를 해야 한다는 것에는 반대한다. 분명 한둘은 죽어 나갈 테니까 말이야."

"그럼, 우리는 그냥 비무대회를 주관하는 것으로 끝을 냅시다. 이참에 우리는 그냥 다섯 명의 태상으로 후배들을 돕는 것으로 하십시다. 어떻소?"

"다섯 태상이라……. 거 상당히 마음에 드는 소리요. 노부는 태상을 하겠소."

가장 먼저 잔혈검귀가 스스로 태상에 올랐다.

곧이어 옥면수라가 태상이 되겠다고 했고, 소면시마와 혈불이 그 뒤를 이었다.

초혼요마는 이번에도 자신의 의견을 내지 않았다. 그녀는 마인들의 모임에 끼고 싶어 하지 않는 기색이 역력했다.

하지만 소면시마는 초혼요마를 놓아주고 싶은 생각이 없었다.

"요마를 포함해 여기 있는 우리 다섯은 이후로 오태상이 되는 거요. 여러분! 사마외도를 규합해 십대문파 위선자들을 처단합시다! 어둠 속에서 기죽어 지내지 말고 당당하게 세상을 주유합시다!"

다소 선동적인 소면시마의 말에 세 명의 마인들이 고개를 끄덕였다.

심지어 소면시마를 싫어하는 혈불까지도 두 주먹을 불끈 말아 쥐고 있었다. 사마외도의 모임은 그만큼 모두에게 절실한 문제였던 것이다.

훗날 십대문파와 조정을 발칵 뒤집어 놓은 사마외도의 무림대회는 칠대마인에 의해 만들어지고 있었다.

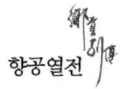
향공열전

* * *

　서문영이 눈을 뜨자마자 본 것은 생사광의의 쭈글쭈글한 얼굴이었다.
　"헐헐, 드디어 정신을 차렸구먼. 그래 기분은 어떤가?"
　"무슨 기분이요?"
　"이 사람아, 자네에게 노부가 생사금침대법을 시행하지 않았는가. 꼬박 하루 만에 깨어났으니 성공한 것 같은데, 새로 태어난 기분이 어떠냐 하는 거지!"
　"벌써 하루가 지났습니까?"
　"그렇다네."
　서문영이 자신의 몸을 둘러보았다. 언제 뽑았는지 빽빽하게 박혀 있던 금침은 하나도 보이지 않았다. 금침이 없어져서 그런지 안도감이 들었다.
　"휴우! 그 금침대법은 이제 끝난 거죠?"
　"본래 대법(大法)이라 부르는 것들은 태풍처럼 한 차례 쓸고 지나가면 끝이라네. 두 번 세 번 반복하는 건 대법이 아니라, 그냥 방법? 혹은 처방 같은 것이지."
　"그럼 이제 내 몸은 세맥까지 뚫린 겁니까?"
　"이론적으로는 그렇다네."
　"허, 이론적이라니…… 아무도 그걸 실험해 본 사람이 없었나요?"

"말하지 않았는가, 내 스승께서 최종기술로 전수하신 거라고. 나 역시 자네가 처음일세."

서문영이 가볍게 한숨을 내쉬었다. 아무래도 광의의 스승이나 광의나 다 이상한 구석이 있는 것 같았다. 최종기술이라는 기괴한 말을 쓰는 것부터가 그랬다.

"그럼, 그 스승님이라는 분은 누구에게 전수 받았답니까?"

"사문의 일은 묻지 말게. 불필요한 이야기는 생략하도록 하고, 자네의 몸 상태나 말해 주게. 어떤가? 이전보다 확실히 나아졌는가? 환골탈태(換骨奪胎)한 느낌이 드느냐 이 말일세."

서문영은 유마경의 법문(法文)에 따라 진기를 일으켜 보았다. 하지만 이전과 별로 달라진 것이 느껴지지 않았다.

기경팔맥의 흐름은 여전히 미약했고, 세맥이 어떤지는 아예 느낄 수조차 없었다. 죽을 만큼 고생하고 얻은 결과치고는 참 허탈한 것이었다.

"별로 달라진 게 없는 것 같은데요."

"아아! 역시 그랬군. 그렇다면 앞으로 며칠간 고열로 고생 좀 할 테니 마음의 준비를 하게.

"무슨 뜻입니까?"

"대법이 실패했으니, 내 금침이 자네 몸을 헤집은 대가를 치러야 한다는 뜻일세. 그게 자연의 이치가 아니겠는가? 바른 길로 갔으면 목적지에 이르겠지만, 엉뚱한 곳으로 갔다면 가시덤불과 절벽 같은 걸 만나는 그런 이치 말일세."

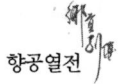
향공열전

"그럼 대법이 실패했고, 몸에 이상이 올 거라는 그런 말입니까?"

"꼭 그렇다기보다는…… 길을 잘못 든 것 같으니 가시덤불과 절벽이 자네 앞에 나타날 거라는 뜻이네."

"이런 제길! 나는 노인장의 그 금침대법 때문에 죽을 고생을 했단 말입니다! 그런데 아직 알지 못하는 후유증이 있다고요?"

"자네는 참 이기적인 사람이구먼."

"뭐라고요!"

서문영이 고함을 버럭 내질렀다. 자신의 몸을 가지고 별짓을 다한 후에 오히려 이기적이라고 하니 화가 치밀어 오른 것이다.

죽음과 같은 고통이 밀려올 때는 한 가닥 기대를 했던 것도 사실이다.

이 고통의 순간이 지나면 이전보다 월등한 몸으로 거듭나게 될 것이라고! 물론 이전에도 꽤 쓸 만한 몸이었지만, 인간의 욕심이란 끝이 없는 법이 아닌가.

"들어보게. 예컨대 불확실자산에서 느끼는 효용을 우리는 기대효용이라고 하지. 지금 자네는 엄청난 기대효용을 체험한 거라고. 대법이 성공했다면 초인(超人)에 가까운 몸을 가지게 되었을 거라는 기대 말이야. 하지만 그런 큰일에는 나름의 부작용이 따르는 법이지. 마치 가시덤불과 절벽처럼 말일세. 그런데 자네는 좋은 결과만 상상하고 가시덤불과 절벽을 부정하고 있는 거야. 자네가 가시덤불과 절벽을 부정하는 한, 이기적인 사람일 수밖에 없다고!"

"이런 제길! 노인장이 나에게 다짜고짜 대법을 시행하지 않았습니까! 내가 언제 내 몸에 그 빌어먹을 금침을 박아 달라고 했습니까? 난 진짜 죽다가 살아났다고요!"

서문영이 격렬하게 항의했지만 생사광의는 귀담아 듣지 않았다.

"좋아, 그렇다면 자네는 다시 한 번 그 대법을 받을 용의가 있는가?"

"다시 그 짓을 하라고요?"

"최종기술이 처음이라 순서가 조금 헷갈렸던 것 같아서 그러네."

"그게 지금, 두 번 세 번 하면 그냥 방법이나 처방에 불과하다고 말한 사람이 할 소립니까?"

"쩝! 지난번의 죽을 것 같은 고통이 아깝지도 않은가? 나라면 억울해서라도 다시 도전해 보겠네만."

"당연히 부작용은 더 심해지겠죠?"

"조금 더 날카로운 가시덤불과 경사가 심한 절벽이겠지만…… 그래봐야 풀과 흙 아니겠는가? 내가 자네라면 다시 한 번 해보겠네. 이런 건 기연이라고 기연."

"난, 난……."

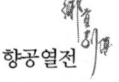
향공열전

서문영은 잠시 망설였다. 초인이라는 생사광의의 말에 혹했던 것이다.

"저어, 고통은 더 심하지 않겠죠?"

갑자기 서문영의 말과 표정이 부드러워졌다.

생사광의가 호탕하게 웃으며 서문영의 어깨를 '짝!' 소리가 나도록 후려쳤다.

"이 사람아! 뭐든 처음이 아픈 법이라고! 두 번째는 진짜 느낌도 없을 거야! 돌아앉게."

"……."

서문영은 얼떨결에 돌아앉았다.

생사광의가 품안에서 다시 은상자를 꺼내들었다.

"자네는 진짜 대장부일세. 내가 자네라면, 당장 죽을병에 걸렸다고 해도 생사금침대법을 받겠다고 하지는 않았을 거야. 자네의 무한이기주의를 존경하네."

"무슨 그런 농담을……. 느낌도 없다면서요."

생사광의가 서문영의 몸에 첫 번째 금침을 꾹 눌러 박으며 중얼거렸다.

"내 평생에 생사금침대법은 이제 두 번째인데, 아픈지 안 아픈지 무슨 수로 알겠나."

'끄아악!'

금침이 생살에 박히는 고통은 상상을 초월했다.

생사광의의 손이 바쁘게 움직일 때마다 서문영은 거의 실신

할 지경이었다.

"너무, 너무, 아픕니다. 설마, 으윽, 같은 자리에 박는 건 아니겠죠?"

"어쩌다가 같은 자리에 놓을 수도 있겠지. 사소한 일에 신경 쓰지 말게."

"악!"

끝내 서문영의 입에서 단발마의 비명이 흘러나왔다. 어찌된 일인지 화살에 맞는 것보다 더한 고통이 밀려왔다.

"기대효용을 생각하게. 성공했을 때 자네는 대단한 사람이 되어 있을 게야."

"아악! 악!"

이제는 하나를 놓을 때마다 살 떨리는 고통이 밀려왔다.

"그, 그만 합시다. 난 그냥 기경팔맥만 뚫으면 만족합니다. 악!"

그러나 생사광의는 멈추지 않았다.

"가다가 중지하면 아니 간만 못하다네. 여기서 그만 두었다가는 자네의 전신 대맥이 갈기갈기 찢어지고 말게야. 이런 종류의 일은 시작했으면 마지막 하나까지 빠짐없이 찔러 넣어줘야 한다네. 조금만 참게. 견디기 어려우면 행복했던 다른 순간을 떠올려 보게."

"윽! 왜 점점 더 아픈데요?"

서문영이 전신을 부들부들 떨었다.

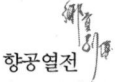
항공열전

이제는 금침이 박히지 않아도 아팠다. 더 나아가 금침이 박혔던 모든 자리가 함께 아파왔다.

그것은 마치 뜨겁게 달궈진 인두로 생살을 지지는 듯한 느낌이었다.

"그, 그만! 그만! 악!"

생사광의는 서문영의 비명에 아랑곳하지 않고 침을 놓았다. 서문영이 발작을 해도 침을 놓는 속도는 일정했다. 서문영의 몸이 심하게 흔들려도 침 놓는 자리를 더듬지 않았다.

마치 정육점에 달아 놓은 고기에 바늘을 꼽듯 일정한 속도와 힘으로 금침을 박아갔다.

'끄아아악!'

마지막 침을 백회혈에 놓았을 때, 기진맥진한 서문영은 비명조차 지르지 못했다.

서문영이 다시 기절하자 생사광의가 고개를 갸웃거렸다.

"이상하군, 이상해. 왜 금침이 자꾸 밀려 나오지?"

처음에는 몰랐다. 그런데 언제부터인가 알게 되었다. 서문영의 전신에 빼곡히 박힌 금침들은 처음에 자신이 찔러 넣은 깊이가 아니었다.

생사광의는 그 기묘한 현상에 눈살을 찌푸려야 했다. 금침이 밀려 나오는 것은 생사금침을 전수 받을 때도 듣지 못한 현상이었다.

"쯧, 이건 새로운 부작용인가?"

만약 그런 것이라면 서문영에게 다시 한 번 침을 놓아볼 생각이었다. 그전에 의술의 진보를 위해 서문영을 이해시켜야 하겠지만 말이다.

　허파를 덜어낸 시술을 초혼요마가 무위로 돌렸으니, 서문영도 그 정도는 허락해 줄 것이다. 아니, 반드시 그래야만 한다.

　팅.

　"어이쿠! 깜짝이야!"

　이제는 대놓고 침이 빠져나와 바닥에 툭 떨어졌다.

　처음에는 하나가 빠져 나오더니, 시간이 지날수록 우수수 떨어져 내렸다.

　얼마 지나지 않아 삼백 개가 넘는 금침이 다 빠져 버렸다.

　생사광의는 서문영의 몸을 이리저리 더듬었다. 하지만 특별한 징후는 느껴지지 않았다. 그저 금침이 빠져 나왔을 뿐이다.

　"인체의 신비인가!"

　세상엔 아직도 자신이 모르는 부분이 너무 많았다.

　생사광의는 금침을 수거해 은상자에 담고는 조용히 방을 빠져 나갔다.

　서문영의 탕약을 준비해야 했던 것이다.

　마당에서 탕약을 달이는 생사광의의 입에서 연신 "거참! 거참!"이라는 탄성이 흘러나왔다. 아무리 생각해도 금침을 밀어내는 몸에 대해서 알 수가 없었다.

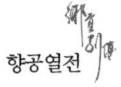

향공열전

열심히 탕약을 달이고 있는 생사광의에게 소면시마가 다가갔다.

"광의, 뭘 그렇게 열심히 달이고 있소?"

생사광의가 시큰둥한 음성으로 답했다.

"보면 모르시오? 초혼요마가 데리고 온 남자를 위한 탕약이외다."

순간 소면시마의 입술이 실룩거렸다. 오늘따라 생사광의의 태도가 불손했기 때문이다.

"험, 험, 노부에게 불만이라도 있소?"

"당신은 나를 언제까지 이 구룡채에 가둬둘 생각이시오?"

"가둬두다니 그 무슨 섭한 소리를. 모두가 광의를 보호하기 위한 것이 아니오? 광의가 강호로 나가면 당장 천의단과 오악검파가 죽이려고 들 텐데, 그걸 알고서도 내보낼 수는 없지 않겠소?"

"흥! 나는 의원인데 그들이 나를 어쩐단 말이오? 괜한 핑계 대지 말고 나를 내보내 주시구려. 내 본래 누구에게 사로잡혀서는 오래 살지 못하는 성정(性情)을 가졌다오. 나의 기술이 필요하다면…… 나를 자유롭게 풀어 주시오."

"당신은 지금 돌아가는 상황을 몰라서 그런 소리를 하는 거요. 십대문파에서 무림공적을 정리하고 있소. 십대문파가 무림을 제패하려고 눈에 거슬리는 사파의 고수들을 없애고 있다는 뜻이오. 당신은 사파의 사람으로 알려져 있는데, 사파에 도

인생은 복불복(福不福) 159

움을 줄 당신을 그들이 살려 둘 리가 있겠소? 만에 하나 살려 준다고 해도, 그들의 필요에 의한 것일 테니…… 구룡채보다 못한 곳에 갇혀 지내게 될 것이오."

"그건 당신의 추측이고…… 아직 아무도 나에게 이래라 저래라 요구한 사람이 없소이다. 정작 십대문파를 핑계로 사람들을 모으거나 잡아두고 있는 사람은 당신이 아니오?"

"흐흐, 나는 본래 의원들을 존경하고 가까이 두고자 하는 사람이오. 그러나 세상은 넓고 의원은 많소. 내가 당신만 붙잡고 사정할 거라고 생각하시오? 당신을 대신할 사람이 나타나면, 오늘의 그 말들이 비수가 되어 당신에게 돌아갈 수도 있소. 아시겠소?"

"헐! 쓸 만한 의원을 구하면 나를 죽이겠다는 소리요?"

"알아서 생각하시구려."

"……."

소면시마의 말에 분노한 생사광의는 이를 갈며 부채질을 했다.

그런 생사광의를 지그시 내려다보던 소면시마가 물었다.

"그 남자는 정확히 어떤 상태인 거요?"

"기경팔맥이 상해 탕약과 침으로 치료를 하고 있소이다."

"오호! 무슨 바람이 불어서 그에게 지극정성을 쏟는 거요? 당신은 본래 탕약과 침을 함께 쓴 적이 없질 않소?"

"빨리 낫게 하라는 요마님의 명 때문이오."

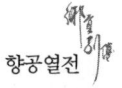
향공열전

"흥! 요마님은 무슨."

소면시마의 얼굴이 붉으락푸르락 변해갔다. 같은 칠대마인인데 초혼요마에게는 요마님이라고 하고, 자신에게는 당신이라고 하는 생사광의에게 화가 난 것이다.

"누가 내 욕을 해대고 있나? 갑자기 귀가 가렵네."

초혼요마가 초막 앞에 유령처럼 솟아났다.

소면시마가 어색한 웃음을 흘리며 뒤로 물러났다. 어렵게 성사시킨 칠대마인들의 회합을 깨뜨리고 싶지 않아서다.

"광의, 아무리 바빠도 내가 부탁한 그 일은 잊지 마시구려. 우리 모두를 위해서라도 칠석날 이전까지는 완성이 되어 있어야 하오."

소면시마의 마지막 말은 꽤 멀리서 들려왔다.

초혼요마가 냉소를 치며 물었다.

"저 늙은이가 부탁한 일이 뭐예요?"

"제게 마신단(魔神丹)을 제조해 달라고 하더군요."

"마신단?"

"평소에 사용하지 않는 잠력을 폭발시켜서, 일단 유사시에 지치지 않게 만들어 주는…… 중독성이 강한 마약(痲藥) 같은 것입니다."

"복용시에 내력이 증진되는 효과가 있나요?"

"약효가 지속되는 시간 동안만큼은 그렇습니다."

"얼마나 오래 가는데요?"

"처음 복용하면 한 시진 정도, 그다음에는 복용 회수에 따라 지속시간이 줄어듭니다. 약효가 일각(一刻; 15분) 이하로 떨어지면, 그 뒤로는 복용해도 약효가 나타나지 않습니다. 약에 대한 내성이 생겨 더 이상 약발을 받지 않게 되는 거지요."

"장기 복용하면 몸에 해롭겠죠?"

"예, 약효가 일각 아래로 떨어질 정도로 복용하게 되면…… 제정신이라고 할 수 없습니다. 손발이 떨리고 마비 증상이 찾아와서…… 팔순(八旬; 팔십 세)의 노인에게도 맞아 죽을 겁니다."

"소면시마는 그런 약을 왜 만들라고 하는 거죠? 그런 마약을 어디에 쓰려고?"

"마신단은 공력이 일천한 자들에게 특별한 임무를 맡길 때 사용하곤 한다고 들었습니다."

"흥! 대체 그 늙은이는 무슨 일을 꾸미고 있는 거지?"

순간 초혼요마의 전신에서 가공할 살기가 쏟아져 나왔다.

그 모습에 질린 생사광의가 죄지은 사람처럼 슬그머니 시선을 떨구었다. 어쨌든 자신이 그걸 만들어 주는 처지였기 때문이다.

소면시마의 앞에서 당당하던 생사광의를 생각하면 지금의 모습은 상상을 초월한 것이었다.

"그건 그렇고 그의 상태는 어떤가요?"

계속된 초혼요마의 존대에 생사광의의 표정이 환하게 밝아

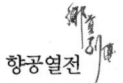

졌다. 그도 눈과 귀가 있는지라 '초혼요마가 존대를 쓰는 사람이 극히 제한되어 있다'는 사실을 잘 알고 있었다.

"헤헤, 아주 양호합니다. 앞으로 칠 일 정도만 탕약을 복용하면, 그 뒤로는 운기조식으로도 충분히 다스릴 수 있을 겁니다."

"그렇군요."

고개를 주억거리던 초혼요마가 미련 없이 돌아섰다. 상태만 확인하면 더 이상 볼일이 없다는 것처럼 말이다.

생사광의가 급히 말을 이었다.

"요마님, 저는 그에게 비전의 대법을 썼습니다."

"무슨 대법을?"

과연 초혼요마가 관심을 가지고 돌아섰다.

"생사금침대법이라고 죽은 사람도 되살리는 비전의 금침술입니다요."

"그래서요."

"아니, 제가 최선을 다하고 있다는 것을 알아주십사……."

"알았어요. 특별히 원하는 게 있나요?"

"언제고 구룡채에서 나가실 때, 저를 좀 데리고 나가 주십사 하는 부탁을……."

"당신은 소면시마에게 마신단을 만들어 주겠다고 약속하지 않았나요?"

"……."

인생은 복불복(福不福)

무안해진 생사광의가 애꿎은 약탕기만 어루만졌다.
"앗! 뜨뜨!"
"대충이라도 마신단을 만들어 주세요. 그럼 고려해 보도록 하지요."
"대충으로요?"
"흥! 어차피 마약인데 아무렴 어때요. 그게 무슨 도가비전의 단약(丹藥)이라도 된다고! 설마 당신은 갖은 정성을 다 기울여 제조해 줄 생각인가요?"
"그, 그럴 리가 있겠습니까? 대, 대충 만들 생각이었습니다요."
"그럼, 원하는 수량을 대충 맞춰서 던져줘요. 그 뒤는 내가 알아서 할 테니까."
"예! 예! 알겠습니다! 요마님만 믿고 있겠습니다!"
생사광의가 신명이 난 듯 쉬지 않고 부채질을 해댔다.
갑자기 약탕기에서 연기가 뭉클뭉클 올라왔다. 깜짝 놀란 생사광의는 부채질을 멈추고 다시 화력을 조절하기 시작했다.
생사광의는 땀을 뻘뻘 흘리면서도 어딘지 모르게 들뜬 표정이었다.
그런 생사광의를 바라보고 있던 초혼요마의 얼굴에 해맑은 미소가 떠올랐다. 초혼요마의 미소는 눈 깜짝할 사이에 사라져 아무도 발견하지 못했다.

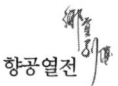

제6장

거목(巨木)과 잡목(雜木)의 차이

 그토록 정성껏 생사광의가 약을 달였지만 서문영은 깨어나지 않았다. 생사광의는 차갑게 식은 약을 들고 나와 땅바닥에 쏟아 버렸다.

 생사광의는 저녁이 되자 다시 시간 맞춰 약을 달이기 시작했다. 그리고 약을 들고 방으로 들어갔다가, 여전히 서문영이 깨어나지 않자 버리기를 반복했다.

 그 모습을 지켜보던 초혼요마가 "그냥 깨워서 먹이지 아까운 약을 왜 버리냐?"고 묻자 이렇게 답했다.

 "지금은 잠이 약입니다."

 "……"

거목(巨木)과 잡목(雜木)의 차이 167

초혼요마가 다시 물었다.

"그는 잠을 자는 중인가요? 아니면 정신을 잃은 건가요?"

잠시 머뭇거리던 생사광의가 천천히 수염을 쓸어 내렸다. 마치 자신의 긴 수염에 명의의 권위가 담겨 있는 것처럼 말이다.

"험험, 처음에는 분명 정신을 잃었지만 지금은 깊이 잠들어 있는 상태입니다."

"그걸 어찌 아냐는 거죠."

"그걸 아는 게 신의(神醫)가 아니겠습니까?"

생사광의는 자기 얼굴에 금칠을 하고는 재빨리 방 안으로 들어가 버렸다. 말은 그렇게 했지만 자신도 서문영의 상태가 걱정이 됐던 모양이다.

초혼요마는 마당에서 잠시 망설이는가 싶더니 이내 자신의 숙소로 사라져 버렸다. 늦은 시간에 젊은 남자의 방에 들어가기가 꺼려졌던 모양이다. 아무리 중한 환자라고 해도 말이다.

"자네, 정신이 좀 드는가?"

생사광의가 서문영에게 물었다.

깊은 잠에 빠져 있는 서문영이 뭐라고 답을 할 리 만무하다.

"아직 시간이 더 필요한 모양이구먼. 알았네. 그렇다면 조금 더 쉬도록 하게나. 나는 잠시 자네의 진맥을 살펴보도록 하겠네."

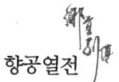
향공열전

생사광의는 혼자서 묻고 혼자서 답했다. 아무래도 입을 가만히 두지 못하는 것이 생사광의의 천성(天性)인 듯했다.

잠시 후 생사광의가 서문영의 완맥을 가볍게 쥐고 눈을 감았다.

손끝의 진동을 통해 눈앞에 서문영의 내부가 일목요연하게 드러났다.

"오! 기경팔맥은 이제 자리를 잡았고…… 어디 보자 세맥은……."

그러나 아무리 샅샅이 훑어도 세맥은 쉽게 잡히질 않았다. 어찌나 용을 쓰는지 생사광의의 이마에 굵은 땀방울이 맺혔다.

"허어! 한 번 더 시침을 해야 하나……."

탄식과 함께 고개를 흔들던 생사광의가 자리에서 부스스 일어섰다.

생사광의가 나가고 얼마 지나지 않아 서문영의 몸에서 진동이 일어났다.

그리고 금침이 꽂혔던 자리에서 검은 물이 흘러나왔다. 검은 물은 피부를 타고 흘러내려 깔고 있던 이불을 적셨다.

본래 오래 돼서 알록달록하던 이불인지라, 검은 물의 흔적은 이내 사라지고 말았다. 그렇게 서문영의 벌모세수(伐毛洗髓)는 흐지부지 끝이 났다.

그로부터 얼마나 시간이 지났을까?

서문영의 손끝이 움찔거렸다. 그것을 시작으로 팔과 발끝이 움직이는가 싶더니 이내 눈을 떴다.

'벌써 밤인가.'

서문영은 힘겹게 몸을 일으켜 세웠다. 이전보다 쉽게 상체를 세울 수 있었다.

"하아! 그래도 명의라는 게 영 거짓말은 아니었나 보군."

자신이 벌모세수의 과정을 거쳤음을 꿈에도 모르는 서문영은 생사광의가 준 고통만 떠올리고는 한숨을 길게 내쉬었다.

"내 다시 침을 맞으면 사람의 아들이 아니다."

서문영은 비틀거리는 몸짓으로 자리에서 일어섰다. 토번과의 전투에서 쓰러진 뒤로 혼자서는 처음으로 일어서는 것이다.

"으음!"

아물지 않은 상처 때문에 욱신거렸지만, 전과 달리 이제는 운신이 가능했다.

"이제야 살아난 기분이로군."

망연히 중얼거리던 서문영은 방문을 열고 나가 마당에 내려섰다.

차가운 달이 하늘 한복판에 떠서 길게 그림자를 만들어 주고 있었다.

갑자기 한풍(寒風)이 불어오자 서문영은 가볍게 몸서리를 쳤다. 그러나 차가운 바람에 떠는 일마저도 좋았다.

몇 걸음 내딛으니 서가장의 가족들과 성가장의 형제 같은 사람들이 하나 둘씩 떠오른다.

그러나 선명한 기억과는 별도로 아련하게 느껴졌다. 자신에게 너무 많은 일이 일어났기 때문이리라.

'제갈 별장님과 마 교위님은 잘 계실까?'

'용무대의 도 대정님과 황 부장님…… 그리고 대원들은 살아 있는 걸까?'

언제나 소녀 같은 독고휘의 갸름한 얼굴도 떠올랐다.

처음으로 서문영은 독고휘가 남장여자(男裝女子)일지도 모른다는 생각을 했다.

'도깨비 같은 사람들이라…… 알 수가 있나!'

황궁에 관계된 사람들은 하나같이 평범하지 않았다. 독고휘도 그렇지만 그의 사형이라는 천도문도 종잡을 수 없는 인물이었다.

그들과 비교하면 오히려 무림의 고수들은 단순했다.

천의단이라는 곳의 절영운검(絶影運劍) 상무극(常無極)이나 매화검영(梅花劍影) 군불위(君不爲)가 그랬고, 오대세가의 가주라는 사마담이 그랬다. 그들은 한결같이 명예에 집착했고, 그것을 지키기 위해 무력을 사용했다.

하지만 황궁의 사람들은 명예라는 말과는 동떨어져 있었다. 그들은 오직 생존을 위해 살아가는 것 같았다. 이미 부귀영화를 누리면서 뭘 더 얻을 게 있다고 그러는지 몰라도 말이다.

"하지만 명예보다는 살아남으려는 사람들이 더 무섭지……."

서문영이 혼자서 중얼거리며 걷기 시작했다.

산채의 특성일까? 늦은 밤이었지만 아직 잠들지 않은 사람이 많았다.

덥수룩한 수염의 남자 하나가 비틀거리는 걸음으로 다가왔다.

"꺼억! 취한다. 형씨, 처음 보는 얼굴인데, 신입인가?"

"예? 아, 예."

파란 많은 날들 속에서 튀어서는 안 된다는 것을 체득한 서문영이다. 그는 어느새 자연스럽게 사내의 말을 받아넘기고 있었다.

"제길, 먹고살기 너무 힘들지 않나?"

"그렇죠."

"딸꾹. 보아하니 칼침을 몇 대 맞은 모양인데, 기운 내게. 쥐구멍에도 볕들 날이 있다고 하질 않나? 눈치만 좀 빠릿빠릿하면 금방 출세하는 게 또 이 바닥이라네."

"무공이 아니라 눈치입니까?"

"캬악, 퉤! 무공 하나로 다 된다는 건 옛날식 사고방식이지. 우리 구룡채를 보게. 힘이나 경력으로 따지자면 근방의 흑호채(黑虎寨) 못지않은데, 연줄이 없어서 아직 녹림에도 들지 못했잖은가. 그놈의 연줄이 뭔지. 제길!"

"소제(小弟)는 내막은 잘 모르지만, 산채에 칠대마인들이 있는 것 같던데…… 어째서 연줄이 없다고 하십니까?"

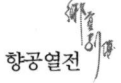
향공열전

온통 거친 수염으로 범벅이 된 남자가 한숨을 푹푹 내쉬었다.

"파하! 칠대마인은 연줄이 아니야. 재앙이야, 재앙."

"재앙이요?"

"쉿! 자네의 면상을 보니 제법 먹물이 들은 것 같아 가르쳐 줌세. 딸꾹. 녹림의 도적들은 칠대마인을 좋아하지 않네. 생각해 보게. 같은 산중의 호걸도 아니고, 물질을 해서 먹고 사는 수적도 아닌데, 성질 더러운 사람들이 불쑥 나타나서 이래라 저래라 하면 누가 기분이 좋겠는가? 아마 죽지 못해 따라가는 사람이 대부분일 걸세."

"그래도 사해가 동도라지 않습니까?"

"응? 어느 씨부럴 놈이 사해가 동도래? 자네 영 잘못 배웠구먼. 따라 해! 사해는 남이고 동도는 믿지 마라."

"사해는 남이고 동도는 믿지 마라."

"그래, 그래, 오래도록 칼 밥을 먹으려면 뼈에다가 새겨 두라고. 사해는 남이고 동도는 믿지 마라. 알겠나? 씨벌, 먹을 게 없으면 부모가 자식도 잡아먹는 판국에 사해가 동도라니……그런 개소릴 어떤 새끼가 가르쳐 준 거야? 빨리 뒈지라는 거야 뭐야?"

"예, 예, 지당하신 말씀입니다."

"좋아, 좋아! 젊은 사람이 아주 빠릿빠릿하구먼. 자네 마음에 들었어! 누구 밑에 있나?"

거목(巨木)과 잡목(雜木)의 차이 173

"예, 임시로 생사광의님의 집에 머무르고 있습니다."

서문영은 얼떨결에 생사광의를 팔아먹었다. 칠대마인을 욕하던 사람이다. 그런 그에게 초혼요마와 함께 왔다고 하면 죽이려고 들지도 몰랐다.

"생사광의? 아! 그 신의(神醫)? 그분 훌륭하지. 암! 훌륭하고말고! 이 구룡채에서 진짜 괜찮은 사람 중에 하나지. 근데 씨벌, 그 노인네, 너무 짜증나! 너무 꼬장꼬장해서 아주 죽겠어…… 그런데 자네 누구 밑에 있다고 했지?"

"생사광의님요."

"응? 생사광의도 돈 벌러 나가나? 그 노인네는 의원인데…… 씨벌, 모르겠다. 아 어지러워. 자네, 내가 헛소리를 좀 하더라도 이해해 주게."

"예."

"좋아, 다음에 만나면 자네에게 괜찮은 사람을 하나 붙여줌세. 사해는 뭐라고?"

"남이다."

"옳커니! 동도는?"

"믿지 마라."

"푸헐! 아주 마음에 드는 친구야! 뭣 같은 세상이지만 부디 오래 오래 살아남으라고! 개똥밭에 굴러도 이승이 좋다잖아. 안 그런가?"

"맞습니다."

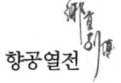
향공열전

"크크크!"

한동안 어깨까지 들썩이며 킬킬거리던 사내는 다른 곳으로 떠나갔다.

근처를 한 바퀴 둘러본 서문영은 다시 초가로 돌아왔다.

좁은 마당의 볼품없는 집이지만 고요하고, 나름의 정취가 느껴졌다.

그제야 생사광의라는 의원이 다시 보였다. 서문영은 자신이 잊고 있었다는 것을 깨달았다. 집주인의 기상이라는 게 어떤 것인지를 말이다.

서문영이 마당 한복판에 우두커니 서서 달빛을 바라보았다. 구룡채의 다른 장소와 달리 초가의 마당은 고즈넉했다.

"훗, 이제야 일어났군요."

그때 귀에 익으면서도 어딘지 모르게 생경한 음성이 들려왔다.

돌아보니 초혼요마가 눈부시게 하얀 옷을 입고 마루에 서 있었다.

"초 소저에게 큰 은혜를 입었습니다."

서문영이 포권을 해보였다.

초혼요마가 웃는 듯 마는 듯한 표정으로 고개를 끄덕였다.

"감사는 생사신의(生死神醫)에게 하세요. 그분은 당신을 위해 하루 종일 탕약을 달였다고요."

"……"

서문영이 고개를 갸웃거렸다. 생사신의라는 말은 자신의 착각이었을까? 하지만 생사신의라는 말이 초옥과는 잘 어울린다고 생각했다.

"지금 보니 초 소저는 초혼신녀(招魂神女)라고 해야 할 것 같습니다."

"흥! 입에 발린 말 하지 말아요. 요마든 신녀든 내가 하는 일은 변함이 없어요. 대부분의 사람들에게 나는 저승사자일 뿐이에요. 그건 당신이라고 해도 마찬가지예요."

냉기가 풀풀 날리는 말이었지만 왠지 서문영은 무섭지가 않았다. 초혼요마가 자신에게 호의를 베풀고 있다는 사실을 누구보다 잘 알기 때문인지도 모른다.

"잘 알고 있습니다."

서문영의 눈은 웃고 있었다.

초혼요마가 못 말리겠다는 듯 머리를 설레설레 흔들었다. 그리고는 다시 방으로 들어가 버렸다.

달빛이 요요하게 빛났다.

"하아!"

서문영이 한숨을 길게 내쉬었다.

뚜렷한 이유 없이 가슴이 먹먹해졌다.

그러더니 이번에는 서가장이 못 견디게 그리워졌다.

부친에게 물려받은 세월에 마모된 탁자와 책상이 그리웠다.

친구들과 뛰어 놀던 마을의 골목길과 야트막한 산들이 그리

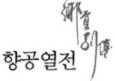

웠다.

성가장의 식솔들이 그리웠다.

성가장의 연무장 바닥에 깔린 금이 간 석판과 한쪽 벽에 세워진 낡은 병장기 거치대가 그리웠다.

'독하게 마음먹으면 언제든 갈 수 있는 곳이었는데 왜 지금까지 가보지 못했을까?' 하는 자책이 들 정도로 그리웠다.

서문영은 문득 자신의 손을 내려다보았다.

왜 이렇게 허전한가 했더니 분신처럼 늘 곁에 두었던 중검(重劍)이 보이질 않았다.

"이런! 그간 게을러졌구나. 몸에서 검이 떠난 것도 모르고 있었다니. 쯧쯧!"

혀를 차던 서문영이 마당을 걷기 시작했다.

한순간 서문영의 모습은 마치 달빛을 타고 지상에 강림한 팔선(八仙)과 같아 보였다.

열려진 문틈으로 서문영을 훔쳐보고 있던 초혼요마의 입에서 가느다란 한숨이 흘러나왔다.

한방에서 서문영을 돌보던 객점에서의 며칠로 돌아갈 수만 있다면…….

돌이켜 보면, 무림공적으로 보낸 지난 세월보다 그 며칠이 더 긴장감 넘치는 나날이었던 것 같다.

초혼요마는 문틈으로 달빛을 받으며 피식 웃고 말았다. 자신에게 아직 사람의 감정이 남아 있다는 사실이 신기했던 것이다.

그는 요마가 아니라 신녀라고 했다.

'나는 신녀가 될 수 있을까?'

초혼요마는 침상에 벌렁 드러누웠다.

꿈속에서는 신녀가 될 수 있을지도 모른다.

꿈속이라면 팔려갈 일도 없고, 욕정에 눈이 먼 스승의 정혈을 빼앗지 않아도 된다.

꿈속에서만 토번(吐蕃)의 소녀는 신녀가 되기를 소망했다.

* * *

금군(禁軍)을 이끌고 황도(皇都)로 돌아간 금룡대의 대주 천도문은 즉시 감군원으로 불려갔다.

은밀하게 천도문을 부른 사람은 감군원의 원수(元首)인 천하관군용선위평사(天下觀軍容宣慰平使) 관억(寬抑)이었다.

"대인, 찾으셨습니까?"

"……."

관억은 돌아보지도 않고 서찰 하나를 읽기만 했다.

답답해진 천도문이 다시 입을 열려는 순간이다.

관억이 나직한 음성으로 말했다.

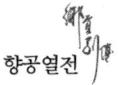
향공열전

"나는 자네를 믿었네. 자네라면 나의 뜻을 잘 전해 줄 것이라고 생각했지. 인륜이란 소중한 것이 아니던가. 그건 정말 지킬 가치가 있는 것인데, 자네 때문에 그걸 지키기 어렵게 되었어."

"대인, 무슨 말씀이신지요?"

천도문이 불안한 눈으로 관억을 바라보았다.

관억이 천도문에게 서찰 하나를 던졌다.

"어젯밤 감군원에 접수된 대토번전투보고서일세. 단단하게 밀봉이 되어 있더군. 누가 작성한 것인지 가르쳐 주지 않아도 알겠지."

"……."

천도문이 조심스럽게 서찰을 들어 읽었다.

관억과 천도문 사이에 무거운 침묵이 감돌았다.

"이건 나에 대한 그 아이의 도전일세. 모든 보고서가 감군원에 모인다는 것을 알고도 보란 듯이 작성을 했더군. 자네는 이 아이가 이렇게 비뚤어질 때까지 대체 무얼 하고 있었는가?"

"아뢰옵기 송구하오나, 저는 사매에게 충분히 알아듣도록 설명을 했습니다."

"충분한 설명의 결과가 이것밖에 안 되는가? 금군의 직무유기? 황실과 절도사의 힘겨루기로 팔천의 정병(正兵)이 희생되었다고? 이거 정말 미치겠군. 황문관(黃門官; 내시를 총감독하는 벼슬) 장반식(張半殖)이 이 사실을 알게 된다면, 가만히 있지 않을 걸세."

"······."

한참 동안 뜸을 들이던 관익이 짧게 말했다.

"자네 손에서 처리하게."

"처리라 하심은?"

"감군사 독고휘는 토번과의 전투에서 실종된 게야. 찾아서 살리든 죽이든 자네가 알아서 하되, 다시는 세상에 나오지 못하게 해야 할 걸세. 자네와 자네의 집안을 위해서라도 말이야."

"예······."

"독고가는 자식을 잘못 두었으니 그에 합당한 대가를 치르게 될 게야. 자네는 우선 독고휘의 일에 집중하게. 독고가는 따로 처리할 사람이 있으니까."

"예······."

"내키지 않는다는 얼굴이로군. 이게 얼마나 심각한 일인지 모르는 모양이지?"

"그럴 리가 있겠습니까. 다만, 기회를 다시 한 번 더 주는 것이 어떤가 해서······."

"클클, 나무는 부실한 가지를 쳐내야 거목(巨木)으로 클 수가 있는 법이네. 그걸 아끼다가는 쑥쑥 자랄 수가 없게 된다네. 그러다가 다른 나무의 그늘에 가려 결국은 말라비틀어지고 말지. 자네는 정리(情理)에 휘말려 말라비틀어질 잡목(雜木)

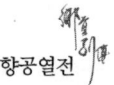
향공열전

이 되고 싶은가, 아니면 거목이 되고 싶은가?"

"정리에 휘둘리지 않는 거목이 될 것입니다."

"그럼 가서 자네의 결심을 보여주게. 자네의 됨됨이를 보고, 앞으로 그에 합당한 일을 맡기도록 하겠네."

"예."

천도문이 관억의 앞에서 물러났다.

관억이 씁쓰름한 표정으로 보고서를 집어 들었다.

"독고휘야, 독고휘야, 너는 어쩌자고 이런 짓을 벌였느냐? 너를 믿고 있던 나와 독고가는 정녕 안중에 없었더냐. 고연 녀석 같으니. 내 너와 너의 가문을 일으켜 주려 했거늘……. 이제는 돌이킬 수 없게 되었구나. 나를 무정하다 원망하지 말아라. 배신한 것은 내가 아니라 너니까……."

*   *   *

일단 정신을 차린 서문영의 몸은 급속도로 회복되었다. 생사광의의 탕약이 좋았던지, 아니면 당사자들이 실패했다고 믿고 있는 생사금침대법 때문인지 몰라도, 열흘쯤 지나자 중상을 입고 업혀 다니던 사람으로 보이지 않았다.

"거참, 짐승 같은 회복력이로세."

생사광의가 마신단을 만드는 화로(火爐)의 화력을 조절하고 있는 서문영을 보며 중얼거렸다.

"같은 말이라면 절정의 회복력이라고 해주십시오. 이런 곳에서 짐승이라고 하니까 왠지 듣기가 거북합니다."

"이런 곳이 어때서?"

"산채에서 짐승 같다고 하니까 추하게 느껴져서 그럽니다."

"자네 말하는 걸 보니 내상은 이제 거의 나은 모양이야. 뼈와 근육이 상한 것은 좀 어떤가? 움직이면 아직도 아픈가?"

"이렇게 부채질 하는 정도는 괜찮습니다."

거동이 가능해지자 서문영은 생사광의의 일을 돕겠다고 나섰다. 자기 딴에는 은혜를 갚겠다는 의지의 표현이었다.

생사광의는 사양하지 않고 서문영에게 화로의 불을 맡겼다. 대장간의 일을 배웠던 만큼 손재간과 불 다루는 기술이 뛰어난 서문영인지라 생사광의의 일에도 속도가 붙었다.

"자네 덕분에 보름 안에 모든 일을 끝낼 수가 있겠어. 고맙네, 고마워. 이번 일이 끝나면 자네에게 몇 가지 선물을 하겠네. 그러니 괜한 일에 휩쓸리지 말고 지금처럼만 내 일을 도와주게."

"염려하지 마십시오. 최선을 다해 돕겠습니다."

서문영이 화력을 일정하게 유지하고 있을 때다.

솥단지 안에서 단약이 구워지는 냄새가 솔솔 풍겨 나왔다.

그 달콤 쌉싸름한 냄새에 서문영이 콧구멍을 벌름거리자 생사광의가 주의를 줬다.

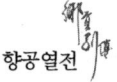
향공열전

"이보게, 그 단약의 냄새 너무 깊이 마시지 말게. 마신단은 지독한 마약이라, 냄새를 오래 맡으면 원기를 상하게 되네."

"헙!"

원기를 상하게 한다는 말에 서문영은 즉시 숨을 멈추었다.

"푸헐! 그렇게 놀랄 정도는 아닐세. 솥단지에서 나와 공기 중에 흩어지는 정도는 괜찮네. 아까 자네가 너무 코를 들이대고 맡아서 그러지 말라고 한 말이라네."

"푸하! 예, 예."

서문영이 참았던 숨을 거칠게 몰아쉬었다.

그런 모습을 바라보고 있던 생사광의가 피식 웃으며 말했다.

"허허, 자네는 정말 어린아이 같은 사람이로구먼. 그 나이에도 동심(童心)을 유지할 수 있다는 게 가상하이. 세상의 풍파가 자네만 비껴 지나간 것 같으이."

생사광의의 말에 서문영이 애매한 표정을 지어 보였다. 자신같이 사람을 많이 죽인 사람에게 동심이 남아 있다고 하니, 영 어색했다.

"자네도 무림인인가?"

생사광의의 물음에 서문영이 머리를 벅벅 긁었다.

'나는 무림인인가? 한때는 무림인이 되려고 발버둥 친 적도 있다. 그러나 지금은?'

지금은 단지 신책군의 화장이었다. 그리고 우습게도 그 직책에 나름 만족하고 있었다.

"아닙니다. 저는 신책군(神策軍)의 화장(火長)입니다. 전투 중에 토번의 포로가 되었다가, 초 소저에게 구함을 받아 여기까지 오게 된 겁니다."

"오! 신책군. 어쩐지 이런 곳과는 어울리지 않는다고 생각했네."

서문영을 보는 생사광의의 눈빛이 대번에 달라졌다.

그동안 서문영을 사파의 사람이거나, 산적의 일원이 아닐까 생각했는데, 신책군이라고 하니 경계심이 확 풀려 버린 것이다.

신책군이라면 황제의 친위부대로, 몰락한 권문세가의 자제들로 이루어진 부대다. 즉, 신분이 확실하고 성정(性情)이 올바른 사람이라는 뜻이다.

"나에게 딸이 있다면 사위를 삼고 싶네만…… 아쉽구먼, 아쉬워."

"하하, 다행이군요. 광의님을 닮은 따님이라면 사양하고 싶으니까요."

"푸헐! 그 사람 말도 넙죽넙죽 잘하네. 신책군은 다 자네처럼 재기발랄한 사람들만 모여 있는가? 내 주변에 신책군은 자네가 처음이라서 궁금하구먼."

"의원들이 모두가 광의님처럼 신의(神醫)가 아닌 것처럼, 신책군도 그렇다고 생각하시면 됩니다."

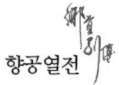
향공열전

"그랬군. 그랬어."

생사광의가 단약을 빚으며 고개를 주억거렸다.

그렇게 두 사람이 하나는 빚고 다른 하나는 솥단지에 구우며 노닥거릴 때다.

텁석부리 수염의 사내가 터덜터덜 걸어 들어왔다.

서문영이 웃으며 아는 체를 했다. 언젠가 오밤중에 "사해는 남이고 동도는 믿지 마라"는 가르침을 준 사내였다.

"과연 자네는 이곳에서 신의님을 돕고 있었구먼. 이거 어쩐다, 꼭 데려가서 키워주고 싶었는데……. 신의님의 일에 관계된 사람은 건드리지 말라는 엄명이 있어놔서. 쩝."

"말씀만으로도 감사합니다."

고개를 끄덕이던 텁석부리 사내가 생사광의에게 정중히 물었다.

"신의님, 단약 제조의 일이 끝나면 이 사람을 제가 써도 되겠습니까?"

"헐! 채주께서 쓰시겠다는데 내가 무슨 주제로 해라 마라 할 수 있겠소? 하지만 이 남자와 함께 온 사람이 그걸 허락할지 의문이구려."

"함께 온 사람이 있었습니까? 요즘 내부의 일을 돌보지 않아 몰랐습니다. 어느 고인께서 저 친구를 데리고 온 겁니까?"

"요마님이오."

"헉! 초혼요마?"

거목(巨木)과 잡목(雜木)의 차이 185

생사광의가 고개를 끄덕였다.

텁썩부리의 사내, 구룡채의 채주 호채림(鎬埰臨)이 서문영에게 포권을 하며 말했다.

"어이쿠! 소형제께서 초혼요마님의 일행이시라면 제가 어떻게 모시고 갈 수 있겠습니까? 소형제, 바라건대 그날 밤 내가 한 말은 모두 잊어 주시오."

"예, 저도 채주님에게 좋은 결과가 있기를 바라겠습니다."

"……."

호채림이 의미심장한 눈으로 서문영을 바라보았다.

좋은 결과란 아마도 녹림에 가입하는 것이리라. 이 눈이 맑은 사내는 그날 자신이 취중에 한 말을 마음 깊이 담아두고 있었던 것이다.

"쩝!"

호채림은 입맛을 다셨다. 왠지 서문영과 같은 남자를 이대로 보내야 한다는 게 내키지 않았다.

"소형제, 솔직히 나는 소형제가 마음에 드네. 초혼요마님의 일행이라서가 아니라, 그냥 인간적으로 소형제가 마음에 드네. 소형제가 허락만 한다면 당장 의형제라도 맺고 싶은데. 어떤가?"

"……."

서문영은 갑작스러운 호채림의 제의에 당황하고 말았다. 신책군 화장이 산적과 의형제라니?

있을 수도 없고, 있어서도 안 되는 일이었다. 하지만 호채림의 순박한 눈을 보고 있자니 거절하기도 쉽지 않았다. 이럴 때는 차라리 자신이 무림인이었으면 하는 생각까지 든다.

생사광의가 갈등하고 있는 서문영을 향해 넌지시 말했다.

"한평생 살아가다 보면 별의별 사람을 다 만나게 된다네. 처음에는 많은 사람이 주변에 있더라고. 그러나 시간이 지나고 나면 쭉정이는 사라지고 알맹이만 남게 되지. 그 알맹이가 뭔지 아는가? 얼마나 진실한 만남이었는가! 단지 그것뿐이라네."

서문영은 더 이상 망설이지 않았다.

"소제(小弟)는 사천성 신책군 돌격여단 용무대의 화장 서문영이라고 합니다. 앞으로 형님으로 모시겠습니다."

생사광의의 말을 들은 호채림 역시 서문영이 신책군이라는 것에 큰 의미를 두지 않았다. 솔직히 초혼요마의 일행이라는 사실보다 큰 충격은 다시없을 것이었다.

"우형(愚兄)은 구룡채의 채주 호채림이네. 비록 우리가 태어난 날은 다르지만, 죽는 날은 한날한시가 될 것이네."

말과 함께 호채림이 서문영에게 읍(揖)을 했다.

서문영 역시 읍을 했다.

잠시 마주보던 호채림과 서문영은 한순간 호탕하게 웃으며 서로의 손을 잡았다.

호채림은 그 뒤로 시간이 날 때마다 초가를 찾아왔다.

그리고 마신단이 완성될 때마다 안타까워했다. 서문영이 생사광의와 함께 하산할 계획이라고 귀띔해 주었기 때문이다.

사실 생사광의에 대해서 호채림은 아무런 미련이 없었다.

그를 잡아둔 사람은 소면시마지 호채림이 아니었던 것이다. 호채림이 아쉽고 섭섭한 것은 서문영과 더 친해지기 전에 작별하게 되었다는 사실이었다.

* * *

마침내 생사광의는 서문영의 도움 속에 마신단 천 개를 완성했다.

마신단의 제작이 끝나자 생사광의는 소면시마가 구해다 준 약재들을 죄다 털어 속명신단(速命神丹)이라는 구급약 백 개를 만들었다.

생사광의는 속명신단을 오십 개씩 나누어 호채림과 서문영에게 나누어 주었다. 의형제를 맺은 것에 대한 기념선물인 셈이다.

모든 준비 작업이 끝나자 초혼요마는 소면시마에게 생사광의를 데리고 하산하겠다고 통보했다. 서문영의 치료가 핑계였다.

소면시마는 부글부글 끓었지만 마신단도 손에 넣었기에 더 이상 생사광의를 물고 늘어지지 않았다.

게다가 생사광의는 사파에서 가장 뛰어난 의원인지라, 자신도 언제 그의 신세를 지게 될지 알 수 없으니 선심 쓰듯 양보

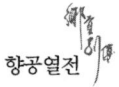
향공열전

할 수밖에 없었다.

 산을 다 내려와도 따라오는 사람이 없자 세 사람은 뿔뿔이 흩어지기로 했다. 서문영은 용무대의 본부로, 생사광의는 마신단의 치료제를 만들기 위해 운남으로 가겠다고 했기 때문이다.
 "이쯤에서 헤어져야겠구먼. 내 평생에 마신단과 같은 하급의 마약을 제조할 날이 올 줄 어떻게 알았겠나. 다행히 천 개밖에 안 만들었으니 망정이지…… 어떻게든 치료제를 만들어 피해자들을 구제할 테니 나중에 한손 거들어 주시게."
 "그렇게 하겠습니다. 제 도움이 필요하시면 용무대나 호북성 무한의 서가장으로 연락을 주십시오."
 "알겠네. 고마우이."
 서문영의 어깨를 토닥거리던 생사광의가 초혼요마를 향해 돌아섰다. 그리고 잔뜩 긴장한 표정으로 머리를 조아렸다.
 "요마님, 또다시 저를 구해 주셨군요. 진심으로 감사드립니다요."
 "치료제가 완성되면 나에게도 연락을 줘요."
 "예? 그래도 괜찮겠습니까?"
 "흥! 다시 한 번 나에게 묻는다면 나는 당신을 죽이고 말 거예요."
 "예, 예. 알겠습니다. 꼭 연락을 드리겠습니다요. 그런데 요마님, 제가 어디로 연락을 드려야 하나요?"

"……."

잠시 어색한 침묵이 세 사람을 감싸고 지나갔다.

무림공적인 초혼요마에게 일정한 거주지라는 것이 있을 리가 없지 않은가?

생사광의는 괜한 질문으로 초혼요마를 화나게 했다고 자책하며 고개를 들지 못했다.

답답한 마음에 인상을 찡그리며 손톱까지 물어뜯던 초혼요마가 마침내 입을 열었다.

"나는 칠대마인들과 함께 무림대회를 따라다닐 거니까, 찾기 쉬울 거예요. 어차피 마신단의 피해자들 근처에 내가 있게 될 테니까."

"아! 그렇군요. 그렇게 간단한 일을……. 역시 늙으면 죽어야 한다니까. 그럼 요마님께는 제가 직접 찾아가도록 하겠습니다. 헤헤."

생사광의가 괜히 자신의 머리를 쥐어박았다. 마치 그렇게라도 해야 초혼요마를 난처하게 만든 죄를 사함 받는 것처럼 말이다.

"그럼 나는 이만 가보겠어요."

말을 끝냄과 동시에 초혼요마가 유령처럼 사라져 버렸다.

"허! 정말 대단한 분이 아니오?"

"그런데 신의님께서는 왜 그렇게 초 소저에게 쩔쩔 매시는

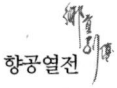

겁니까?"

"헐, 지은 죄가 많은 사람들은 요마님을 두려워하게 되어 있다네. 자네도 알게 될 걸세."

"왜요?"

"요마님의 칼에는 일체의 인정(人情)이 없다네. 알겠나? 죄의식도, 우월감도, 공명심도, 아무것도 없다는 말일세. 그래서 그분은 아무렇지도 않게 사람을 벨 수 있는지도 모르지……. 자네가 죽어 마땅한 죄를 저질렀다면, 그분의 곁에 태연히 서 있을 수 있겠나? 언제 베일지 모르는데? 그게 바로 나와 사파의 무리들이 요마님을 두려워하는 이유라네."

"단지 살인이 무섭다는 뜻입니까?"

"허, 이 사람 은근히 사람 말귀를 못 알아먹네. 자네가 요마님의 곁에서 태연할 수 있는 것은, 한 마디로 지은 죄가 없기 때문이야. 이제 됐는가? 에잉! 난 이만 가네!"

생사광의가 관도를 따라 타박타박 걸어갔다. 뒤에서 보니 약초꾼 같다. 서문영이 멀어져 가는 생사광의를 향해 소리쳤다.

"노인장! 알고 보면 나도 죄 많은 놈이거든요!"

괜히 신의라고 불렀다가 행여나 생사광의가 귀찮게 될까봐 일부러 노인장이라고 한 것이었다.

멀리서 생사광의의 말이 들려왔다.

"그래 너 잘났다! 이놈아!"

*   *   *

　서문영은 용무대로 서둘러 가지 않았다. 일단 몸이 완전히 나은 게 아니었기에, 쉬엄쉬엄 이동을 하고 있었다. 그 바람에 초혼요마와 칠 일 걸려 간 길을 혼자 되짚어 오는데 보름이나 걸렸다. 물론 마차를 이용하지 않은 탓에 더 느려진 것도 한몫했다.

　서문영은 가까운 백옥(白玉)에 들렀다가 용무대가 주둔하고 있는 파당(巴塘)으로 갈 생각이었다.

　돌격여단의 본부에만 가도 그날의 전투에 대해 소상히 알 수 있을 거라는 생각에서다. 그런데 돌격여단의 본부가 있던 백옥에 가까이 갈수록 불길한 소문이 들려왔다.

　사람들은 "돌격여단이 해체되었다", "돌격여단의 건물이 비었다", 심지어 "돌격여단이 몰살을 당했다"고까지 말했다.

　그리고 소문의 진실은 서문영이 돌격여단의 본부에 도착했을 때 밝혀졌다.

　텅 빈 연병장과 막사.

　돌격여단의 본부는 눈에 뒤덮여 있었다. 적어도 눈이 내리는 기간 동안 사람들이 관리를 하지 않았다는 뜻이다.

　돌격여단 지휘부로 찾아갔던 서문영은 멍한 눈으로 굳게 닫혀 있는 문짝을 바라보았다. 문짝에는 붙인지 얼마 되지 않아 보이는 방문(榜文)이 붙어 있었다.

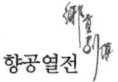
향공열전

대토번 전투에서 신책군 돌격여단 전원이 사망한 것
을 애도함. 신책군 관련 문의는 총부(總部) 또는 금군 본
영(本營)에 와서 해주기 바람.

그 뒤로 장안(長安)에 있는 총부와 금군 본영의 위치에 대한 간략한 안내가 적혀 있었다.

서문영은 믿어지지 않는 눈으로 방을 읽고 또 읽었다.

"제갈 별장님, 도 대정님, 주 화장, 고 화장 모두 죽은 거요? 정말 죽은 거냔 말이오!"

텅 빈 지휘부 건물로 서문영의 공허한 외침이 울려 퍼졌다.

서문영은 급히 돌격여단 본부를 빠져 나와 파당(巴瑭)으로 향했다.

이번에는 말을 구입해 쉬지 않고 달렸다.

숨을 헐떡이며 용무대 정문으로 뛰어 들어갔던 서문영의 어깨가 축 쳐졌다.

용무대 역시 백옥의 돌격여단 본부와 크게 다르지 않았다.

눈에 파묻힌 숙소와 연병장.

서문영은 발목까지 눈에 빠지는 연병장 한가운데 우두커니 섰다. 돌아보니 부대 전체에 사람의 흔적이라고는 없었다.

먹이를 찾아 여기저기 헤맨 것으로 보이는, 작고 뾰족한 짐승의 발자국이 연병장과 숙소 인근에서 보였다. 그것이 전부

였다.

 여름에 부대가 새로 편성되기 전까지, 신책군의 주둔지는 이대로 방치되어 있을 것이다.

 서문영이 쓸쓸하게 돌아섰다.

 돌격여단의 생존자는 자신뿐인지도 모른다는 암울함이 엄습해 왔다.

 장안(長安)의 총부에 가면 알게 될 것이다. 자신 말고도 또 다른 생존자가 있는지 말이다.

 서문영은 바람이 몰아쳐 오는 연병장 한가운데서, 자신이 살아 돌아왔듯 또 다른 누군가도 살아오기를 간절히 기원했다.

제7장
뛰는 놈 위에 나는 분

　서문영이 총부로 갔을 때, 총부의 사람들은 그가 신책군의 생존자라는 사실을 선선히 받아들이지 않았다. 그도 그럴 것이 토번과의 전쟁이 끝난 뒤로 거의 두 달이 지나서 생존자라고 찾아오니 반신반의했던 것이다.

　심지어 몇몇 총부의 고관들은 탈영병이나 신책군을 사칭하는 사기꾼으로 의심하기까지 했다. 자칭 용무대 화장이라고 하는 사람의 정체를 밝혀줄 신책군이 아무도 없었던 까닭이다.

　결국 참다못한 서문영이 화장(火長)의 철패를 보이고, 옷까지 벗어 재끼자 비로소 그를 믿기 시작하는 눈치였다.

　서문영이라는 이름의 신책군 귀환병에 관한 소동은 총부의 장군(將軍)인 안태민(安泰民)이 달려와 신원을 확인해 준 뒤에야 가라앉았다.

서문영은 용무대가 사라지는 바람에 일시적으로 무적(無籍)의 상태가 되었다.

그 바람에 빽빽한 일정 속에서 움직이는 총부에서 유일한 자유인이 되었지만, 마음은 오히려 무겁기만 했다. 군문에서 알게 된 지인들을 모두 잃고 홀로 남겨진 탓이다.

그런 서문영을 더욱 힘들게 하는 것은 총부의 병사들이었다.

어떤 이들은 서문영을 행운아라고 부러워하는가 하면, 또 다른 이는 부대원을 모두 죽이는 저주 그 자체라고도 했다.

얼마 지나지 않아 토번에서 그를 전신(戰神)이라 부른다는 소문이 흘러나왔다.

그러다가 부지불식간에 정착한 별명이 사신(邪神)이다.

거기에는 '적은 물론 아군까지 모두 죽음에 이르게 한다'는 지독한 뜻이 담겨 있었다.

"아우님, 이 기회에 아우님도 총부에 남는 게 어떤가?"

"하하, 형님. 저야 뭐, 오라면 오고 가라면 가는 말단 화장 아닙니까. 뭘 그런 걸 저에게 물어보십니까?"

서문영이 의형(義兄)이자 총부의 장군인 안태민에게 되물었다.

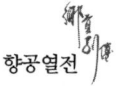

요즘 안태민은 허름한 신책군의 숙소에 시도 때도 없이 찾아왔다.

옛정 때문이기도 하지만 무엇보다 서문영을 곁에 두고 싶어 하는 마음 때문이다. 그런 안태민 덕분에 서문영은 총부가 돌아가는 사정을 어느 정도 알 수 있었다.

"아니 조금 마음에 걸리는 게 있어서. 아우님의 마음을 좀 알아보고 싶은 거지."

"뭐가 걸리시는데요?"

"내가 아우님을 끌어 오려고 몇 번이나 상부에 요청했는데…… 번번이 이유도 없이 거부되고 있어서 하는 말일세. 혹시 아우님이 원하지 않아서 그런 것은 아닌가 하고."

"형님, 저는 제 자신에 대해서는 그냥 흘러가는 대로 내버려 두기로 작정한 사람입니다. 특별히 원하는 것도 없지만 반대한 적도 없었습니다."

"그런가? 거 참 이상하네. 자네 혹시……"

"예?"

"혹시 말이야. 감군원과 관계된 일을 하고 있는 건 아닌가?"

"왜요?"

"총부의 장군이 화장(火長) 하나를 인사조치 할 수 없다는 것은…… 그런 이유가 아니라면 불가능하니 하는 말일세."

"아!"

서문영이 답을 피하는 것처럼 보이자 안태민이 알겠다는 듯 고개를 끄덕였다.

 '서부전선에서 그토록 이름을 떨치고 있는데 감군원에서 내버려 뒀을 리가 없지.'

 지금까지 괜한 소리를 한 셈이다.

 "그랬군. 아우님처럼 역량 있는 재원(才媛)을 변방으로만 돌리는 이유를 이제는 알 것도 같네."

 "……."

 "아우님을 위해 한 마디 조언을 하지. 감군원과 같은 곳은…… 사람이 오래 몸담고 있을 곳이 못되네. 우리처럼 바보 같은 무관(武官)에게는 전투지휘관이 제격이야. 그렇지 않나?"

 "예, 저도 그렇게 생각하고 있습니다."

 서문영이 안태민을 향해 웃어 보였다.

 확실히 총부에 온 뒤로 안태민은 생기를 잃은 모습이었다. 어쩌면 그래서 더 허름한 신책군의 숙소를 찾아오는 건 아닐까?

　　　　　　　*　　　*　　　*

 총부의 서문영은 안태민을 만나는 것을 제외하면 하는 일이 없었다. 그 넓은 총부에 신책군과 관계된 사람이라고는 달랑 서문영 하나뿐이었기 때문이다.

 서문영은 직속상관은 물론 동료나 수하도 없이 혼자서 총부

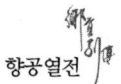
향공열전

를 떠돌아 다녔다.

답답한 나날을 보내고 있던 서문영에게 감군원의 호출이 왔다. 명목은 탈출과 생환의 전 과정을 조사한다는 것이었지만, 실상은 전혀 다른 것이었다.

"자네를 대면하기는 이번이 처음이로군. 과연 감군사 독고휘가 추천할 만한 인물이야."

감군원 원수(元首) 관억(寬抑)의 칭찬에 서문영이 담담하게 웃으며 답했다.

"아닙니다. 감군사님이야말로 보기 드문 인재입니다. 그에 비하면 저는 평범한 편입니다."

관억의 표정이 더욱 부드러워졌다.

"그래, 독고휘는 정말 아까운 인재였지. 다시 그런 인재를 만날 수 있을지 모르겠네."

서문영이 조심스럽게 물었다.

"감군사께 무슨 일이라도 있습니까?"

"흐음! 그는 지난번 토번과의 전투에서 실종되었네. 자네와 비슷한 경우라고 할 수 있지. 자네가 살아 돌아왔으니 언젠가 그도 살아 올 거라고 믿고 있네만……."

"아아!"

서문영의 입에서 저도 모르게 장탄식이 터져 나왔다. 제갈별장과 도 대정이 사망했다는 소식을 접했을 때보다 더 답답했다.

"나도 비통한 심정이네."

"너무 심려하지 마십시오. 감군사께서는 살아 돌아올 것입니다."

"하아! 그래야지."

관억이 침통한 표정으로 한숨을 내쉬자 대화가 끊어졌다.

서문영은 상대가 평생 한 번 만나기 어려운 고관(高官)인지라 조용히 다음 말을 기다렸다.

관억은 한동안 찻잔만 만지작거릴 뿐이었다.

"이번 전쟁에는 승자도 없고 패자도 없었네. 토번은 국경을 넘었지만 금군에 쫓겨 되돌아갔네. 그들은 성읍을 함락하거나 노략질할 틈도 없었지. 서부영과 절충부, 신책군의 희생이 뒤따랐지만 토번 역시 적지 않은 희생자를 냈으니, 모든 것은 국경을 넘기 이전의 상태로 돌아간 것이야."

관억의 말은 사실과 달랐다. 토번은 진군하는 와중에 다섯 개의 촌락을 수탈했고, 후퇴할 때는 서부영의 병사 삼백을 포로로 끌고 갔다.

하지만 관억은 애써 승자도 패자도 없는 전쟁이라고 말하고 있었다. 전멸당한 신책군과 유일한 생환자 서문영을 띄워주고 싶지 않아서다.

"예."

상황을 모르는 서문영은 담담한 표정으로 고개를 끄덕였다.

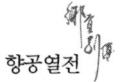
향공열전

"신책군의 희생을 기념하기 위해서라도 자네에게 포상을 내려야 하겠지만…… 총부 내의 소문도 좋지 않고, 자네의 신분 유지를 위해서도 그건 옳지 않다고 보네."

"포상에는 관심이 없습니다."

"다행이구먼. 역시 독고휘가 사람을 잘 보았어."

"……."

또다시 독고휘의 이름이 나오자 두 사람 사이로 묘한 침묵이 맴돌았다.

문득 서문영은 관억의 언행(言行)이 어딘지 모르게 불일치(不一致)하고 있다는 느낌을 받았다. 그런 부자연스러운 느낌은 서문영으로 하여금 상대를 경계하게 만들었다.

"공으로 말하자면 자네는 마땅히 감군사가 되어야겠지만, 전통적으로 감군사는 내관(內官; 내시)들의 자리인지라…… 그것 역시 어려움이 있구먼. 이해해 주리라 믿네."

"원수님, 실은 감군부사도 사양하고 싶습니다."

"허허! 자네에게 미안하지만 그건 안 될 말. 감군원에 발을 담그면 죽어서도 나갈 수 없다는 말이 있다네. 자네는 오래도록 감군원의 일을 하게 될 게야."

"대인, 말씀은 감사하오나…… 저는 군역을 마치면 일상적인 생활로 돌아가고 싶습니다."

"이런! 독고휘가 자세히 설명을 하지 않았나 보군. 분명히 말 하건데, 감군부사의 일은 자네의 군역과 조금도 관계가 없네."

한순간 관억의 눈이 차갑게 빛났다.

감히 서문영과 같은 밀정(密偵)이 감군원에서 발을 빼려고 하는 게 마음에 들지 않았다.

사실 관억은 서문영을 감군원의 밀정 이상으로는 생각하고 있지 않았다. 내관들은 정상인을 믿지 못해 밀정 이상으로는 키우지 않았다.

감군부사라는 직임이 그럴듯해 보이지만 사실은 군부(軍部)에 심어둔 밀정에 지나지 않았던 셈이다.

서문영은 관억의 말이 마음에 들지 않았지만 입을 다물었다. 어차피 자신도 감군부사에 미련은 물론, 감군원에 대한 충성심도 없었다.

'흥! 마음대로 해라. 정 그렇게 나온다면 나는 녹봉(祿俸)이나 받으면서 세월을 보내련다. 그래봤자 답답한 건 너희들이지. 난 어차피 빈둥거릴 거니까. 요즘 일자리 구하기도 쉽지 않다던데 차라리 잘 됐군! 부모님이 아주 좋아하시겠어!'

서문영이 속으로 엉뚱한 다짐을 하고 있을 때다.

관억이 단단하게 밀봉된 봉투를 내밀었다.

"총부에서 하는 일이 없다고 들었네. 자네에게 특별히 한 가지 일을 맡길 테니, 차질 없이 이행하도록 하게."

"예?"

"받게."

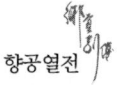
향공열전

"아! 예."

머뭇거리던 서문영은 보란 듯이 밀봉을 뜯어 버렸다.

서문영의 경박한 행동에 관억이 눈살을 찌푸렸다.

은밀한 곳에 가서 뜯어보라고 밀봉까지 했거늘, 자신의 앞에서 대놓고 뜯어보다니? 지금까지 이 정도로 몰상식한 감군부사는 없었다.

명령서를 읽어 나가던 서문영의 눈이 휘둥그렇게 떠졌다.

"대인, 이게 사실입니까?"

"그렇다네. 어사대(御史臺)에서 오랜 시간 감찰하여 내린 결론이지. 나로서도 가슴 아픈 일이지만 어쩔 수가 없네. 다른 사람에게 뒤처리를 맡기려고 했으나 자네가 적임인 것 같아 맡기는 것이니, 나를 실망시키는 일이 없도록 하게."

"대인, 송구하오나, 독고가가 역모를 꾸미고 있다는 직접적인 증거라도 있는 것입니까?"

"……."

관억이 측은하다는 눈으로 서문영을 바라보았다.

"명심해 두게. 이 나라의 관리들은 일단 역모에 관계되어 탄핵을 받으면, 그것으로 끝이라네. 그런데 황실에는 독고가와 엮어서 나를 제거하려는 무리들이 있지. 서찰을 보면 알겠지만, 그들은 조만간 독고가의 가주이자 호분중랑장(虎賁中郎將; 궁중의 근위장교) 독고탁(獨孤琢)을 역모로 탄핵할 게야. 독고탁의 아들을 양자로 들인 나에게까지 불똥이 튈 걸세. 일단 역모라는 불이 옮겨 붙으면, 사람을 홀랑 태워 재를 만들어야 꺼지는 법. 그전에 어떻게든 독고탁을…… 없애야……. 어려운 일인 줄은 아네만, 다른 방도가 없네."

독고탁을 없애야 한다는 말에 서문영은 정신이 번쩍 들었다.

"헛! 조치를 취하라는 것은 없애라는 것입니까? 아무리 그래도 죄 없는 분을 어찌……."

"내가 역모에 관계되었다고 하면, 감군원의 감군사들은 모두 참수(斬首)될 걸세. 자네도 예외는 아니지. 당연히 자네의 본가(本家)인 서가장도 피바람을 비껴가지 못할 걸세."

"허……."

"쯧쯧! 본래 황실의 일이란 냉혹하기 그지없다네. 먼저 잡아먹지 않으면 잡아먹히고 말지. 그런데 나만 죽는 게 아니라 나와 관계된 모든 사람이 함께 죽는 거야. 그러다 보니 여러 사람들이 얽혀서 함께 살아남으려고 발버둥 치게 되는 거라네."

"……."

서문영은 자신이 늪에 한 발 들어선 느낌을 받았다.

문득 독고휘가 이런 곳에서 평생을 살았다고 생각하니 안됐다는 생각이 들었다.

'아직은 괜찮아.'

서문영은 자신에게 속삭였다.

요즘 들어 몸에서 기운이 펄펄 솟아났다. 일신우일신(日新又

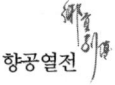
향공열전

日新; 날로 새로워짐)이라는 말이 자신을 위해 있는 것처럼 말이다.

이 기이한 힘을 다 추스르고 나면, 그때는 어떻게든 자신의 인생을 찾아갈 것이다. 그러니 상처를 치료하고, 기운을 다스릴 때까지, 견디어야 한다.

"그렇다고 너무 비관적으로 생각하지는 말게. 자네도 이제 권력의 핵심에 뛰어들게 된 것이니까 말일세. 자네의 적은 나의 적이고, 우리의 적이니, 뿌리조차 남기지 않고 뽑아 버려 줄 걸세. 나는 새도 떨어뜨린다는 우리 감군원에서 말이야."

"그런데, 호시탐탐 대인을 노리는 무리의 수장은 누구입니까?"

"황문관 장반식이라고, 내관들을 감독하는 욕심 많은 늙은이가 있다네. 바로 그 늙은이가 모든 일의 배후라고 할 수 있지."

서문영은 속으로 '황문관 장반식'과 '감군원 원수 관억'을 되뇌었다. 어차피 장반식이나 관억이나 똑같은 사람이라고 생각한 것이다.

"나는 읽던 책이나 마저 읽어야겠네. 그만 물러가게."

관억이 책을 펼치며 손을 까딱거렸다.

서문영은 공손히 읍을 해 보이고는 방에서 물러났.

책에 빠져 있는 것 같이 보이던 관억이 천천히 고개를 들어 올렸다. 관억의 눈에서 소름끼치는 안광이 흘러나왔다.

"저런 찢어 죽일 놈 같으니. 고작 감군부사 따위가 감히 내 면전에서 봉서를 찢어? 이따위 게 뭐냐 이거지?"

생각할수록 화가 치밀어 오르자 관억이 자리에서 벌떡 일어섰다.

"놈! 서가장의 차남(次男)이라고 했겠다. 조만간 내 앞에서 눈물을 흘리며 애걸복걸하게 만들어 주마. 빠드득. 감군부사 따위가!"

관억은 그 뒤로도 몇 번이나 "어디서 감군부사 따위가!"라는 말을 씹어뱉었다. 서문영의 돌발적인 행동에 어지간히 기분이 상했던 모양이다.

* * *

감군원에서 나오자마자 서문영은 장안 시내를 이리저리 걸었다. 목적 없이 돌아다니는 것 같았지만 서문영은 일정한 방향으로 움직이고 있었다.

장안 시내의 동쪽 끝자락에 세워진 독고가의 장원을 찾아가고 있는 것이다.

서문영의 걸음이 멈춰졌다.

멀리 독고(獨孤)라는 다소 괴이한 현판이 보였다. 마침내 독고가에 도달한 것이다. 독고휘의 집이라고 생각하니 괜히 가슴이 찡했다.

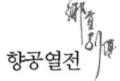
향공열전

잠시 후 서문영은 독고가의 맞은편에 자리한 와룡객점(臥龍客店)으로 걸어 들어갔다.

방을 하나 구한 서문영은 점소이를 불러 음식을 시켰다.

일다경(一茶頃) 만에 점소이가 마른 육포와 만두를 가져왔다.

서문영은 음식에는 손도 대지 않고 침상 위로 올라가 누웠다.

그리고 품안에서 서찰을 꺼내 다시 읽었다.

서문영의 안색이 어두워졌다.

"독고가의 현임 가주 독고탁이 역모에 연루되었다는 첩보가 있으니 진상을 조사한 후 적절한 조치를 취하라고?"

물론 그 처리라는 게 암살이라는 것은 관억을 통해 충분히 전달 받았다.

"아, 적응이 안 되네. 감군부사라면 명색이 관리인데······ 관리에게 그런 무서운 일을 시켜도 되는 거야?"

자신이 알고 있던 세상이 아닌 듯했다. '이렇게 살벌한 세상에 진입하기 위해 그토록 과거 공부를 했던가!' 라고 생각하니 허허롭기까지 했다.

"일단 독고휘의 부친이나 만나 봐야겠군."

서문영은 밤이 깊어 질 때까지 침상에서 늘어지게 잠을 잤다.

밤늦게 자리에서 일어난 서문영은 탁자 위에 있던 육포와

만두를 먹었다.

"대충 준비는 끝난 건가."

서문영이 창문을 열고 지붕 위로 가볍게 뛰어올랐다. 곧이어 검은 그림자 하나가 쏘아진 화살처럼 독고가의 지붕 위로 날아갔다.

잠시 후 서문영이 독고가의 전각 지붕 위에 모습을 드러냈다.

"일단 안채로 들어가야겠지?"

서문영이 고개를 저었다. 아무리 생각해도 이건 아니다. 역모에 관련되었다는 집 치고는 지나치게 고요하지 않은가! 주변을 지키는 사람은 물론 불 켜진 방도 하나 없었다.

다시 허공으로 훌쩍 몸을 날려 들어가자 비로소 흐릿한 불빛이 보였다.

서문영은 위치상 저 불빛이 안채이거나 독고탁의 서재일 거라고 생각했다. 서가장과 장원의 구조가 비슷했기 때문이다.

한 마리 불나방처럼 불빛을 목표로 날아가던 서문영이 스스로 대견하다는 표정으로 고개를 끄덕였다.

사방이 서가로 막힌 방 안에 오십대 장년(長年)의 남자가 앉아 책을 읽고 있었던 것이다. 나이나 위치로 보아 가주인 독고탁이 분명했다.

서문영은 다짜고짜 서재의 문을 두드렸다.

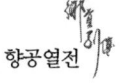
향공열전

"이 늦은 밤에 누구시오?"

불청객이 왔으니 놀랄 만도 하건만, 독고탁의 음성은 담담했다.

서문영이 자연스럽게 방문을 열고 안으로 들어갔다.

낯익은 얼굴의 남자가 미동도 않고 앉아 있다. 전체적인 분위기가 독고휘를 닮은 남자였다. 제대로 찾아왔다는 확신이 들었다.

"놀라게 했다면 죄송합니다. 소관(小官)은 독고휘님을 모시고 있는 감군부사 서문영이라고 합니다."

"아! 우리 휘에게서 무슨 소식이라도 있소?"

서문영이 난처한 표정을 지어 보였다. 독고탁은 자신이 독고휘에 관한 정보를 주기 위해 방문했다고 생각하는 것 같았다.

이럴 때는 정공법으로 밀고 나가는 편이 복잡하지 않다.

서문영은 관억에게 받아온 서찰을 꺼내 서탁 위에 올려놓았다.

독고탁은 선뜻 서찰을 집으려 하지 않았다. 그만큼 조심성이 뛰어난 사람이라는 뜻이다. 서문영은 독고탁이 마음에 들었다.

"지금부터 소관의 말을 잘 들어주십시오. 소관은 독고휘님에게 발탁이 돼서 감군부사가 되었습니다. 그러니 무조건 소관을 믿어주셔야 합니다. 상황을 간단히 설명 드리겠습니다.

다 들으시고 나서, 최근 무슨 일이 있었는지를 소상히 말씀해 주십시오."

 서문영은 독고휘의 실종에 대한 이야기와 더불어 오늘 관아에게 들었던 역모에 관한 이야기를 털어놓았다. 서문영의 말에 독고탁의 안색이 시시각각 변해갔다.

 마침내 이야기가 다 끝나자 독고탁이 버럭 소리를 질렀다.

 "터무니없는 모함이오! 고작 호분중랑장인 내가 무슨 힘으로 역모를 꾸민다는 말이오? 이는 필시 독고가를 없애려고 하는 간악한 무리들의 수작이외다!"

 "그렇다면 누가 왜 독고가를 없애려고 하는지 짐작이 가는 사람이라도 있습니까?"

 "하아! 없소, 전혀 없소. 우리 가문은 그다지 유명하지도 않고, 배경이 좋지도 않을 뿐 아니라, 딱히 원한을 살 만한 일도 하지 않았소이다."

 "……."

 서문영이 난감한 표정으로 독고탁을 바라보았다. 의심할 만한 주변 사람이 전혀 없다고 하니 망망대해(茫茫大海)를 떠다니는 느낌이었다.

 그러는 동안 독고탁은 서찰을 읽고는 부들부들 떨었다. 역모에 관계된 사람에게 적절한 조치란 묻지 않아도 뻔한 게 아닌가.

 "이제 보니 귀공(貴公)은 나를 죽이기 위해 오신 분이시구려."

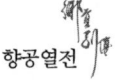
향공열전

서문영은 아니라고 부인하지 않았다. 죽이라는 명을 받은 것은 사실이기 때문이다.

"말씀드렸다시피 소관은 독고휘님에게 도움을 받은 사람입니다. 그래서 어떻게든 진상을 알아내 돕기 위해 온 것입니다."

"고맙소이다. 우리 독고가는 귀공의 마음을 결코 잊지 않을 것이오."

"저는 이만 돌아가 보겠습니다. 혹시라도 새로운 단서가 떠오른다면 와룡객점으로 사람을 보내어 저를 찾으십시오."

"그러리다. 헌데, 그 사이에 관 원수께서 다른 사람을 보내지는 않겠습니까?"

"소관이 독고가를 지켜보고 있는 동안에는 누구도 독고가의 사람을 해치지 못할 것입니다."

"아! 귀공은 혹시 무림인이시오?"

궁중의 경비를 맡고 있는 호분중랑장 독고탁은 감군원의 고수들이 얼마나 무서운지 알고 있다. 그런 상대에게서 지켜주겠다고 호언장담하는 서문영을 보고 있자니 그의 과거가 궁금했다.

서문영은 말없이 그냥 웃기만 했다.

독고탁은 서문영이 밝히기를 꺼려한다고 생각하고는 더 이상 묻지 않았다.

잠시 침묵하던 서문영이 생각난 듯 청했다.

"소관이 독고휘님의 방을 좀 둘러보고 가도 되겠습니까?"
"음!"
간단한 부탁이었는데 의외로 독고탁은 장고(長考)를 거듭했다.
꽤 오랫동안 침묵하던 독고탁이 마침내 고개를 끄덕였다.
"귀공께서 원하신다면 안내해 드리리다. 따라오시구려."

독고탁이 안내한 곳은 안채에서 마주 보이는 작은 전각이었다.
가까이 다가간 서문영의 표정이 야릇하게 변했다.
전각의 문이 굳게 잠겨 있었던 것이다. 그건 사람이 사용하지 않은지 제법 되었다는 뜻이다.
'왜 방을 잠그고 사는 것일까?'
혹시 자식을 내시로 들여보낸 것이 수치스러웠나? 그게 아니라면 다른 이유라도 있는 걸까? 아무리 생각해도 적절한 답을 찾을 수 없었다.
독고탁이 열쇠로 방문을 열고는 손으로 안을 가리켰다.
"들어가 보시지요."
서문영은 독고휘의 방으로 성큼성큼 걸어 들어갔다. 그리고 세심하게 방을 살피기 시작했다. 실종의 단서가 독고휘의 방 안에라도 있는 듯이 말이다.
그런 서문영을 물끄러미 바라보던 독고탁이 방 안에 비치되

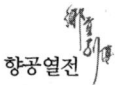
향공열전

어 있던 의자에 털썩 걸터앉으며 중얼거렸다.

"하아, 이왕 이렇게 된 거…… 귀공에게 다 털어 놓으리다."

"……."

서문영이 독고탁의 맞은편 의자에 걸터앉았다. 아무래도 긴 이야기가 될 것 같아 본격적으로 자리를 잡은 것이다.

"본래 나와 안사람의 사이에는 오래도록 자식이 없었소. 이십 년 전쯤…… 홍수가 크게 났을 때, 우리 부부는 길거리에서 고아가 된 여자아이를 발견하게 되었소. 그 아이가 얼마나 깜찍하던지…… 우리 부부는 당장 그 여아(女兒)를 데리고 집으로 돌아왔소."

설마, 그 여자아이가 독고휘?

서문영이 멍한 표정으로 독고탁을 바라보았다. 독고휘와 독고탁이 닮은 것은 단지 우연에 불과했던 모양이다.

"그리고 자식이 없던 우리 부부는 그 여아를 키우기로 했소. 그런데 그 여아를 데려온 그해에 기적처럼 안사람이 수태(受胎)를 하게 된 게요. 다음 해 가을에 안사람은 사내아이를 낳았소. 우리 부부는 여아에게 현(玹), 아들에게는 휘(輝)라는 이름을 지어 주었소."

서문영의 얼굴로 씁쓰름한 미소가 스치고 지나갔다. 남장여자로 보이던 독고휘는 정말 내시였던 모양이다. 괜히 실없는 웃음이 흘러나왔다.

"부끄러운 말이지만 독고가는 삼대(三代)에 걸쳐 단 한 사람도 과거를 통과하지 못했소. 가세가 점점 기울어 가는 것은 당연한 이치……. 그러다가 마침내 나의 대에 이르러서는 독고가의 장원까지 남에게 넘겨야 하는 위기를 맞게 되었소. 그때 나타난 사람이 바로 감군원의 원수이신 관 대인이오."

"관억?"

다소 불경스러운 말이었지만 독고탁은 나무라지 않았다. 오히려 잠깐 동안이었지만, 관억에게 화를 내야 할 사람은 자신인지도 모른다고 생각했다.

"관 대인이 길거리에서 보게 된 휘를 따라 독고가까지 찾아왔던 것이오. 그날 관 대인은 휘를 양자(養子)로 보내면 빚을 갚아주고, 벼슬까지 내려주겠다고 했소."

"헐!"

서문영은 기가 막히면서도 한편으로 '독고휘의 미모라면 그럴 만도 하겠다'는 생각을 했다. 독고휘에게는 남자의 가슴을 철렁거리게 하는 마력이 있었다.

"하지만 우리 부부는 늦게 얻은 휘를 거세시키면서까지 성공하고 싶지는 않았소. 그래서 몹쓸 짓을 하고 만 거요."

"몹쓸 짓이라니요?"

"관 대인에게 어린 현을 보여 주어 그의 마음을 바꾸어 놓은 것이오."

"그, 그럼?"

"현은 관 대인의 집으로 들어가게 되었고, 휘라는 이름으로

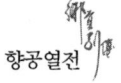

양자 노릇을 하게 되었던 게요. 피 한 방울 섞이지 않은 우리 독고가를 위해서 말이오. 독고가를 떠나기 전에 현은…… 자신의 방문을 잠그고, 누구도 이 방에 들어가지 말라고 했소. 그때 현은 자신이 버림받았다고 생각했던 것 같소."

"관억은 현이 독고가의 양녀라는 사실을 알고 데리고 간 겁니까?"

"아니오. 관 대인은 지금도 현을 나의 친딸로 알고 있소이다. 그 뒤, 현에게 휘의 이름을 주고 내시로 만든 것이라오."

"거 참, 독특한 취향의 늙은이일세."

서문영의 입에서 저도 모르게 막말이 터져 나왔다. 용무대의 거친 환경 속에서도 점잖던 입이었건만, 산채에서 보낸 한 달 동안 물이 든 모양이다.

"그래도 오늘 귀공에게 비밀을 털어 놓으니 속이 다 후련하구려. 나는 출세를 위해 양녀(養女)를 팔아먹은 위선자요. 어쩌면 죽기 전에 이 비밀을 누군가에게 말하고 싶었는지도 모르오. 현이 실종되고, 독고가까지 역모의 누명을 쓰게 되다니……. 이거야 말로 인과응보(因果應報)가 아니고 뭐겠소?"

"과거의 잘못을 반성한다면 앞으로는 제대로 살아 봐야지요. 이대로 포기해 버리면 못된 늙은이들만 살맛나게 만들어 주는 꼴이 아닙니까?"

"이미 늦었소. 나의 몹쓸 이름 석 자가 역모에 오르내렸으니…… 무슨 수로 이 개미지옥에서 빠져 나간단 말이오?"

"하하! 신경 쓰지 마십시오! 개미지옥에는 개미만 빠져 죽습니다. 가주님이 개미가 아닌데, 왜 개미지옥을 걱정하십니까?"

자신만만한 서문영의 말에 독고탁이 갑자기 머리를 숙였다.

"대협! 도와주시오. 이렇게 부끄럽고 비참하게 끝낼 수는 없소이다. 이대로는 죽어 저승에 간다 해도 현의 얼굴을 대할 면목이 없지 않소이까?"

서문영이 독고현의 방을 둘러보았다.

어둡고 적막한 방 안에서 어린 독고현은 무슨 생각을 했을까?

그 내용은 모르겠지만, 분명 유쾌하고 행복한 것은 아닐 것이다. 독고현은 절망으로 가득한 작은 방에 마음을 봉인하고 살아왔던 것이다.

"하아!"

만날 때마다 과장된 몸짓으로 달라붙던 독고휘의 모습이 떠올랐다. 그만큼 정에 굶주렸으리라. 자신이 상상할 수 없을 만큼 말이다.

* * *

서문영의 하루 일과는 단조로웠다. 아침이면 총부에 나가 돌격여단의 생존자가 있는지 확인하고, 점심 무렵 숙소인 와

룡객점으로 돌아간다. 객점의 방으로 들어가면 다음날 아침까지, 식사 시간 이외에는 밖으로 나가지도 않았다.

그 긴 시간 동안 서문영은 유마경의 법문(法文)과 취팔선보(醉八仙步)의 구결을 참오(懺悟)했다.

무공에 대한 이해가 깊어져서 그런지 법문과 구결은 떠올릴 때마다 새로운 뜻으로 다가왔다. 서문영은 그 깊은 세계에 빠져 좀처럼 헤어나지 못했다.

기경팔맥은 더 이상 신경 쓰지 않아도 될 정도로 막힘이 없었고, 운기를 할 때마다 노도(怒濤)와 같은 진력이 일어나 전신 세맥을 두들겨 댔다.

서문영이 독고탁을 제거하라는 밀명을 받은 지 꼭 한 달이 되던 날이다.

밤늦게까지 운기(運氣)의 즐거움에 빠져 있는 서문영의 귓가로 날카로운 금속성 울림이 전해졌다.

순간 서문영의 눈이 번쩍 뜨이는가 싶더니, 그의 신형이 연기처럼 사라져 버렸다.

독고가의 가주이자 호분중랑장 독고탁이 장검(長劍)으로 가슴을 보호하며 상대를 노려보았다.

독고탁의 앞에 복면의 남자 하나가 편안한 자세로 서 있었다.

"당신은 누구기에 감히 관인(官人)에게 살수를 쓰려는 거요!"

 독고탁의 외침에 복면인이 답했다.

 "나는 그대의 목숨을 취해야 하는 사람. 억울하더라도 이승에 미련을 버리도록 하게."

 말과 함께 복면인의 검이 번개처럼 좌우로 번득였다.

 호분중랑장은 황궁의 경호를 담당하고 있는 무관(武官)이다.

 독고탁이 장검을 떨쳐 소름끼치는 검광(劍光)을 쳐냈다.

 쩡!

 귀청이 울리는 소리와 함께 검편(劍片)이 하늘로 튀었다.

 독고탁의 장검이 잘려나간 것이다.

 "오냐! 어디 한번 해보자!"

 독고탁이 힘찬 기합과 함께 검을 일곱 번 떨쳤다. 가전(家傳)의 검법인 칠살연환검(七殺連環劍)이었다.

 쩡. 쩡. 쩡. 쩡—

 복면인이 제자리에 서서 가볍게 검끝을 놀렸다. 그럴 때마다 한 뼘이나 되는 검편이 하늘로 날아올랐다.

 "이, 이럴 수가……"

 독고탁이 이제는 단검으로 변해 버린 자신의 애검을 내려다보았다.

 처음부터 상대가 되지 않았다. 그래도 가주인 이상 식속들을 보호하기 위해 나서지 않을 수 없었다. 그러나 그것도 끝이다. 천장검(天仗劍)이 손잡이만 남도록 휘둘렀지만, 복면인의 옷자락 하나 베지 못했다. 이제는 목을 내어 주는 수밖에 없게 된 것이다.

"당신은 나의 죽음으로 만족할 수 있겠소?"

비통한 독고탁의 외침에 복면인이 고개를 끄덕였다. 그가 상부에서 받은 지시는 단지 '역적 독고탁을 제거하라'는 것이었다.

"그럼 내 순순히 죽어 드리리다! 약속대로 식솔들의 목숨은 보존해 주시오!"

독고탁이 붉게 충혈된 눈으로 좌우를 둘러보았다.

독고가의 식솔(食率) 이십여 명이 보였다. 그들 중 열 명은 이미 제압당해 얼어붙은 지면에 고꾸라져 있었다.

식솔들의 뒤쪽에 서 있는 세 사람의 복면인이 만들어 놓은 결과였다.

"독고가의 후손들은 들어라! 나의 죽음은 잊어라! 그리고 앞으로 과거를 볼 생각하지 말고 초야(草野)에 묻혀 살도록 해라!"

독고탁이 부러진 천장검을 허공에 치켜세웠다.

크게 놀라고 상심한 상태인지라, 서문영이 돕겠다고 한 약속도 깜빡 잊어버리고 스스로 목숨을 끊으려 하는 것이다.

그러나 스스로의 목을 베려던 독고탁의 손은 아래로 내려오지 못했다.

기다려도 독고탁이 자결을 하지 않자, 독고탁을 핍박하던 복면인의 입에서 비웃음이 흘러나왔다.

"후후, 막상 죽으려니 두려운가? 그렇다면 도와주지."

복면인이 한 걸음에 독고탁의 정면으로 다가갔다.

그러나 다음 순간, 자신만만하게 다가가던 복면인은 튕겨지듯 뒤로 물러났다.

"누, 누구냐!"

어찌나 당황했는지 복면인은 말까지 더듬고 있었다.

독고가의 식솔들을 감시하던 세 명의 복면인이 비조(飛鳥)처럼 밤하늘로 날아올랐다. 뒤늦게 불청객이 끼어들었다는 것을 눈치챈 것이다.

이윽고 세 명의 복면인은 독고가의 전각 위에 가볍게 내려서서는 주변을 살폈다.

엉뚱하게 독고가의 대문이 육중한 소리와 함께 열렸다.

그리고 이십대 후반으로 보이는 무관 하나가 느긋하게 걸어 들어왔다. 산적처럼 박도(朴刀)를 어깨에 턱하니 걸친 무관은 바로 서문영이었다.

"아! 서 공(西公)!"

다 죽어가던 독고탁이 생생한 음성으로 외쳤다. 그제야 서문영이 지켜주겠다고 한 약속이 뇌리를 스치고 지나갔다.

한편으로 서문영이 혼자서 복면인들을 감당할 수 있을까 걱정이 됐지만, 당장은 반가운 마음을 누를 길이 없었다.

"소관이 좀 늦었습니다."

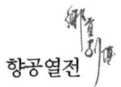
향공열전

"아니외다, 와주신 것만으로도 감사하오. 그런데 저들의 무공이 뛰어난데······."

독고탁이 말을 얼버무렸다. 그 뒷말은 솔직히 자신의 입으로 할 소리가 아니었다.

"하하! 소관의 걱정은 하지 마시고, 식솔들에게 가서 구경만 하십시오."

"아!"

머뭇거리던 독고탁은 가족들이 모여 있는 곳으로 자리를 옮겼다.

독고탁의 자결을 종용하던 복면인이 착 가라앉은 음성으로 물었다.

"그대도 무관 같은데, 소속이 어떻게 되는가?"

서문영이 피식 웃어 보였다. 눈앞의 복면인은 대놓고 자신이 무관이며, 계급 또한 높다는 것을 가르쳐 주고 있었다. 한마디로 소속을 밝히고 이 자리에서 떠나라는 말이다.

"나는 신책군 돌격여단 용무대 화장 서문영이오. 그렇게 말하는 당신들은 소속이 어떻게 되오?"

"······."

묵묵히 서 있던 복면인이 대뜸 서문영에게 전음을 날렸.

『본관(本官)은 감군밀사(監軍密使) 이승천(李昇天)이다. 너는 독고가에서 즉시 물러나 다음 지시를 기다리도록 해라.』

감군밀사는 외부에 알려져서는 안 되는 일들을 처리해야 할 때, 감군원에서 투입하는 특무대였다.

음지(陰地)에서 일하는 감군사인 셈이다. 감군사 중에서도 최강의 무인들만 골라 살수의 훈련을 거친 사람들이 감군밀사로 임명되었다.

겉으로는 감군사와 같은 직위를 가지고 있었지만, 감군원 내에서는 그들을 따로 감군밀사라고 불렀다.

그러나 서문영은 대답하지 않았다. 그뿐 아니라, 마치 전음을 듣지 못한 사람처럼 행동하며 소리쳤다.

"이보시오! 당신 소속이 어떻게 되냐고 물었잖소!"

"……"

감군밀사 이승천의 복면이 파르르 떨렸다.

그러나 곧 상대가 전음을 듣지 못해 그런 것일 수도 있다는 생각에 다시 한 번 또박또박 말을 끊어서 전음을 날렸다.

『본관(本官)은, 감군밀사(監軍密使) 이승천(李昇天)이다. 귀관은 독고가에서, 즉시 물러나도록 해라.』

서문영이 박도로 자신의 신발 바닥을 툭툭 때리며 다시 말했다.

"당신은 입이 없소? 왜 묻는 말에 대답을 안 해? 그냥 무공으로 끝을 보자는 거요? 그럼 나야 좋지. 한번 해봅시다!"

이미 감군원과 관억에게 화가 나 있는 서문영이었다.

서문영은 대답을 기다리지도 않고 박도를 힘차게 휘둘렀다.

쉬이익.

파르스름한 도기(刀氣)에 대경실색(大驚失色)한 이승천이 다섯 걸음이나 뒤로 물러났다. 그리고는 미친 듯이 소리쳤다.

"너 이 병신 같은 놈아! 감히 본관에게 칼을 휘둘러! 네놈을 잡아 포(脯)를 뜨지 않으면 내가 사람이 아니다!"

이승천의 검에서 검기가 일 장(一丈)이나 뻗쳤다. 그것만 보아도 이승천이 얼마나 노했는지 알 수 있었다.

그러거나 말거나 서문영은 신경 쓰지 않았다.

오히려 이승천의 검기 사이로 박도를 쑥 밀어 넣기까지 했다.

쩌엉.

귀가 따끔할 정도의 굉음이 울렸다.

다음 순간 이승천의 검이 산산조각이 나서 밤하늘로 흩뿌려졌다.

"허억!"

이승천의 입이 쩍 벌어졌다. 단 한 수만에 자신의 검이 박살나다니? 작전에 투입되기 전에 서문영이라는 감군부사의 정보도 숙지한 상태였다.

그 정보에 의하면 서문영은 향공(鄕貢) 출신의 화장(火長)일 뿐이다. 돌격여단에서 제법 무명(武名)을 떨쳤다는 기록도 있었지만, 이건 너무 심하지 않은가!

시퍼렇게 빛나는 박도가 허리를 쓸어왔다.

이승천은 지면을 데굴데굴 굴러 겨우 피할 수 있었다. 이미 체면은 벗어 던진 지 오래다. 지금은 무조건 피하고 봐야 했다.

재빨리 몸을 일으키던 이승천은 박도가 턱밑으로 파고들자 그대로 굳어 버렸다.

서문영이 박도의 끝으로 이승천의 마혈을 찔러 버렸다.

"컥!"

이승천의 입에서 목을 따는 듯한 외마디 신음이 터져 나왔다.

지붕 위에 서서 바라보던 또 다른 감군밀사 주연웅(周延雄)이 눈살을 찌푸렸다. 무지막지한 점혈법이었다.

저런 상대와의 싸움이라면 백번 사양하고 싶다. 그러나 상대가 감군부사 서문영임을 아는 마당에 꼬리를 말고 떠날 수도 없었다.

주연웅이 맞은편 지붕에 서 있는 감군밀사 왕신리(王臣理)에게 전음을 날렸다.

왕신리는 대각선 위치의 감군밀사 허경원(虛驚原)에게 전음을 보냈다.

지붕 위에 있던 세 사람의 복면인이 거의 동시에 서문영을 향해 쏘아갔다.

공중을 날던 세 마리 매가 땅 위에 있는 한 마리 토끼를 향해 앞 다투어 내리 꽂히는 듯 한 일대장관이 연출되었다.

가장 먼저 왕신리의 검이 서문영의 목을 향해 날아갔다. 가

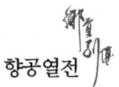
향공열전

히 섬전과 같은 속도였다.

서문영의 신형이 가볍게 흔들렸다. 검은 맥없이 텅 빈 허공을 베었다.

왕신리와 서문영의 몸이 교차하는 순간, 서문영의 손바닥이 왕신리의 허리에 닿았다.

펑.

왕신리의 몸이 낙엽처럼 날아가 담벼락에 처박혔다.

거의 동시에 서문영의 머리 위에서 허경원이 쌍검을 휘둘렀다. 출수하면 반드시 죽는다는 탈혼쌍검(脫魂雙劍)이다.

감군사들 가운데 가장 강하다고 알려진 허경원이다. 서문영의 상체는 탈혼쌍검이 뽑아내는 눈부신 광망(光芒)에 휩싸여 갔다.

"놈! 죽어라!"

승리를 예감한 허경원이 쌍검으로 내력을 더 밀어내며 버럭 소리쳤다.

순간 서문영의 박도가 허공으로 솟았다.

번쩍.

언젠가 호북성 무한에서 솟아올랐던 것과 같은 무상(無上)의 검광(劍光)이 밤하늘을 수직으로 갈랐다.

쌍검이 잘게 부서지며 사방으로 반짝이는 쇳조각을 흩날렸다.

역류하는 진기를 견디지 못한 허경원은 입으로 피를 토하며 땅바닥에 내팽개쳐 졌다.

철푸덕.

땅에 떨어진 허경원은 이미 정신을 잃었는지 미동도 하지 않았다.

두 사람에 비해 상대적으로 몸이 느린 주연웅은 운이 좋았다.

난생처음 보는 검광이 눈앞에서 작열하자 주연웅은 회룡번신(廻龍飜身)의 수법으로 몸을 뒤틀었다. 그러나 그것만으로는 검광의 중심에서 완전히 벗어날 수 없었다.

주연웅은 이번에는 거꾸로 회전하면서 검 끝을 검광에 밀어 넣었다. 그리고 검이 부서질 때 생기는 반탄력으로 몸을 빼냈다.

겨우 검광의 중심부에서 벗어난 주연웅이 안도의 한숨을 내쉴 때다.

어느 틈에 다가간 서문영이 박도로 주연웅의 마혈을 푹 하고 찔러 버렸다.

"끄악!"

주연웅은 저도 모르게 비명을 빽 내질렀다. 그리고는 스스로 생각해도 부끄러운지 슬그머니 눈을 감아 버렸다.

독고가의 사람들은 그 믿어지지 않는 광경에 눈을 끔뻑거렸다.

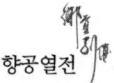
향공열전

복면인들은 조금 전까지 황실경비를 책임지는 무관 독고탁을 어린아이 다루듯 했었다.
　그런데 지금 그 초절정의 복면인들이 박도에 찍혀 피를 줄줄 흘리며 굳어 있거나, 땅바닥과 담벼락에 처참한 모습으로 나뒹굴고 있는 것이다.
　"서 공, 이 은혜를 어찌 갚아야 할지……."
　독고탁이 다가와 서문영에게 머리를 숙였다. 정중함이 지나쳐 공손해 보이기까지 했다. 인간 같지 않은 서문영의 신위(神威)에 압도당하고 만 것이다.
　서문영이 슬쩍 비켜서며 말했다.
　"은혜라니요. 당치도 않습니다. 그리고 싸움은 이제 시작일 뿐입니다. 본래 개를 잡아 두고 있으면 개 주인이 달려온다지요? 그런 의미에서 이자들은 제가 데리고 가겠습니다."
　서문영은 복면인들이 감군밀사라는 것을 알기에 독고가에 넘겨줄 수가 없었다. 그랬다가는 괜히 일만 복잡해질 것 같았다.
　지금 서문영이 원하는 것은 관억과 장반식이 독고가를 제외하고 자기들끼리 직접 싸우게 하는 것이었다. 두 내시들의 권력다툼에 죄 없는 사람들이 희생당하는 게 싫었기 때문이다.

제8장
가지 많은 나무

　서문영은 복면인들을 굴비 엮듯 묶어 객점으로 데리고 갔다. 늦은 밤이라 마주치는 사람이 한둘 정도 있었지만, 서문영은 신경도 쓰지 않았다.

　방에다 복면인들을 대충 밀어 넣은 서문영은 침상 위로 올라갔다. 그리고는 이내 깊이 잠들어 버렸다.

　주인이 곤히 잠든 방, 마혈을 제압당한 이승천과 허경원이 공허한 눈으로 서로를 바라보았다.

　아무리 용을 써도 한번 제압당한 혈도는 풀릴 기미가 보이지 않았다. 안 되는 건 둘 다 마찬가지인 것 같았다. 둘 중에 하나만 풀려도 일은 끝나는 셈인데!

잠시 쉬던 두 사람은 막혀 있는 마혈로 진기를 계속해서 밀어 보냈다. 아침까지 말이다.

 날이 밝았다.

 느긋하게 일어나 아침식사를 마친 서문영은 복면인들의 복면을 일일이 벗겨냈다.

 정기가 가득한 얼굴들이 햇살 아래 드러났다. 감군밀사라고 하더니 하나같이 기도가 범상치 않았다.

 서문영은 잠들어 있는 두 사람의 아혈과 마혈을 꾹꾹 누르고, 깨어 있는 이승천과 허경원을 물끄러미 바라보았다.

 "두 분 모두 감군밀사라고 하셨습니까?"

 "그렇소이다."

 "맞소. 우리는 모두 감군밀사요."

 이승천과 허경원은 순순히 대답했다. 이미 전음으로 신분을 밝힌 상태인지라 새삼스럽게 감출 것도 없었다.

 "감군밀사 네 분이 독고가에 복면을 하고 잠입한 것은 무엇 때문입니까?"

 "이미 당신도 알고 있지 않소. 당신이 처리하지 않으니, 다시 우리가 파견된 것이오. 그런데 당신은 대놓고 우리를 핍박하는구려. 감군원의 명을 거역하고도 무사할 것 같소?"

 이승천의 경고에도 불구하고 서문영의 표정에는 별반 변화가 없었다.

 "그런데 여기 있는 네 분은 감군원의 십대고수들입니까?"

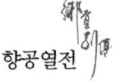
향공열전

이승천이 한숨을 길게 내쉬었다.

"하아! 부끄럽지만 그렇소."

"역시 그랬군요. 그나저나 당신이 보기에도 독고탁을 제거하는 게 그토록 중요한 일입니까?"

서문영이 이승천의 눈을 깊숙이 들여다보았다. 이승천의 대답은 중요한 것이어서, 허실을 파악해야 했던 것이다.

"그렇소. 어사대가 역모라는 죄목으로 독고탁을 잡아들이면…… 관 원수님을 비롯한 감군원의 감군사들은 모두 귀향을 가거나 참수를 당하게 될 것이오. 그러니 다소 억울한 면이 있더라도 독고탁은 제거되어야 마땅한 것이오. 당사자가 죽어 버리면 누명을 씌울 수가 없지 않겠소. 당신도 감군부사라 이 일에 연루되어 있는데, 어째서 독고탁을 도와 우리를 핍박하는 거요?"

서문영이 담담한 음성으로 말했다.

"나는 본래 신의를 저버리는 인간의 말은 신뢰하지 않습니다. 그래서 독고휘를 양자로 삼았던 관익이, 독고휘의 친부(親父)인 독고탁을 제거하라는 명을 내렸을 때부터, 나는 관익을 믿지 않게 되었습니다. 나는 혼자서라도 어사대를 조사해 독고탁이 역모에 연루되었다는 말의 진위(眞僞)와 그 정보의 출처를 파헤칠 겁니다. 그리고 나서 수습을 해도 늦지 않다고 생각하는데, 여러분의 생각은 어떻습니까?"

잠자코 있던 허경원이 나섰다.

"당신도 무관(武官)이니 알겠지만 우리에게는 상명하복(上命下服)이 생명 아니오? 우리는 언제나 상부의 명에 따를 뿐이오."

서문영이 당연하다는 듯 고개를 끄덕였다.

"옳으신 말씀입니다. 저도 상부의 명을 받고 이 일을 하고 있는 것이니까요."

"헐! 당신이 독고탁을 돕고 있는 게 상부의 명이란 말이오?"

허경원이 어이가 없다는 표정으로 서문영을 바라보았다. 감군원에서 서로 상반된 명령을 내렸을 리가 없기 때문이다.

하지만 서문영은 당연하다는 듯 힘차게 고개를 끄덕였다.

"나는 분명히 감군원의 관 대인으로부터 '진상을 조사한 후 적절한 조치를 취하라'는 명령서를 받았습니다. 그래서 열심히 진상을 조사하고 있는 중이지요. 조사가 끝나면 적절한 조치를 취할 생각입니다. 여러분은 대체 어떤 명령을 받은 겁니까?"

"우리가 받은 긴급명령은 '역적 독고탁을 제거하라'는 것이었소."

"이상하지 않습니까? 나에게는 조사 후 조치를 취하라고 했는데, 다시 여러분에게 역적 독고탁을 제거하라고 하다니? 나의 결과보고는 기다리지도 않고 말입니다. 역모를 조사하는 것보다 독고탁을 제거하는 데 더 관심이 있는 것 같지 않습니까?"

허경원이 인상을 찡그리며 말했다.

"보시오. 당신이 뭐라고 해도 우리의 뜻은 변함이 없소. 우리는 독고탁을 제거할 것이고, 그것을 방해한 당신의 죄를 물

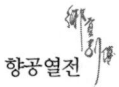
향공열전

을 것이외다."

잠자코 있던 이승천까지 한소리 거들었다.

"서 부사(西副使), 지금이라도 늦지 않았소. 감군밀사인 우리에게 뒷일을 맡기고 귀관은 뒤로 빠지시오. 그렇게 한다면 최대한 선처해 줄 용의가 있소."

다시 원점으로 돌아가자 답답해진 서문영이 화를 버럭 냈다.

"이런 제길! 당신들은 머릿속에 대체 무얼 넣고 다니는 겁니까? 당신들도 사람이라면 한 번쯤은 제대로 된 생각을 해보란 말입니다!"

"서 부사, 우리는 상부의 명을 따라야 하오."

참다못한 서문영은 이승천과 허경원의 아혈을 짚어 입을 봉해 버렸다.

"어떻게 된 사람들이 생각이 없어, 생각이. 이래서 내가 무관들을 싫어한다니까."

* * *

감군밀사들을 잡아두고 총부로 나간 서문영은 감군원으로 출두하라는 명령을 받았다. 한 달 만의 호출이었다.

서문영은 그날따라 감군원으로 가는 것이 내키지 않았지만 피할 수도 없었다.

그래도 나름대로 반항을 한답시고 먼 길로 빙빙 돌아 느지막이 도착했다.

서문영이 감군원으로 들어가자 젊은 무관 하나가 달려와 안내를 했다.

무관이 서문영을 데리고 간 곳은 대회의장이었다.

원수 관억이 상석에 앉아 있고, 좌우로 이백여 명의 감군사들이 도열해 있는데 분위기가 삼엄했다.

서문영이 사람들의 뒤쪽에 섞여 들자 관억이 웃으며 말했다.

"허허! 마침 감군부사가 왔군. 서 부사, 잠시 앞으로 나오게나."

서문영이 마지못해 앞으로 나가자 관억이 야릇한 미소를 띠우며 물었다.

"서 부사, 내가 지난밤에 이상한 소리를 들었는데 아무래도 믿어지지 않아서 서 부사를 부른 걸세. 자네가 아는 것이 있다면 소상히 말해 보게."

"예."

"지난밤 감군밀사 네 사람이 독고가로 잠입해 모종의 공무를 수행하던 중에 갑자기 나타난 감군부사에게 사로잡혀 어디론가 끌려갔다고 하는데……. 자네는 이 일에 대해 알고 있는가?"

"소관은 모르는 일입니다."

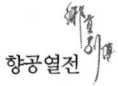

"그래? 그 감군부사가 자네를 닮았다는 말이 있어서."

"워낙 평범한 얼굴이다 보니 종종 그런 소리를 듣습니다."

"그랬군. 여하튼 그 감군부사가 잡아간 감군밀사들이 있는 곳을 수소문해서 조금 전에야 네 사람을 구해낼 수 있었다네."

"그것 참 다행이로군요."

"만약 감군부사가 감군밀사의 공무를 방해하고 구금까지 했다면 하극상(下剋上)에 해당하니, 잡히는 대로 참수할 생각이네."

"마땅히 그렇게 하셔야 합니다. 그런데 대체 어떤 감군밀사들이 감군부사 하나를 당해내지 못해 구금까지 당했답니까? 소관이 있던 전방에서는 상상도 못할 일이로군요. 군기가 개판이라고 할 수 있겠습니다. 군기가 그처럼 개판이니 하극상이 나오는 거라고 봅니다."

"군기가 무너졌다는 데에는 본관도 동의를 하네. 잠시만 기다리게. 그 감군밀사들이 이리로 올 걸세."

"그런데 소관이 꼭 여기에 남아 그분들을 만나야 하는 겁니까?"

"자네가 범인이 아니라면 걱정하지 말게."

"소관에게 시간이 없어서 그러는 겁니다. 원수님께서 명하신 일 때문에 몸이 열 개라도 부족할 지경입니다. 독고가의 가주가 역모에 연루되었다는 첩보만으로는……."

"갈(喝)! 감군원의 일을 함부로 입에 올려서는 안 된다!"

그러나 이미 흘러나온 말이다. 독고가의 가주가 역모에 연루되었다는 말에 감군사들이 술렁거렸다. 관억의 양자인 독고휘가 독고탁의 장자(長子)였기 때문이다.

서문영은 관억이 제지했지만 멈추지 않았다.

"참! 소관이 어제 독고가에서 잠복을 하던 중에 복면 괴한 몇을 만나 박살을 낸 일이 있습니다. 그런데 복면 괴한들의 말이 실로 수상하더군요. 그들은 '목적이 무엇이냐?'는 소관의 물음에 '독고가의 가주가 역모에 연루되어서는 안 되니 반드시 척살할 것이다'라고 했습니다."

"닥쳐라!"

마침내 관억이 참지 못하고 소리를 버럭 내질렀다.

"……."

이백여 감군사들의 시선이 관억과 서문영에게로 집중되었다.

파르르 떨던 관억이 혼잣말처럼 중얼거렸다.

"회의는 이것으로 마친다. 해산하라."

감군사들이 관억과 서문영을 힐끔거리며 하나 둘씩 회의장을 빠져 나갔다.

넓은 회의장에 감군원 십대고수이자 관억의 충복(忠僕)으로 알려진 감군밀사 아홉 명만 남았다. 그들 중에는 어제 서문영에게 제압당한 네 사람도 섞여 있었다.

관억의 눈에서 살기가 줄기줄기 뻗어 나왔다.
"네놈이 지금 무슨 짓을 했는지 알고는 있느냐?"
"소관은 원수님을 위해서 독고탁이 무고(無辜)하다는 것을 증명할 생각입니다."
"무슨 미친 소리냐?"
"먼저 어사대를 방문해 독고탁에 관한 모든 자료를 열람할 것입니다. 소관이 본 독고탁은 역모를 꾸밀 사람이 못 됩니다. 분명히 어사대의 정보에 허점이 있을 거라고 생각합니다."
"……."
관억이 인상을 찡그렸다. 예기치 못한 곳에서 일이 꼬이고 있었다. 당연히 어사대에는 독고탁의 역모에 관한 자료가 없다. 어사대는 감군원 내에서 급하고 비밀스러운 일을 처리할 때 가끔씩 끌어다 쓰는 이름일 뿐이다.
무관들은 상관이 내리는 명령에 이의를 제기하지 않는다. 그런 점을 이용해 가끔씩 요긴하게 써먹은 것이 어사대였다. 어사대는 감군원과 함께 조정의 양대 특무세력이었다.
두 집단의 차이라면 감군원이 군부를 감찰한다면 어사대는 관민(官民)을 감찰한다는 점이다.
감찰의 대상이 다른 것을 빼면 하는 일은 대동소이(大同小異)했다. 그렇게 감군원 만큼이나 비밀스럽고 접근이 어려운 어사대인지라 지금까지는 만사형통이었다.
'이 천둥벌거숭이 같은 놈이 어사대를 들먹거리다니!'

관억의 얼굴이 붉으락푸르락 변해갔다. 오늘 감군원에서 하는 짓을 보니 어사대에 뛰어들고도 남을 놈이었다.

관억의 뒤에 서 있던 감군밀사들도 황당하기는 마찬가지였다.

그들도 눈치로 알고 있었다. 관억이 개인적인 이유로 독고탁을 제거하려 한다는 사실을 말이다. 하지만 지금까지 그랬듯 알고도 모른 척 따라주었다.

젊은 내관인 그들에게 관억은 삶의 목표라고 해도 과언이 아니었기 때문이다.

그런데 지금 타협을 모르는 괴상한 놈 하나에 의해 모든 것이 엉망이 되고 있었다.

관억은 감군사들에게 이상한 사람으로 비쳤을 것이 틀림없다.

설상가상(雪上加霜)으로 그중에는 황문관 장반식의 끄나풀이 있을지도 모른다.

황문관 장반식에게 오늘의 이야기가 전해진다면, 관억의 어두운 비밀 하나가 공개되는 것이니 득(得)보다 실(失)이 많았다.

아홉 명의 감군밀사들이 흉폭한 눈으로 서문영을 노려보았다.

관억의 명이 떨어지면 당장 달려들어 도륙(屠戮)을 내고 말겠다는 각오가 감군밀사들의 전신에서 스멀스멀 피어올랐다.

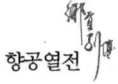

다른 말로 살기라고 하는 그것은 감군밀사들의 고운 얼굴과 어우러져 처절한 비장미를 물씬 풍기고 있었다.

그러나 일촉즉발(一觸卽發)의 상황에서도 감군밀사들은 먼저 도발하지 않았다.

수장인 관억의 눈치를 살피는 것도 있지만, 지난밤 네 명의 감군밀사들이 호되게 당한 것을 알기에 최대한 신중한 태도를 보이고 있었던 것이다.

조용한 회의장에 다시 서문영의 말이 울려 퍼졌다.

"어사대에 있는 정보를 역으로 파고들다 보면, 독고탁에게 역모의 누명을 뒤집어씌운 자를 찾아낼 수 있을 것입니다."

"뭣들 하느냐! 당장 저놈의 입을 닥치게 하지 않고!"

감군원 원수 관억의 뾰족한 비명이 회의장 안을 울렸다.

관억의 절규를 신호로 감군밀사의 수석인 수미산(秀眉山)이 검을 뽑았다.

아직 서문영과 손속을 겨루어 보지 않은 관정일(冠精一)과 추도황(鄒圖凰)이 그 뒤를 따랐다.

더 이상 타협의 여지가 없게 되자 나머지 여섯도 병장기로 손이 이동했다.

모두가 긴장한 얼굴이지만, 그중에서도 어젯밤 서문영에게 당한 이승천, 주연웅, 왕신리, 허경원의 경우는 특히 심했다.

네 사람은 싸움이 시작도 되기 전에 벌써부터 비 오 듯 땀을 흘려, 지켜보던 다른 사람들을 더욱 떨리게 만들었다.

서문영은 마침내 자신이 고대하던 때가 왔음을 알았다. 자고로 칼을 손에 든 사람들에게는 칼로 가르쳐 주는 수밖에 없다.

그들이 상대하고자 하는 사람이 어떤 사람인지를 말이다. 덧붙여 뒤끝을 남기지 않으려면 감히 기어오르지 못하게 밟아야 한다는 것도.

서문영이 시장통에서 구입한 투박한 박도를 뽑아 들었다.

찌이이잉.

살 떨리는 도명(刀鳴)이 회의장 구석구석까지 퍼져 나갔다.

"흩어져라!"

수미산의 일성에 여덟 명의 감군밀사가 서문영을 중심으로 원을 그렸다.

서문영이 눈앞에 보이는 이승천을 향해 고개를 흔들어 보였다. 오늘은 좀 세게 나갈 텐데, 하필이면 가장 먼저 눈에 뜨일 게 뭐람.

그래도 어쩔 수 없다.

서문영의 도(刀)가 이승천을 가리켰다.

일검만천(一劍滿天) 만물무루(萬物無累).

번쩍.

도의 끝에서 터져 나온 섬광이 일직선으로 날아갔다.

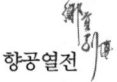
향공열전

순간 이승천은 혼신의 힘을 다해 달아났다.

이승천은 지붕을 뚫고 달아났고, 회의장의 한쪽 벽에 어른 주먹만 한 구멍이 뚫렸다.

연이어 서문영은 쉬지 않고 여덟 번이나 도를 휘둘렀다.

이칠구검(二七究劍) 운다기봉(雲多奇峰).
삼기취화(三氣取花) 득청여허(得淸如許).
사삼무진(四三無盡) 천광운영(天光雲影).
오행기환(五行奇幻) 월양명휘(月揚明輝).
육전육갑(六轉六甲) 둔신구검(遁身究劍).
칠성연환(七星連環) 지수검영(只收劍影).
팔진팔괘(八進八卦) 건곤환공(乾坤換功).
구십장천(九十長天) 풍급천고(風急天高).

회의장 안은 삽시간에 아수라장으로 변했다.

절반쯤 실성한 감군밀사들의 입에서 기묘한 괴성이 흘러나왔다.

감군밀사들 중에 조금 대범한 이는 이승천의 흉내를 냈고, 심약한 이들은 바닥에 납작하게 엎드려 고개도 들지 못했다.

일진광풍(一陣狂風)이 쓸고 지나갔다.

어느 정도 시간이 흘렀건만 엎드려 있던 이들은 일어나지 않았다. 그들은 서문영으로부터 끝났다는 말을 듣기 전까지 움직이지 않을 작정이었다.

천하관군용선위평사(天下觀軍容宣慰平使) 관억의 노안(老眼)에 눈물이 번졌다. 그것은 결코 감동의 눈물이 아니었다.

원수의 놀라운 무공에 짜릿한 감동을 느낄 사람은 없지 않은가! 눈을 너무 부릅뜨고 있다 보니 화끈거리며 눈물이 솟았을 뿐이다.

"너, 너의 각오가 그 정도라면…… 모든 진실을 말해 주겠다."

항거할 수 없는 힘 앞에 일인지하 만인지상의 관억이 무릎을 꿇고 말았다.

파격적인 발언에도 불구하고 서문영은 여전히 담담한 기색이었다.

'이놈 봐라? 이제는 입질도 하지 않는구나…….'

그럭저럭 심신을 안정시킨 관억이 눈가에 고인 물기를 손끝으로 찍어냈다.

그런데 이게 무슨 조화란 말인가! 여유를 되찾자 조금 전까지 굽어보던 감군부사 서문영이 태산처럼 다가왔다.

자존심이 상한 관억은 자신에게 쉬지 않고 속삭였다.

무서운 게 아니다.

지금은 단지 똥을 피하는 것뿐이다.

서문영과 같은 놈을 건드리는 것은 벌집을 건드리는 것과 같다.

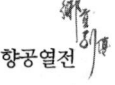
향공열전

온갖 감언이설(甘言利說)로 자신감을 회복한 관억은 독고휘와 관계된 비밀을 빠르게 털어놓았다. 말을 듣지 않은 감군사 독고휘의 보고서와 그것 때문에 벌어진 일련의 일들이 적나라하게 드러났다.

"험, 내가 너에게 이런 이야기를 하는 것은 현실을 직시하라는 의미에서다. 그 의미 없는 전쟁에서 황상께서 원하신 것은 단 하나, 절도사의 세력을 약화시키는 것이었다. 황상을 돕는 것이 우리 감군원의 존재 이유가 아니더냐. 병마절도사와 팔천의 병사들은 그래서 죽었다."

"……."

서문영은 일순 멍한 표정을 짓고 말았다. 감군사 독고휘가 실종된 것이 아니라는 말에 다른 소리는 들리지도 않았다.

"만약 누군가에게 책임을 물어야 한다면, 첫째는 힘이 없으신 황상이고, 둘째는 그런 황상을 보좌하고 있는 본관이다. 그러나 누가 감히 황상께 책임을 물을 수 있단 말이냐? 독고휘는 지금 어리석은 선택을 했다. 독고휘가 계속해서 상소(上疏)를 올린다면, 황상의 진노를 사서 구족(九族)이 몰살당하게 될 것이다. 읍참마속(泣斬馬謖)의 심정으로 독고휘를 쳐내야 하는 내 심정을 너는 아느냐?"

"지금 독고휘는 어디에 있습니까?"

"모른다. 한 달 전 금룡대에게 독고휘의 처리를 맡겼을 뿐이다."

"소관이 독고휘를 설득시키겠습니다. 이제부터 독고가와 가주는 그대로 내버려 두십시오."

"네가 독고휘만 설득할 수 있다면 모든 것을 없던 일로 해 주겠다. 그러나 독고휘가 끝내 고집을 부린다면…… 내 손으로 독고가를 멸문시킬 것이다."

"……."

잠시 생각하던 서문영이 말했다.

"대인, 외람된 말씀이오나 단지 없던 일로 하는 것만으로는 부족합니다."

"따로 원하는 것이 있더냐?"

"독고휘와 저를 감군원에서 나가게 해주십시오."

"……."

관억이 눈을 지그시 감았다.

오래전부터 독고휘는 양자이자, 친구이자, 연인과 같은 존재였다.

그럼에도 불구하고 죽이라고 명했던 것인데, 악마 같은 서문영은 그런 독고휘를 떠나보내라고 말하고 있는 것이다.

"좋다."

관억이 다 죽어가는 소리로 답했다.

근묵자흑(近墨者黑)이라고 했다. 더 늦기 전에 독고휘를 보내는 게 옳은 선택인지도 모른다.

생각해 보면 독고휘는 황실 주변에 너무 오래 머물렀다. 이

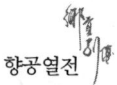
향공열전

대로라면 독고휘는 황실에 만발한 '악의 꽃' 중 하나가 될지도 모른다. 원하든 원하지 않든 말이다.

관억은 문득 애정과 증오가 손바닥과 손등 같은 관계라는 생각이 들었다.

그토록 원망스럽던 독고휘가 안 됐다는 생각이 들고, 죽이고 싶던 서문영이 제법 강단 있는 놈으로 보이니 말이다.

'흠! 그러고 보니 원목(原木)일세.'

관억이 야릇한 눈으로 서문영을 바라보았다.

'뭐? 감군원에서 나가게 해달라고? 본래 가지 많은 나무가 바람 잘 날 없는 법이다.'

무슨 바람이 불었는지 관억은 총부로 돌아가겠다는 서문영에게 한 통의 서찰을 써주었다. 그간의 공을 인정해 포상으로 휴가를 주라는 내용의 긴급지휘서신(緊急指揮書信)이었다.

갑작스러운 친절에 의심이 갔지만 서문영은 사양하지 않았다. 하남성 낙양(洛陽)으로 이동했다는 금룡대(金龍隊)를 찾아가려면 제법 많은 시간이 필요했기 때문이다.

총부로 가자마자 서문영은 관억의 서찰을 제출했다.

다음날 아침 총부에서는 "신책군의 모집이 여름에 잡혀 있다"는 말과 함께 서문영에게 자그마치 넉 달 간의 긴 휴가를 허락했다.

하는 일 없이 놀고먹는 서문영 때문에 총부의 분위기가 어수선해 질까봐 아예 눈앞에서 치워 버린 것이다.

군 지휘관들의 고충을 알 리 없는 서문영은 자신에게 주어진 긴 휴가를 '독고휘를 찾은 뒤 서가장과 성가장을 여유 있게 둘러보라'는 하늘의 계시(啓示)로 겸허히 받아들였다.

*　　　*　　　*

휴가까지 받았으니 총부에 남아 있을 이유가 없다.

서문영은 튼튼하게 생긴 말 한 마리를 구하는 즉시 총부를 떠났다.

부리나케 서두른 보람이 헛되지 않아, 서문영은 날이 저물기 전 여산(驪山) 아래의 제법 번화한 마을에 도착할 수 있었다.

겨울에 산중에서 노숙을 한다는 것은 자살행위나 마찬가지다. 서문영은 값싸고 깨끗한 객점을 찾아 마을을 돌아다녔다.

"풍월객점(風月客店)이라……."

적어도 밖에서 살펴본 객점은 멀쩡해 보였다. 지나치게 화려하지 않았고 지은 지 오래되지 않은 듯 외벽도 깨끗했다.

"괜찮아 보이는군."

서문영은 말에서 내려 객점으로 다가갔다.

객점의 입구까지 서너 걸음 남았을까?

꽝! 하는 굉음과 함께 문짝이 떨어져 나갈 듯 열리며 소년

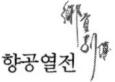
향공열전

하나가 튀쳐나왔다.

그 기세가 어찌나 급급(急急)하던지, 서문영은 저도 모르게 한 걸음 뒤로 물러나고 말았다.

야생마처럼 뛰어나온 소년은 머리가 땅에 닿을 정도로 허리를 꺾으며 소리쳤다.

"어섭쇼! 손님! 저희 풍월객점은 최고의 음식과 최상의 잠자리로 손님 여러분을 맞이하고 있습니다! 고삐 이리 주십쇼! 감사합니다!"

서문영은 얼떨결에 소년에게 고삐를 건네주고 말았다.

"말은 제가 아늑한 마구간으로 끌고 갈 테니, 먼저 안으로 들어가십쇼!"

"고맙구나."

서문영이 소년을 향해 미소를 지어 보인 후 객점 안으로 들어갔다.

훅! 하고 따끈한 열기와 음식 냄새가 밀려들었다.

자신이 한서불침(寒暑不侵)의 경지에 이른지도 모르는 서문영은 따뜻한 실내에 들어왔다는 자체가 마냥 좋았다.

온기와 풋풋한 사람의 냄새가 느껴지는 실내 분위기에 서문영이 잠시 취해 있을 때다.

점소이로 보이는 청년 하나가 다가왔다.

"손님, 식사만 하시겠습니까? 아니면 숙박까지 함께하실 생각이십니까?"

"식사와 숙박 모두 했으면 하는데, 깨끗한 방이 있습니까?"

"아! 깨끗한 방이라면 풍월객점에 잘 오신 겁니다. 하루 묵으시려면 방을 먼저 잡으시고 내려오시는 것이 어떻겠습니까?"

"그러지요."

서문영은 점소이를 따라가 2층에 방을 잡은 뒤에 다시 식당으로 내려갔다.

그사이 더 많은 사람이 들어왔는지 빈자리가 보이지 않았다.

서문영이 이리저리 둘러보고 있을 때다.

창가에 앉아 있던 사람 하나가 일어나면서 빈자리가 하나 생겼다. 서문영은 지체 없이 걸어가 빈자리를 차지했다.

앉자마자 점소이가 쪼르르 달려와 주문을 받아갔다.

서문영은 음식이 나올 때까지 다른 사람들이 먹는 모습과 어둑어둑해지고 있는 창밖의 풍경을 감상했다.

잠시 후 대충 식사를 마친 서문영은 객점을 나섰다. 딱히 할 일이 없었던 것이다.

어두운 밤거리를 밝히고 있는 것은 객점과 기루의 불빛뿐이었다.

사람들이 불콰하게 달구어진 얼굴로 이리저리 몰려다녔다.

그 평화로운 광경을 보고 있자니 피 튀기던 전쟁이 꿈속에서의 일만 같았다.

문득 신책별장 제갈현석과 교위 마고전, 대정 도지산, 그리

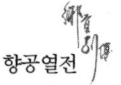

고 자신을 유달리 잘 따르던 묵일의 얼굴이 스치고 지나갔다.
 모두가 이제는 자신의 기억 속에서만 살아 있는 사람들이었다.

 서문영은 한가해 보이는 주점(酒店)으로 들어갔다. 평소라면 사람이 북적거리는 곳을 찾았겠지만, 지금은 혼자서 조용히 술을 마시고 싶었다.
 주점 구석으로 깊숙이 들어간 서문영은 섬서성의 명주(名酒)라는 비봉주(西鳳酒)와 몇 가지 안주를 시켰다.
 자음자작(自飮自酌)하던 서문영의 입에서 한숨이 흘러나왔다. 혼자서 술을 마시고 있자니 사람들이 더 그리워졌다.
 "소협, 혼자 오셨으면 합석이나 하십시다."
 서문영이 고개를 들어 말하는 상대를 바라보았다.
 언제 빨았는지도 모를 정도로 꼬질꼬질한 도복(道服)을 입은 오십대의 도사가 헤프게 웃음을 날리고 있었다.
 "그러시든가요."
 노 도사가 맞은편에 엉덩이를 걸치고 앉았다.
 서문영은 무심한 눈으로 노 도사가 하는 양을 바라보았다.
 노 도사는 자리에 앉자마자 점소이를 불러 푸짐한 안주를 가져오게 했다.
 "허허, 소협, 돈 걱정은 하지 마시오. 내가 없어 보여도 점사(占辭)에 밝아 눈먼 돈을 좀 가지고 다닌다오. 그러다 보니 한번 술판을 벌이면 이 정도가 기본이라오."

"이제 보니 도사셨군요. 저는 신책군 화장 서문영입니다."

서문영이 정중하게 읍(揖)을 해보였다.

"오! 신책군! 황제의 군대! 집안이 좋아야만 입대가 가능하다면서요? 소협은 집안이 좋은 가보우. 나는 일찍이 부모에게 버림을 받아서, 이렇게 도사로 떠돌아다닌다오. 언젠가 심심풀이로 내 점괘를 보니, 점사를 배우지 못했다면 굶어 죽었을 팔자더이다. 헐헐."

"하하, 집안이 좋은 사람이 이런 몰골로 떠돌아다니겠습니까? 그냥저냥 평범한 집안입니다."

"그러고 보니 내 소개가 없었구려. 나는 무주공선(無主空仙)이오. 이름만 그럴듯할 뿐, 알맹이가 없는 사람이니 이것저것 묻지는 마시구려."

무주공선이 서문영의 잔에 술을 가득 부었다.

서문영이 가볍게 목례를 해보이고는 술잔을 들어 입안에 털어 넣었다.

두 사람이 주거니 받거니 하며 술 몇 잔을 마셨을 때다.

대여섯 명의 무림인들이 우르르 들어와 근처에 자리를 잡았다.

처음부터 떠들썩하게 시작한 무림인들은 술이 몇 순배 돌자 귀가 따가울 정도로 언성을 높였다.

그러다 보니 원치 않아도 그들이 나누는 대화는 서문영에게

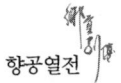

고스란히 전해졌다.

갸름한 얼굴의 살인비도(殺人飛刀) 손정산(孫貞山)이 맞은편에 앉은 중년인에게 물었다.
"철(鐵) 대협, 녹림에 무림첩이 은밀히 돌고 있다면서요?"
"예, 그런 말이 있더군요."
철완소(鐵完所)가 침중한 안색으로 고개를 끄덕였다.
"그 도둑놈들은 왜 갑자기 난리랍니까?"
"천의단에 이어 오악검파마저 활동을 시작하자 위기를 느낀 탓이겠지요."
손정산이 고개를 갸웃거렸다.
"글쎄요. 솔직히 천의단과 오악검파가 당장 사파를 핍박하고 있는 것도 아닌데, 화를 자초할 리가 있겠습니까? 그보다는 세상이 어수선하니 이틈에 한몫 잡아 보려는 게 아닐지……."
"손 대협, 한몫 잡는다는 건 무슨 뜻입니까?"
"사파에서 맹(盟)이나 회(會)를 만들면 지금보다 영향력이 커지지 않겠습니까? 각종 이권사업에도 뛰어들 거고 말입니다."
두 사람의 대화를 듣고 있던 풍운검객(風雲劍客) 화풍격(華風格)이 슬쩍 끼어들었다.
"그보다는 적지 않은 녹림 고수들이 칠대마인과 사승(師承) 관계로 얽혀 있어서 일파만파(一波萬波)로 확대되는 게 아니겠소?"

"아!"

"끼리끼리 논다고 했으니 그럴 만도 하겠습니다."

손정산과 철완소가 일리가 있다는 듯 고개를 끄덕였다.

사파의 무림첩 이야기가 시들해지자 주제는 사천성에서 있었던 토번과의 전쟁으로 옮아갔다.

서문영은 녹림이 칠대마인과 사승관계라서 무림첩을 돌리는 것인지도 모른다는 말에 피식 웃고 말았다.

자신과 의형제를 맺은 구룡채의 채주 호채림의 말이 떠올랐던 것이다.

"녹림의 도적들은 칠대마인을 좋아하지 않네. 생각해 보게. 같은 산중의 호걸도 아니고, 물질을 해서 먹고 사는 수적도 아닌데, 성질 더러운 사람들이 불쑥 나타나서 이래라 저래라 하면 누가 기분이 좋겠는가? 아마 죽지 못해 따라가는 사람이 대부분일 걸세."

분명히 호채림은 녹림이 마지못해 끌려가는 입장이라고 했다.

그런데 사승 관계에 얽혀 무림첩을 돌리고 있다니?

사파와 정파가 서로를 얼마나 모른 채 살아가고 있는지 알 수 있는 말이 아닌가!

서문영이 웃자 무주공선이 의아한 눈으로 물었다.

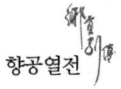
향공열전

"서 소협, 무슨 즐거운 일이라도 생각이 났소?"

"하하, 갑자기 장자가 말한 '달팽이의 뿔' 이야기가 떠올라서 말입니다."

"흐음!"

무주공선이 골똘히 생각에 잠겼다.

그것은 장자(莊子)의 칙양편(則陽篇)에 나오는 이야기다.

위(魏) 나라의 혜왕(惠王)이 자신을 배신한 제(齊) 나라 위왕(威王)을 죽이려고 할 때다. 대진인(戴晉人)이라는 사람이 혜왕에게 '달팽이 뿔 위에서 피 터지게 싸운 두 나라에 대한 이야기'를 들려주었다.

사소한 일이나 불필요한 일로 다투는 것이 얼마나 어리석고 무상한지를 깨우쳐 주기 위해서 말이다. 하지만 그건 자신이 아는 한, 성인 남자를 사춘기 소년처럼 웃게 만드는 이야기가 아니었다.

"소협, 나는 아무리 생각해도 소협이 웃은 이유를 모르겠네. 속 시원히 풀어 주게."

"특별한 이유는 없습니다. 그래도 굳이 말하라고 한다면, 저는 지금까지 그 이야기를 하나의 우화(寓話)로만 생각했었습니다. 그런데 오늘 문득 '달팽이의 뿔이 실제로 나라와 나라만큼이나 멀 수도 있겠다'라는 생각을 하게 된 겁니다. 무한한 마음의 거리인 셈이지요."

"오호! 그런 심오한 뜻이?"

"별로 심오한 얘기는 아닌데요."

"아닐세. 소협의 이야기를 들으니 와각지쟁(蝸角之爭; 달팽이 더듬이 위에서 싸운다)이라는 말이 슬프게 느껴지는구먼."

무주공선이 그윽한 눈으로 서문영을 바라보았다.

재미있는 생각으로 웃은 줄 알았는데, 그처럼 서글픈 생각으로 웃었을 줄이야.

무관에 대한 선입견이 바뀌는 순간이었다.

그러나 그런 생각은 오래가지 못했다.

쾅!

서문영이 두 손으로 탁자를 후려치며 벌떡 일어섰던 것이다.

그것으로도 부족한지 손가락으로 한쪽 방향을 가리키며 버럭 소리를 내질렀다.

"이봐! 당신들! 그렇게 말하는 당신들은 타인을 위해 그 개기름이 흐르는 몸을 아낌없이 던져 본 적이 있는가! 있다면 모를까, 그런 적이 없다면, 순국선열(殉國先烈)들을 모욕하지 마라!"

살인비도 손정산이 황당한 표정으로 이십대의 사내를 바라보았다.

토번과의 전쟁에서 맥없이 전멸당한 황제의 신책군을 비웃으며 시시덕거리고 있는데, 갑자기 생면부지(生面不知)의 외부인이 끼어들어 나무라니 어이가 없었던 것이다.

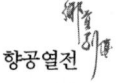
향공열전

"젊은 놈이 싸가지가 없구나! 보아하니 몰살당한 신책군을 선망하고 있는 모양인데, 사람이 옆에서 죽어 나가는 걸 봐도 그럴 줄 아느냐! 세도가의 자식들이 출세해 보겠다고 신책군에 갔다가 야만족의 칼에 맞아 모조리 죽게 된 것은, 흠모하거나 미화시킬 일이 아니다! 뭘 좀 알고나 끼어들어라!"

"나는, 나는, 그들을 흠모하는 것도 아니고, 미화시킬 생각은 더더욱 없다! 나는 단지 꽃다운 나이의 죽음을 당신들의 술안주로 삼아 씹어대지 말라는 것이다!"

북받치는 서러움으로 서문영의 음성이 떨렸다.

최전방에서 죽어간 신책군 병사들을 생각하니 숨이 막혀왔다. 저런 소리나 들으려고 목숨을 바친 게 아니었는데.

무림인들과 청년의 말싸움에 소란스럽던 주점이 조용해졌다.

순간 손정산의 입에서 욕이 터져 나왔다.

"저런 버르장머리 없는 후레자식 같으니! 어르신들 말씀 나누는 자리에 끼어드는 것도 모자라 감히 훈계를 하다니! 죽고 싶어 환장을 했느냐!"

"……"

서문영은 끓어오르는 감정을 꾹꾹 눌렀다. 지금과 같은 심리상태에서 계속 말을 섞다가는 피를 보게 될 것 같았다.

풍운검객 화풍격이 일행인 손정산을 다독거렸다.

"손 대협, 참으십시다. 보아하니 말이 통하는 상대가 아닌

가지 많은 나무 259

것 같은데……. 그냥 저렇게 평생 명리(名利)를 추구하며 살다가 죽으라고 내버려 둡시다. 무림의 동도들이 '관부(官府)와 무림은 우물물과 강물 같아서 피차 이해할 수도 간섭할 수도 없다'고 하는 것도 다 그런 이유 때문이 아니겠소."

"아무리 그렇다고 해도, 사과는 받아야 하지 않겠소? 이대로 물러나면 동도들이 우리 섬서사우(陝西四友)를 어떻게 생각하겠소?"

"아!"

"오오! 섬서사우다!"

섬서사우라는 말에 곳곳에서 탄성이 흘러나왔다.

살인비도 손정산, 권협 철완소, 풍운검객 화풍격, 무심객(無心客) 목완안(木完顏)은 섬서성에서 십대문파 고수들 다음으로 유명한 무인들이었던 것이다.

평소에 말이 거의 없는 무심객 목완안이 자리에서 일어섰다.

"사과한다면, 무례를 용서해 주겠다."

서문영이 차가운 음성으로 되물었다.

"하지 않겠다면?"

"너의 한쪽 귀를 자르는 것으로 대신하겠다."

일이 커지자 무주공선이 서문영의 팔을 잡아끌었다.

"서 소협, 섬서사우 분들께 사과를 하고 나가세나. 용기 있는 남자라면 물러날 줄도 알아야 하는 법이네. 사과를 하면 다

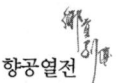
향공열전

른 곳으로 가서 내가 한잔 사겠네. 어떤가?"

"하하! 도사님, 잠시만 기다려 주십시오."

서문영이 노 도사를 뒤쪽으로 물러나게 하고 한 걸음 나섰다.

"나는 당신들에게 사과할 뜻이 없다. 누가 감히 나의 귀를 베어 보겠는가!"

상대가 싸울 뜻을 보이자 섬서사우는 잠시 서로를 바라보았다.

'이런 무명소졸(無名小卒)을 상대로 섬서사우가 손을 써야 하는가!'를 고민하고 있는 것이다.

"내가 저놈의 귀를 베어 평생 잊지 못할 교훈을 내려 주겠소이다."

성질 급한 살인비도 손정산이 성큼성큼 걸어 나갔다.

"흥! 그래도 용기가 가상하구나. 나는 살인비도 손정산이다. 너는 누구냐!"

"나는 사천성 신책군 돌격여단 용무대의 화장 서문영이다."

"……."

무거운 침묵이 장내를 찍어 눌렀다.

뜻밖의 상황에 손정산은 동료들을 바라보았다. 어떻게 해야 좋을지 묻고 있는 것이다. 그러나 놀라기는 동료들도 마찬가지다.

다들 멍한 상태에서 속절없이 시간만 흘러갔다.

손정산이 주먹을 쥐락펴락하며 복잡한 심사를 가라앉혔다.
 하필이면 상대가 모두 죽었다던 신책군의 화장일 줄이야! 이렇게 되면 상대의 귀를 잘라도 문제고, 물러나도 문제다.
 귀를 자르면 관부에서 문제를 삼을 수도 있고, 꼬리를 말고 물러나면 무림의 동도들 앞에서 영 체면이 서질 않는다.
 망설이고 있는 손정산에게 불을 붙인 건 서문영이었다.
 "싸우기 싫으면 꿇어라."
 오랜만에 제대로 열이 받은 모양이다.

제9장
선비가 사는 법

손정산은 더 이상 망설이지 않았다.

"미친 놈!"

쉿소리와 함께 손정산이 양손에 단도(短刀) 하나씩을 들고 서문영의 품속으로 뛰어들었다.

너무 화가 나서 자신이 기습을 했다는 생각은 미처 하지도 못했다.

"죽어!"

시리도록 차가운 빛줄기가 서문영의 상체를 옭아맸다.

순간 손정산의 얼굴에 득의의 미소가 스치고 지나갔다. 이 한 번의 짧고 간결한 움직임으로 싸움은 끝났다고 생각한 것이다.

하지만 서문영의 신형은 실체가 없는 유령처럼 빛줄기를 통과했다.

곧이어 서문영의 손바닥이 불신으로 가득 찬 손정산의 얼굴을 강하게 후려쳤다.

철썩.

쿠당탕.

손정산은 다른 사람들의 자리로 날아가 엎어졌다.

…….

기괴한 침묵이 주점을 감돌았다.

섬서사우는 물론 손님들까지 반신반의(半信半疑)의 표정으로, 기절한 손정산과 서문영이라는 신책군 무관을 힐끔거렸다.

"다음!"

서문영이 팔짱을 끼고 남아 있는 섬서사우를 한 사람씩 바라보았다.

권협 철완소가 서문영에게 천천히 다가갔다.

"나는 권협 철완소라 하오."

"신책군 화장 서문영이오."

상대의 실력을 목도(目睹)한 철완소가 정중하게 말했다.

"귀하에게 한수 가르침을 받겠소."

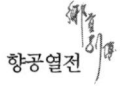
향공열전

"……."

서문영은 대꾸하지 않았다. 과거 성가장에서처럼 친선 비무가 아니라 귀를 떼어 가겠다는 사람들과의 전투였다.

철완소가 가볍게 한숨을 내쉬었다. 상대에게서 아무런 반응이 없다. 비무가 아니라 싸움이라는 뜻이다.

자고로 고수와는 싸우지 말아야 하는 법이다. 권법가는 특히 더 그랬다. 칼과 달리 권법에는 행운이 가져다주는 승리가 없기 때문이다.

"그럼."

철완소는 한 번 더 예를 차렸다. 마치 사문의 대사부에게 무공을 지도 받는 어린 제자처럼 과장된 몸짓으로 말이다.

철완소가 불안한 듯 눈알을 이리저리 굴렸다.

그토록 지극정성을 다했음에도 불구하고, 서문영은 아무런 반응을 보이지 않았다. 어젠가 스승이 말했던 목계(木鷄; 나무로 깎은 닭)처럼 표정조차 느껴지지 않았다.

"알겠느냐? 교만함과 조급함, 그리고 공격적 눈초리를 모두 버리고 마음의 평정을 되찾아라. 나무와 같은 목계(木鷄)가 되어야만 진정한 권법의 달인이 될 수 있다."

'스승님, 제가 목계가 되었어야 하는데, 아무래도 목계를 만난 것 같습니다.'

철완소의 두 주먹이 섬전처럼 서문영의 가슴에 꽂혔다.

하지만 그건 그냥 자신의 바람이었다. 무패(無敗)를 자랑하던 주먹질도 오늘 만큼은 상대의 옷깃에조차 닿지 않았다.

목계를 만났으니 패배를 시인하고 물러나야 한다.

"내가 졌……."

뒷말은 머릿속으로만 울렸다.

서문영의 주먹이 얼굴 한복판에 작렬했던 것이다.

퍽.

정신을 잃은 철완소는 서문영의 손에 들려서 손정산의 몸 위로 던져졌다.

"다음!"

풍운검객 화풍격이 무거운 걸음으로 나섰다.

화려한 의상과 달리 얼굴은 곧 숨이 넘어가는 중환자처럼 핼쑥했다.

이미 전의(戰意)를 상실한 화풍격은 공격다운 공격 한번 못해 보고 주먹 한 방에 나가 떨어졌다.

서문영은 축 늘어진 화풍격을 철완소의 위로 던졌다.

"와아!"

주점의 손님들이 싸움이 끝날 때마다 야릇한 함성을 질렀다. 그들로서도 처음 접하는 광경인지라 흥분을 누를 수 없었던 것이다.

그렇게 주점 한쪽에 '섬서사우'가 돌탑처럼 쌓이고 있었다.

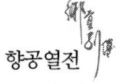
향공열전

마지막으로 무심객 목완안이 나섰다.

목완안의 얼굴도 앞서 전의를 상실한 화풍격과 별반 다르지 않았다.

그런 무심객 목완안을 물끄러미 바라보던 서문영은 탁자에 놓여 있던 술병을 들고 밖으로 나가 버렸다.

"……."

서문영이 그냥 나가 버리자 주점은 일순 침묵에 빠졌다.

"왜! 왜! 그냥 가느냐!"

목완안이 뒤따라 나가며 발작적으로 소리쳤다.

문득 서문영의 걸음이 멈추었다.

"모두가 명리 때문이라고 했더냐? 아서라, 선비는 국가의 위급함을 보면 목숨을 바치는 법이다(士見危致命)."

"……."

서문영의 신형이 어둠 속으로 녹아들었다.

뒤따라 나온 무주공선이 입구에 멍하니 서 있는 목완안에게 말했다.

"자네는 패할 것을 알아도 속 시원히 싸워 보고 싶겠지. 하지만 저 사람의 마음은, 오늘밤 무슨 일을 한다 해도 풀어지지 않을 걸세. 전쟁터에서 수백 수천의 병사들을 가슴에 묻은 사람이네. 섬서사우를 모두 때려죽인다고 해서 그 마음이 편해질까……."

"당신은 뭘 안다고 나서는 거요?"

목완안이 노 도사를 향해 눈을 부라렸다. 그렇지 않아도 얼굴이 화끈거리는데 옆에서 어쩌고저쩌고 하니 은근히 배알이 뒤틀린 것이다.

순간 무주공선의 눈이 번득였다.

"무심객 목완안. 서문영이 너희 꼴 같지 않은 섬서사우를 살려 두었으니 나도 그냥 간다만……. 함부로 입을 놀리다가는 제명대로 살지 못할 것이다."

"으으……."

가공할 살기를 견디다 못한 목완안이 뒷걸음질 쳤다.

"흥! 겉멋만 잔뜩 든 못난 것들이 어디서 감히."

냉소를 치던 무주공선은 이내 꺼지듯 사라져 버렸다.

    *   *   *

서문영이 말 위에 앉아 멀리 보이는 성읍을 바라보았다. 낙양(洛陽)이다. 저기 어딘가에 금룡대가 있다고 생각하니 몸이 달아올랐다.

"가자!"

서문영이 등자에서 발을 빼 말의 옆구리를 가볍게 쳤다.

주인의 마음을 읽은 말이 질풍 같은 속도로 달리기 시작했다.

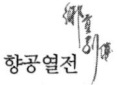
향공열전

낙양으로 들어선 서문영은 곧바로 관아(官衙)를 찾아갔다. 일단 관리들에게 금룡대의 주둔지가 어딘지 물어보려는 것이다.

"멈추시오. 무슨 일로 오셨소?"

관아의 입구를 지키고 있던 관병(官兵) 하나가 서문영의 앞을 막아섰다.

장창(長槍)과 복장이 깨끗하게 손질되어 있어 기강이 바로 서 있다는 느낌이 들었다.

서문영은 관병에게 화장(火長)의 철패를 꺼내 보였다.

"나는 신책군의 화장 서문영이오. 병부(兵部)에 알아볼 일이 있어서 찾아왔으니 담당자에게 통보해 주시오."

철패를 확인한 관병이 머리를 숙이며 말했다.

"잠시만 기다려 주십시오. 지금 병부의 사람을 불러오라 하겠습니다."

그가 눈짓을 하자 반대편에 서 있던 사십대의 관병 하나가 재빨리 안으로 들어갔다.

잠시 후 사십대의 관병은 초로(初老)의 문사(文士) 하나를 데리고 나왔다.

머리가 희끗희끗한 문사가 서문영을 향해 물었다.

"본관이 병부의 서리(書吏)오만 무슨 일로 찾아오셨소?"

"저는 신책군의 화장입니다. 급한 공무로 금룡대의 숙영지를 찾고 있습니다. 금룡대의 숙영지를 알고 계시면 제게 가르쳐 주시기 바랍니다."

"아하! 백호리(百戶里)에 온 금군(禁軍)을 말씀하시는 거라면 내가 안내를 해 드리리다. 따라오시구려."

말을 마치자마자 서리는 어디론가 휘적휘적 걸어갔다.

관아에서 나와 서문영을 이리저리 끌고다니던 서리는 한적한 곳에 이르자 우뚝 멈춰 섰다.

"……."

서문영은 잠시 쉬었다가 가자는 줄로 알고 주변을 휘휘 둘러보며 시간을 보냈다.

어느덧 일다경(一茶頃)이 지났다.

그런데 안내를 해주겠다던 서리는 도통 움직일 생각을 하지 않았다.

기다리다 못한 서문영이 서리에게 물었다.

"금군의 숙영지가 이 근처입니까?"

"그럴 리가 있소? 백호리는 반나절은 가야 하는 거리외다."

"아! 그럼, 기다리는 사람이라도 있나 보군요?"

"그런 건 아니고…… 백호리까지 다녀오자면 나는 하루 종일 아무 일도 하지 못하게 되는데, 나의 수고에 대한 보상이 있어야 하지 않겠소?"

"……."

서문영이 뜨악한 표정으로 서리를 바라보았다.

장사치도 아니고 같은 관인들끼리 무슨 보상 운운한단 말인

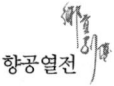

가? 그러나 서리를 당연하다는 듯 얼굴색 하나 변하지 않았다.

결국 목이 마른 사람이 우물을 파는 법이다.

"얼마를 드리면 됩니까?"

"보통 한 시진(2시간)에 열 냥을 받는 게 관례이니 최소한 왕복 예순 냥은 받아야 하는데…… 크게 보면 같은 병부의 사람이라고 할 수 있으니 그냥 편도(片道)로 서른 냥만 받겠소."

길안내 한 번에 그냥 서른 냥이란다.

서문영은 기가 막혔지만 군말하지 않고 돈을 꺼내 건넸다.

그 자리에서 서른 냥을 확인한 서리는 그제야 부지런히 걷기 시작했다.

성읍을 벗어나 들판을 가로지르고, 야트막한 산까지 몇 개 넘어서야 서리는 걸음을 멈추었다.

"여기부터가 백호리요."

서문영이 주변을 둘러보았다. 백호리라는 이름처럼 제법 규모가 큰 촌락이 보였다.

그리고 그 촌락의 좌측 평원에 이십여 채의 군막(軍幕)이 보였다.

한순간 서문영의 눈에서 빛이 번쩍였다.

한가운데의 화려한 군막 앞에 나부끼는 깃발은 언젠가 보았던 승천금룡기(昇天金龍旗)였다. 바로 저기에 천도문이 있을 것이었다.

"그럼 나는 이만 돌아가리다. 알아서 볼일 보시구려."

말과 함께 서리가 휭하니 돌아서 갔다.

"잠깐 멈추시오!"

서문영의 냉랭한 외침에 서리가 다시 돌아섰다. 서리의 검게 그을린 얼굴에 당황한 빛이 역력했다.

"무, 무슨 일로 그러시오?"

"……."

서문영은 말없이 품안으로 손을 넣었다.

놀란 서리가 뒷걸음질 쳤다.

그러나 서문영이 꺼내든 것은 종이와 먹물이 든 통 하나, 그리고 작은 세필(細筆)이었다.

상대가 강도로 돌변할 줄 알고 굳어 있던 서리의 얼굴이 다시 펴졌다.

하지만 계속되는 서문영의 말에 서리의 얼굴은 완전히 구겨졌다.

"여기에 길 안내비로 서른 냥을 받아간다고 적고, 수결을 남겨 주십시오."

"……."

"정확하게 기록을 남기지 않으면 나중에 환급 받기가 어려워서 그럽니다."

"화, 환급이라니…… 그게 무슨 소리요?"

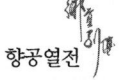

생전 처음 들어보는 말에 서리가 말까지 더듬거렸다.

병부에 드나드는 사람들의 등을 쳐 먹은 지 어언 이십 년. 그 긴 시간 동안 확인서를 써달라는 사람은 처음이었다.

다른 오부(五部)의 서리들이 이 말을 들으면 배꼽 잡고 뒤집어질지 몰라도, 당사자인 자신에게는 황당함을 넘어 끔찍한 경험이었다.

"저는 공무(公務)로 여기까지 왔는데, 제 돈을 쓸 수는 없지 않겠습니까? 길 안내비가 관례라고 하시니 그렇게 적어 주십시오. 나머지는 제가 알아서 받아내겠습니다."

"대, 대체 어디서 받아내겠다는 소리요?"

서리는 상대가 관아로 찾아와 행패를 부릴까봐 은근히 걱정이 되었다.

"어디긴 어딥니까? 장안(長安)의 총부(摠部)에 가서 받아야지요."

"헉! 초, 총부라고 하셨소?"

뒤늦게 서리의 몸이 부들부들 떨렸다. 장안에 있는 총부라면 지방의 병부가 감히 상상도 할 수 없는 곳이었다.

"나, 나는 절대 써주지 않을 거요."

"왜요?"

"그, 그건, 쓸 수가 없기 때문이오."

"글자를 모르십니까?"

"아니오."

선비가 사는 법 275

"그럼 왜?"

"그, 그런 건 묻지 마시오. 대체 당신은 뭐하는 사람이오?"

서리가 조마조마한 얼굴로 서문영의 안색을 살폈다.

"신책군 화장이라고 하지 않았습니까."

"단지 그뿐이오?"

"그렇습니다."

"혹시 신책군 화장이면 총부에 돈을 요구할 수 있소?"

"하하, 정당하게 지출한 것이라면 못할 이유가 뭡니까?"

"……."

결국 서리는 서른 냥을 뱉어내야 했다.

서리는 백호리에서 조금 떨어진 곳에 이르자 갑자기 욕설을 내뱉었다.

"에이, 더러운 새끼! 그깟 돈 몇 푼 아끼려고 선량한 사람에게 겁을 줘? 더러워서 너 같은 놈 돈 안 받는다! 카악! 퉤엣! 재수 없는 것들은 모두 물러가라! 카악! 퉤! 퉤! 퉤!"

*   *   *

"정지! 누구냐!"

금군 두 사람이 서문영의 앞을 막았다.

곧이어 십여 명의 금군이 달려와 서무영을 가운데 두고 둥그렇게 둘러섰다.

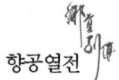

"신책군 화장 서문영이오. 금룡대의 천도문(天道雯) 장군을 만나러 왔소."

"헉! 서문영?"

"으헉! 진짜 서문영이다."

서문영을 확인한 금군들이 우르르 뒤로 물러났다.

금군에게 있어 서문영이라는 이름은 경외(敬畏)와 신비의 대명사였다. 금군에 몸담은 무관들의 소원은 단 하나, '서문영처럼 되고 싶다'였다.

병마절도사 왕이건이 지휘하던 본진(本陣)에서 겨우 살아남은 병사들은 서문영을 '무신(武神)'이라고 했다.

사천성에 주둔한 절충부의 지휘관과 병사들에게 서문영은 살아있는 신화(神話)였다.

토번조차 서문영을 전신(戰神)으로 부른다니 더 말해서 무엇 할까!

말단의 졸병(卒兵)에서 대장군에 이르기까지, 아니 심지어 적에게까지 추앙 받고 있는 무장(武將)은, 서문영밖에 없었다.

"저를 따라오십시오."

금군 하나가 조심스럽게 앞장섰다.

서문영의 뒤로 금군이 모여 들기 시작했다. 어떻게든 한 번이라도 더 그의 얼굴을 보기 위해서였다.

서문영이 중앙 막사에 도달할 무렵에는 금룡대의 모든 금군이 다 뛰어 나와 있었다.

"서 화장, 오랜만이외다. 그런데 어쩐 일로 여기까지 왔소?"

천도문이 어색한 표정으로 서문영을 바라보았다.

전과 달리 천도문은 서문영에게 하대(下待)를 하지 못했다. 서문영의 기도가 워낙 비범한 까닭에 몸이 알아서 반응하고 있었던 것이다.

"감군원의 관 대인께서 대주님을 만나보라고 하더군요."

"헐! 관 대인께서요?"

천도문은 그제야 서문영이 감군부사(監軍副使)의 일로 찾아왔다는 것을 깨달았다.

"관 대인과 이야기를 끝냈습니다. 이제부터는 제가 독고휘의 신병(身柄) 관리를 맡기로 했습니다. 그를 넘겨주십시오."

"그런 말도 안 되는……. 솔직히, 아무리 서 부사의 말이라고 해도 믿어지지 않소이다. 지금 한 말을 입증할 것이 없다면, 그를 내어주지 않을 것이오. 서 부사의 말만 믿고 그를 내어줄 수는 없소. 이런 나의 입장을 이해해 주시기 바라오."

"……."

서문영이 천도문을 노려보았다.

관억이 말해 주지 않았다면 무슨 수로 여기까지 찾아올 수 있단 말인가? 자신이 금룡부를 찾아와 독고휘의 신병을 요구하는 것 자체가 증거가 아닌가 말이다.

하지만 서문영은 화를 내기보다는 침묵으로 천도문을 압박했다. 증명할 게 없는 이상, 천도문의 선처(善處)를 기다리는 수밖에 없었다.

 여기서 욱하는 마음에 천도문과 싸움이라도 벌이면 금룡대가 끼어들게 될 것이다. 서문영은 죄 없는 금군을 다치게 하고 싶지 않았다.

 침묵 속에 하염없이 시간만 흘렀다.

 가공할 압박을 견디다 못한 천도문이 먼저 자리에서 일어섰다.

 "나는 금룡대와 급히 가볼 곳이 있어서……."

 서문영이 천천히 일어나 천도문의 앞을 막아섰다.

 "독고휘를 나에게 넘기기 전까지 이곳을 나가지 못할 겁니다."

 "헐! 지금 나를 협박하는 거요?"

 천도문이 들으라는 듯이 크게 소리쳤다.

 아니나 다를까? 막사 밖을 지키고 있던 호위 두 사람이 급히 안으로 들어왔다.

 "대주님, 무슨 일이라도?"

 "아무 일도 없다. 지금 서 화장이 간다고 하니 진지 밖까지 모시고 나가도록 해라."

 "예!"

 시원한 대답과 달리 호위 두 사람은 서문영을 바라보기만 했다.

 감히 서문영에게 이래라 저래라 할 수 없으니, 스스로 움직여 주기만을 기다리고 있는 것이다.

"대주, 나를 도발하지 마시오. 나는 본래 무책임한 놈이라, 뒷일을 생각하지 않고 행동하기로 유명하다오."

"끙!"

너무도 직설적인 서문영의 말에 천도문이 앓는 소리를 냈다.

까딱 잘못했다가는 큰 싸움이 날 수도 있다는 생각이 든다. 서문영은 그러고도 남을 사람이었다. 그걸 알면서도 천도문은 물러서지 않았다.

"뭣들 하느냐? 서 화장을 데리고 나가래도!"

"예, 예."

호위 두 사람이 울 것 같은 얼굴로 서문영에게 다가갔다.

천도문의 야비한 행동에 노한 서문영은 주먹을 말아 쥐었다. 누가 조금만 건드려도 폭발할 것 같은 얼굴로 말이다.

호위 하나가 떨리는 손으로 서문영의 옷깃을 잡았다.

"서 화장님……."

고오오—

눈에 보이지 않는 기운이 서문영의 전신에서 태풍처럼 일어났다.

흠칫 놀란 호위가 잡고 있던 옷깃을 놓았다.

대경실색(大驚失色)한 천도문의 손은 벌써 검에 닿아 있었다.

향공열전

…….

그러나 아무런 일도 일어나지 않았다.

서문영이 이를 악물고 감정을 추스른 것이다.

막사 안에 있는 호위와 밖에서 숨죽이고 있는 금룡대는 모두 금군이었다. 전장에서 죽어간 돌격여단의 사람들처럼 말이다.

서문영은 막사 밖으로 터덜터덜 걸어 나갔다.

몰려들었던 금군이 서문영을 위해 좌우로 물러났다. 길을 터주고 있는 것이다.

서문영이 무거운 마음으로 걸어가고 있을 때다.

두두두두.

멀리서 지축을 흔드는 소리가 들려왔다.

그 익숙한 굉음에 서문영이 고개를 돌렸다. 멀리서 한 떼의 군마(軍馬)가 몰려오고 있었다.

군마의 선두에 펄럭이는 깃발은 선홍처럼 붉었다. 깃발이 나부낄 때마다 한가운데로 승천하는 황룡(黃龍)이 모습을 드러냈다.

그러나 정작 금룡대를 놀라게 한 것은 그 깃발 한가운데 쓰여진 황(皇)이라는 한 글자였다.

"어림친위군(御臨親衛軍)?"

누군가의 입에서 터져 나온 소리는 들불처럼 번져 나갔다.

군마가 가까이 다가왔다.

선두의 기수(旗手)가 오 장(五丈)의 거리에 이르자, 금룡부의 병사와 무관들이 일제히 무릎을 꿇었다.

처처척!

금룡대와 함께라면 언제나 기세등등하던 천도문도 예외는 아니었다.

오직 한 사람만 금룡대 사이에 우뚝 서 있었다. 국경에서만 지내던 서문영이다.

'황족(皇族)이라도 왔나 보군.'

서문영은 분위기를 살피며 슬슬 뒤로 물러났다. 대충 이 자리에서 사라지려는 속셈이다.

그러나 그런 시도는 실패로 끝나고 말았다.

어림친위군의 기병 오백여 명이 오던 속도 그대로 서문영과 금룡대 전체를 에워싸 버린 것이다.

"무엄하다!"

호통 소리와 함께 금빛 갑주를 걸친 무장(武將) 다섯이 서문영을 향해 쇄도해 갔다.

무장들의 손에 들린 보검에서 한광이 줄기줄기 뻗어 나왔다.

깜짝 놀란 서문영은 허리춤에 달려 있던 박도를 뽑아 들었다. 상대가 누구건 간에 일단 위기는 넘겨야 하기 때문이다.

서문영과 다섯 무장이 충돌하기 직전이다.

"그만! 물러서라!"

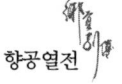
향공열전

누군가의 외침과 함께 상황은 거짓말처럼 끝이 났다. 다섯 무장들이 허리를 꺾어 왔던 길로 되돌아갔던 것이다.

"신(臣) 천도문, 보국왕(保國王) 전하를 뵙습니다."

천도문의 인사를 듣고서야 서문영은 자신의 예감이 맞았다는 것을 알았다. 다만 상대의 신분이 예상했던 것보다 더 높다는 것만 빼고 말이다.

"일어나라."

보국왕의 허락이 떨어지자 천도문이 자리에서 일어났다.

그 와중에 서문영은 재빨리 보국왕이라는 황족을 훔쳐보았다. 어림친위대를 이끌고 있는 황족에 대한 호기심 때문이다.

"헉!"

서문영의 입이 쩍 벌어졌다.

보국왕이라 불리는 사람은 스스로를 무주공선이라고 소개했던 노 도사였다. 복장이 바뀌었지만, 뭔가 있어 보이는 얼굴은 확실히 무주공선 그대로였다.

"무주공선?"

서문영이 중얼거리자 보국왕이 너털웃음을 터뜨렸다.

"허허헛! 그래, 본왕(本王)이 바로 무주공선이시다. 신책군 중에 너 같은 별종이 있듯, 유약한 황족 중에도 나 같은 이단자(異端者)가 있는 법이다."

"전하, 신의 불경(不敬)을 용서하여 주십시오. 멀리 변방으로만 떠돌다 보니 눈이 있어도 전하를 알아보지 못했습니다."

"푸하핫! 괜찮다. 너는 오늘 내가 여기에 찾아온 이유를 아느냐?"

"하교(下敎)하며 주시기 바랍니다."

보국왕이 옆에 서 있던 무장에게 고개를 끄덕였다.

무장이 한 걸음 나서며 외쳤다.

"신책군 화장 서문영은 성지(聖旨; 황제의 뜻)를 받들라."

"예."

깜짝 놀란 서문영이 땅바닥에 무릎을 꿇었다.

무장이 붉은 함에서 금색의 두루마리를 꺼내 읽었다.

"신책군 서문영을 감군총사와 어림친위군의 부대장(部隊長)으로 임명한다."

"예?"

서문영이 머리를 긁적이며 자리에서 일어났다.

아무래도 무주공선인 보국왕이 장난을 치고 있는 것 같았다. 감군총사가 뭔지는 모르지만, 감군원과 관계된 것 같으니 이해할 만하다.

그러나 어림친위군의 부대장이라니? 어림친위군이 뭔지도 모르는 자신에게 그런 명령이 내려올 일이 없지 않은가!

"저어, 전하, 장난이 지나치신 것 같습니다."

조심스럽다고는 하지만 서문영의 말을 듣던 천도문은 거의 피를 토할 뻔했다. 황상(皇上)이 벼슬을 내렸는데, 그걸 장난으로 받아들이다니?

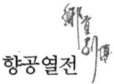
향공열전

벼슬 자체도 믿어지지 않는 파격이었지만, 성지를 장난이라고 생각하는 서문영의 머리는 도저히 납득이 가지 않았다.

"서, 서 대인(西大人), 말씀이 좀 그렇습니다. 보국왕 전하께 장난이라니……."

천도문은 어느새 서문영에게 존대(尊待)를 하고 있었다. 어림친위군의 무장이 읽은 성지가 거짓이 아니라면, 서문영은 자신이 바라볼 수 없을 만큼 까마득히 높은 위치로 훨훨 날아간 것이기 때문이다.

"푸하하핫!"

보국왕이 미친 듯이 웃어댔다.

기껏 근엄한 얼굴로 성지를 대독(代讀)했던 무장은 땀만 뻘뻘 흘렸다.

"모두가 사실이다. 황상께 그대를 감군총사로 추천한 사람은 관억이다. 나는 그 이야기를 듣고 그대에 대한 호기심이 일어나서 함께 따라온 것뿐이다."

보국왕의 설명에도 불구하고 서문영은 믿지 않는 것 같았다. 그것은 뜬금없이 떨어진 어림친위군 부대장이라는 말 때문이다.

"전하, 소신(小臣)이 감군원 출신이니 총사는 이해할 수 있사오나…… 어림친위군은 도무지……."

"허, 거 참! 아무래도 황상께서 직접 임명해야 믿을 놈이로구나."

선비가 사는 법 285

"그런 의미가 아니오라, 소신은 어림친위군과 아무런 관계가 없지 않습니까? 그런데 갑자기 부대장이라니 영 실감이 나지 않아서……."

"너를 어림친위군에 임명한 사람은 바로 나다. 내가 바로 어림친위군의 대장(大將)인데, 내 손으로 부대장 하나쯤 임명하지 못할까?"

"예에?"

보국왕이 어림친위군 대장이라는 말에 서문영은 비로소 궁금증이 조금 풀리는 것 같았다.

그러나 왜 하필 자신이란 말인가? 겨우 술 한잔 함께 마셨다고?

"그런데 전하께서는 왜 소신을……."

"글쎄, 왜일까?"

보국왕은 대답 대신 서문영을 지그시 바라보았다.

'기특한 놈.'

떠올리기만 해도 가슴이 울렁거리는 소리가 있다.

고관들의 입에 발린 우국충정(憂國衷情)과는 너무도 다른, 왠지 생각할수록 눈시울이 뜨겁게 달구어지는 말.

호기심으로 장난삼아 접근했다가 그 한 마디 말을 듣고는 마음을 정해 버렸다. 어림친위군은 바로 저런 놈이 맡아야 한다고.

향공열전

"모두가 명리 때문이라고 했더냐? 아서라, 선비는 국가의 위급함을 보면 목숨을 바치는 법이다(士見危致命)."

관억은 그를 향공 출신의 무관이라고 했다.

향공 출신의 무관, 그 말을 듣는 순간 황족 출신의 무관인 자신과 통하는 게 있을 거라는 막연한 기대를 가졌다. 그리고 그 기대는 틀린 것이 아니었다.

갑자기 보국왕이 주변에 있는 금군들에게 소리쳤다.

"들어라! 본왕이 변복을 하고 다닐 때의 일이다. 한 주점에 들어가 술을 마시는데, 옆자리의 무림인들이 토번에게 몰살당한 신책군을 비웃었다. 집에서 책이나 읽고 있지 그런 곳을 왜 기웃거리냐고. 심지어, 명리에 눈이 멀어 죽을 자리를 찾아갔다고 말하는 사람도 있었다."

"……"

금룡대와 어림친위군 모두가 침울한 표정을 지었다. 신책군의 전멸은 같은 금군인 그들에게도 지울 수 없는 상처를 남겼기 때문이다.

"주점에 많은 사람들이 있었지만, 어느 하나 그들을 제지하지 않았다."

"……"

"그런데 그때, 한 남자가 일어나서 무림인들에게 호통을 쳤다. 꽃다운 나이의 죽음을 당신들의 술안주로 씹어대지 말라고."

"……."

금군들 모두가 숙연해졌다.

사실상 신책군의 전멸을 방조한 천도문은 애써 다른 생각을 떠올렸다.

"그는 사과하라는 무림인들의 요구를 거절하고, 그들 모두를 한주먹에 박살냈다."

어두웠던 금군의 표정이 조금씩 밝아졌다. 마치 자신이 그 자리에 서 있기라도 한 것처럼 주먹을 불끈 쥐는 사람들도 있었다.

"그 남자는 무림인들을 모두 제압하고 난 뒤에 이렇게 말했다."

수백의 금군이 모여 있는데 숨소리 하나 들리지 않았다. 그토록 대단한 남자가 남겼다는 말이 궁금했던 것이다.

보국왕이 눈을 지그시 감았다. 다시 한 번 그때의 감동이 느껴졌다.

"모두가 명리 때문이라고 했더냐! 아서라, 선비는 국가의 위급함을 보면 목숨을 바치는 법이다!"

수백의 금군이 고개를 끄덕였다.

그들도 문무를 겸비한 금군이기에 남자가 한 말을 완전히 이해했던 것이다.

"너희들은 그 남자가 누군지 알 수 있겠느냐?"

"전하! 그 영웅이 대체 누굽니까?"

"그가 누구인지 저희들에게도 알려 주십시오!"

금룡대와 어림친위군의 무장들이 보국왕에게 간절히 청했다.

"그가 바로 신책군 돌격여단의 화장 서문영이다. 본왕이 어림친위군의 부대장으로 그를 임명한 것도, 그에게서 의로운 기상을 보았기 때문이다."

"오오! 서문영 부대장님이!"

"과연!"

금룡대와 어림친위군들 사이에서 탄성이 흘러나왔다.

"너희는 그에게 어림친위군의 부대장이 될 자격이 없다고 생각하느냐?"

보국왕의 짓궂은 물음에 어림친위군의 무장들이 일제히 소리쳤다.

"아닙니다!"

"우리는 부대장님이 자랑스럽습니다!"

"부대장님은 금군의 영웅입니다!"

"와아아아!"

어림친위군이 두 주먹을 불끈 말아 쥐고 고함을 질러댔다.

그런 어림친위군과 서문영을 금룡대의 무장들이 선망의 눈으로 바라보았다.

제10장
소림사(少林寺)로 가는 사람들

 보국왕은 금룡대의 노고를 치하한 후, 어림천위군을 이끌고 떠났다.

 보국왕이 사라지자마자 서문영은 다시 막사 안으로 들어갔다. 이번에는 호위들도 감히 서문영을 막지 못했다.

 천도문이 딱딱하게 굳은 얼굴로 그 뒤를 따랐다. 상황은 역전이 되어 있었다.

 서문영은 천도문이 사용하던 자리로 가서 털썩 주저앉았다.
 "천 대주, 가까이 와봐. 아까 우리가 끝내지 못한 이야기를 마무리 해야지. 어때, 이제는 본관의 말이 사실이라는 것을 알겠지?"

아까의 축객령이 분했던지 서문영은 지체 없이 하대(下待)를 했다.

"예……."

천도문이 다 죽어가는 소리로 답했다.

"그래, 독고휘는 지금 어디에 있나?"

"독고휘는 소장(小將)의 본가(本家)에서 보호하고 있습니다."

"흠, 그대의 본가는 어디에 있는데?"

"등봉현(登封縣)입니다."

"아! 그 소림사로 유명한 등봉현인가?"

"예."

"좋아, 그럼 지금 당장 서찰을 쓰도록 해라."

"서찰을요?"

"그대는 집안사람들이 다치는 걸 원하지 않겠지? 생각해 봐. 그대 집안의 사람들이 독고휘를 본관에게 순순히 인계하겠어?"

"알겠습니다."

천도문이 주변을 이리저리 살폈다. 종이와 붓 등을 찾고 있는 것이다.

가만히 지켜보던 서문영이 품안에서 종이뭉치와 세필, 그리고 먹물이 담긴 통을 꺼냈다.

"이거라도 사용하라고."

"……."

천도문도 서문영 못지않은 문무겸전(文武兼全)의 사내다.

잠시 눈을 감고 생각을 정리하는가 싶더니 일필휘지(一筆揮之)로 한 통의 서찰을 작성했다.

서문영이 천도문의 서찰을 읽으며 중얼거렸다.

"좋아, 좋아, 아주 명문(名文)이군. 금룡대의 대주로 손색이 없어. 인명을 경시하는 못된 성질만 고친다면 그대는 큰 인물이 될 거야."

"대인, 아시다시피 대토번전에서 금군이 움직이지 않은 것은……."

"알아. 금군에겐 잘못이 없겠지. 하지만 말이야. 나는 그대에게 이 말을 하고 싶다고. 무능한 병사는 없다. 무능한 지휘관만 있을 뿐이다."

"무슨 말씀이신지요?"

"언제고 그대의 위에 그대와 꼭 닮은 지휘관이 부임한다면, 그대 역시 신책군처럼 버려져 목숨을 잃게 될 거야. 그때가 되면 그대는 누구를 원망하겠나? 알면서도 외면한 그대의 상관? 아니면 그대를 희생시키라고 부추긴 내관(內官)?"

"소장은 죽는다 해도 누굴 원망하지 않을 것입니다. 명령에 살고 죽는 무관이니까요."

"그래서 그대를 무능하다고 하는 거야."

"대인, 말씀이 지나치십니다."

천도문이 부르르 떨었다. 태어나서 지금까지 이토록 모멸감을 느낀 적은 없었다.

서찰을 갈무리한 서문영이 자리에서 일어섰다.

"내가 오래도록 야전군의 화장으로 복무했기에 하는 말인데…… 그대같이 생각 없는 적 지휘관을 만나면 행복하더라고."

"……."

천도문의 전신에서 은은한 살기가 흘러나왔다.

서문영이 천도문을 향해 속삭였다.

"이봐, 화가 난다면 정직하게 칼을 뽑아봐. 너무 참으면 없던 속병까지 생긴다고."

"으음, 소장이 어찌……."

살기를 풀풀 날리면서도 천도문은 참았다.

"과연 모범적인 무관이로군. 그대는 군문에 꼭 필요한 인재야. 무관은 생각이 많으면 안 되거든. 미친개처럼 상관을 물어서도 안 되고."

"……."

계속된 서문영의 빈정거림에 천도문은 오히려 정신이 번쩍 들었다.

'헛! 이자는 나를 도발해 죽이려고 하는구나.'

그렇게 생각하자 살기는 한순간 사라져 버렸다.

등줄기로 땀이 또르륵 흘러내렸다.

생각해 보면 신책군을 죽음으로 내몬 것은 자신이었다.

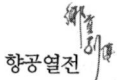

서문영은 자신을 원수로 여기고 있는지도 모른다.

아니 정황상 틀림없이 그런 느낌이다.

서문영은 명령이나 체계보다 인정이니 의리니 하는 것들을 앞세우는 감정적인 사람이다. 어떻게든 복수를 다짐하고 있을 것이다.

하얗게 질린 천도문은 일체의 감정을 죽여 나갔다.

"그대는 생각보다 재밌는 사람이군."

그 말을 끝으로 서문영은 금룡대를 떠났다.

*   *   *

등봉현에서 천도문의 본가를 찾는 일은 어렵지 않았다. 천도문의 본가는 등봉현 일대에서 유명했다. 등봉현에서 가장 출세한 사람이 천도문이었기 때문이다.

서문영은 당당하게 천가장(天家莊)의 정문으로 들어갔다. 그리고 가주(家主)인 천명호(天明浩)에게 천도문의 서찰을 전했다.

서찰을 다 읽은 천명호가 공손히 물었다.

"대인, 지금 독고휘를 데리고 올까요?"

"아니오. 본관이 직접 그를 데리러 가겠소."

"대인께서 보실 만한 곳은 아닙니다."

"무슨 뜻이오?"

"천가장의 밀실은 지하에 있는지라……."
"상관없소. 앞장서시오."
"예."
천명호가 서문영을 데리고 가산(假山)으로 한참 들어갔다.
가산의 끝부분에 자연적으로 생성된 석동(石洞)이 보였다.
천명호가 멈춰선 곳은 석동의 입구였다.
"석동은 십장 깊이의 지하로 이어져 있습지요. 사계절 내내 온도의 변화가 거의 없어서 이런저런 것들을 보관하는 데 사용하고 있는 중입니다."
"허면 이 안에 독고휘가 구금되어 있다는 거요?"
"절대 외인의 눈에 띄게 하면 안 된다고 해서…… 임시로 이곳에 보호하고 있었습니다."
서문영이 눈살을 찡그렸다. 춥고 어두운 석동에 사람을 가두다니? 독고휘가 중죄인도 아닌데 이건 너무 심한 처사였다.
서문영이 석동 안으로 성큼성큼 걸어 들어갔다.
깜짝 놀란 천명호는 부랴부랴 횃불을 밝혀 들고 어둠 속으로 뛰어들었다.

걸을수록 신기했다.
서문영은 지하로 길게 이어진 석동이 칠흑처럼 어둡지는 않다는데 조금 놀랐다. 자신의 달라진 신체가 그걸 가능하게 하고 있다는 것은 조금도 자각하지 못하고 말이다.

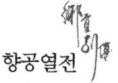
향공열전

뒤쳐졌던 천명호가 헐레벌떡 달려왔다.

천명호의 그림자가 동굴 벽에 일렁거렸다.

"신기한 동굴이군요."

"허허! 대인, 눈도 참 밝으십니다. 어쩌면 그렇게 거침없이 가십니까?"

"……."

서문영은 천명호의 아부가 상당하다고 생각했다.

그건 그렇고, 이 정도의 어슴푸레한 밝기에 횃불을 들다니, 참 피곤한 습관이 아닌가.

"다 왔습니다."

천명호의 말에 정신을 차리고 보니 철문 세 개가 보인다.

천명호가 가장 오른편의 문을 열쇠로 열었다.

철컹.

문이 열리자마자 서문영이 안으로 한 걸음 내딛었다.

적당한 크기의 석실 구석에 사람으로 보이는 뭔가가 웅크리고 있었다.

갑자기 가슴이 세차게 뛰기 시작했다.

서문영은 긴장을 풀기 위해 숨을 들이마셨다.

순간 지독한 악취가 코를 찔렀다.

설마.

검은 물체가 있는 곳으로 몇 걸음 옮겼다.

찰박 찰박.

물기 가득한 소리가 석실을 울렸다.

서문영은 걷다 말고 우뚝 서서 석실을 찬찬이 둘러보았다.

사방이 꽉 막힌 석실이다. 그제야 악취와 젖은 발자국 소리가 의미하는 바를 알았다.

'이놈이 미쳤구나.'

독고휘를 이런 곳에 가두다니, 믿어지지 않았다.

서문영이 떨리는 손으로 웅크리고 있는 검은 물체로 손을 뻗었다.

풀썩.

바싹 마른 독고휘가 한쪽으로 쓰러졌다.

서문영은 오물로 범벅이 된 독고휘를 품에 안고 석실을 빠져 나갔다.

"어이쿠! 이를 어쩌나! 옷이…… 옷이…… 그래서 모시고 오지 않으려 했는데……."

"비키시오."

서문영이 천명호를 밀치고 바람처럼 달려 나갔다.

눈 깜짝할 사이에 밖으로 나온 서문영은 무시무시한 눈으로 석동을 노려보았다.

'일반 백성도 사가(私家)에서 감금을 하면 죄가 되거늘 감히 감군사를…….'

서문영이 한쪽 손으로 박도(朴刀)를 뽑아 허공으로 거칠게 던졌다.

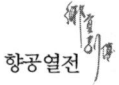
향공열전

쩡.

서문영의 박도가 번개처럼 날아가 석동의 입구 근처에 깊이 박혔다.

그리고도 분이 안 풀리는지 씩씩거리던 서문영은 천가장의 담을 넘어 어디론가 사라져 버렸다.

잠시 후 천명호가 숨을 헐떡이며 석동 밖으로 뛰어 나왔다.

"대인! 어디 계십니까?"

대답 대신 차가운 바람이 천명호를 쓸고 지나갔.

흠칫 몸을 떨던 천명호는 주변을 한 차례 둘러보고는 안채로 향했다.

'내가 뭐에 홀렸나?'

천명호는 방으로 가면 서찰부터 다시 찬찬히 읽어볼 생각이었다.

서문영이라는 고관(高官)이 찾아와 아들의 서찰을 전해주고, 지하 석동의 독고휘를 데리고 나가기까지, 모든 일이 너무 빨리 진행돼서 꿈인지 생시인지 분간이 가질 않았다.

몇 걸음 가지 않았는데 뒤에서 우르릉 하고 땅이 무너지는 소리가 들렸다.

"……."

괜히 으스스 몸이 떨려오자 천명호는 뒤도 돌아보지 않고 뛰었다.

*　　*　　*

 이틀 만에 겨우 정신을 차린 독고휘, 아니 독고현은 배시시 웃기만 했다.
 "왜 웃어요?"
 "그냥요."
 대화가 끊겼다.
 멋쩍은 표정으로 머리맡에 앉아 있던 서문영이 생각난 듯 말했다.
 "참! 감군사님, 나 출세했어요."
 "그래요?"
 "관 대인이 감군총사를 하래요."
 "정말 출세했군요."
 "그리고 어림친위군의 부대장도 됐어요. 대단하죠?"
 "……."
 멍한 표정으로 눈을 깜빡이던 독고현이 물었다.
 "혹시 내가 죽은 건가요?"
 "왜요?"
 "자꾸 기분 좋은 소리가 들리잖아요."
 "쳇! 재수 없는 소리 하지 말아요. 죽긴 누가 죽어요. 당신은 내력을 상실한 것뿐이에요. 그러게 왜 이상한 걸 주워 먹고 다녀요?"

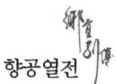
향공열전

독고현이 피식 웃었다.

설마하니 동문 사형인 천도문이 산공분(散功粉)을 쓸 줄은 몰랐다. 그래도 그 산공분 덕분에 살아난 것인지도 모른다. 자결할 힘도 없었기 때문이다.

"하아! 진짜 죽는 줄 알았어요."

"……."

문득 지하의 석실을 떠올린 독고현이 얼굴을 붉혔다.

"당신이 나를 구해 준 거죠?"

"거기 들어간 사람이 나 말고 또 있어요?"

"아아, 머리 아파. 혼자 있고 싶어요."

"그래요. 필요하면 불러요. 재빨리 달려 올 테니까."

서문영은 자리를 피해 주었다.

서문영이 방에서 나가자 독고현의 눈에서 눈물이 주루룩 흘러나왔다.

갇혀 있는 내내 서문영이 구해 줬으면 했다. 그러면서 한편으로는 서문영에게 그런 모습을 보이고 싶지 않았다. 죽으면 죽었지.

다음날부터 독고현은 서문영의 부축을 받으며 산책을 다녔다.

어느 햇살 따스한 날, 객점의 주변을 한 바퀴 돌고난 서문영이 작정한 듯 말문을 열었다.

"한 가지 부탁이 있습니다."

서문영의 말에 독고현이 답했다.

"알아요."

"……."

서문영이 감군총사가 되었다는 말을 들었을 때, 어렴풋이 깨달아지는 것이 있었다. 관억은 천도문 대신에 서문영을 보낸 것이다.

"당신이 감군총사니까, 말해 봐요. 나는 어떻게 해야 하죠?"

"얼마 전 보국왕 전하께서는 제게 '힘이 없는 황실에서 다섯 가지 규칙(五規)으로 사람들을 다스리고 있다. 분권(分權; 권력을 나눔), 내투(內鬪; 서로 다투게 함), 장징(奬懲; 상과 벌), 환계(換屆; 임기가 끝나면 사람을 바꿈), 불측(不測; 예측할 수 없게 함)이 그것이다. 너는 절대 그것에 휘둘리지 말아라' 당부하셨습니다."

"아……."

"그 다섯 가지 규칙이 원하는 바는 하나입니다. 권력을 두고 대신(大臣)들끼리 서로 다투게 만드는 거죠. 그렇게 하면 한쪽의 힘이 강해지는 것을 막을 수 있을 뿐 아니라, 죽을 때까지 황실의 눈치를 살피게 할 수도 있으니까요."

"……."

"병권(兵權)을 움켜쥔 병마절도사 왕이건은 바로 그런 내부의 권력다툼에 휘말려 죽은 겁니다. 신책군은 벼락 맞을 놈 옆

향공열전

에 있다가 같이 죽은 거고……. 관 대인이 지시한 것이지만, 그 위에는 황상이 계시죠. 그분이 원하는 것을 이루어 주는 게 관 대인의 사명이니까."

복잡한 이야기에 독고현이 고개를 설레설레 흔들었다.

"하아! 난 어차피 조정의 일에는 관심이 없어요. 당신은 내가 어떻게 하길 바라나요?"

독고현이 서문영의 옆얼굴을 바라보았다.

그의 죽음을 헛되게 하지 않으려고 시작한 일인데, 모든 게 뒤죽박죽 되어 버렸다.

서문영이 말했다.

"더 이상 독고휘로 살지 말고, 독고현으로 돌아가십시오."

"……."

돌연 독고현이 서문영의 옷깃을 잡았다.

"나는 독고휘도 아니고, 독고현도 아니에요. 말해 봐요. 나는 누구죠?"

"……."

서문영은 독고현의 얼굴을 멍하니 바라보았다. 독고현이 갑자기 그렇게 말할 줄 몰랐던 것이다.

"쳇! 거봐요, 당신도 모르고 있잖아요."

"나는 진심으로 소저(小姐)가 잘 되기를 바라고 있습니다."

"내가 잘되는 길은 하나밖에 없어요."

"그게 뭡니까?"

"이렇게 당신의 옆에 있는 거지요."

"……."

서문영은 아무런 말도 하지 못했다.

아직 바람이 차가왔지만 두 사람 다 돌아갈 생각을 하지 않았다.

독고현이 발갛게 달아오른 볼을 두 손으로 톡톡 치며 걸어 나갔다. 이 시간이 영원히 이어지면 좋겠다는 생각을 하면서.

*   *   *

"소림사(少林寺)에 가보고 싶어요."

아침을 먹자마자 독고현이 한 말이었다.

"갑자기 웬 소림사?"

"등봉현에서 요양을 하면서 소림사엘 안 가본다는 게 말이 되나요? 게다가 소림사에는 대환단(大丸丹)이 있잖아요. 혹시 알아요? 아는 사람 만나서 하나 얻어먹게 될지."

"소저, 혹시 산공분 때문이라면 조금 참아 봐요. 해약도 먹었으니까…… 시간이 지나면 저절로 회복될 거라잖아요."

"흥! 난 못 기다리겠어요. 나는 당신을 위해서 감군사도 그만 뒀는데, 당신은 고작 소림사 구경도 못 시켜 주겠다는 건가요?"

독고현의 말에 서문영은 미안해졌다. 독고현은 자신의 부탁

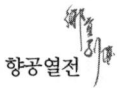

을 받아들여 상소를 쓰지 않기로 약속했다.

그리고 내친김에 감군사까지 그만두었다. 그런 독고현을 생각하면, 소림사가 아니라 지옥이라도 함께 가주어야 하는 게 인간의 도리다.

"소림사? 가 봅시다! 까짓거!"

"후후, 잘 생각했어요."

독고현이 야릇한 미소를 지어 보였다.

그런 독고현의 미소에 불안해진 서문영이 물었다.

"무슨 다른 꿍꿍이속이 있는 건 아니겠죠?"

"전혀요."

식사를 마친 서문영과 독고현은 간단하게 행장(行裝)을 꾸려 객점을 나섰다.

두 사람 모두 등봉현이 초행(初行)인지라 오가는 사람들에게 소림사로 가는 길을 물어야 했다.

사람들은 외지의 손님에 익숙한 듯 친절하게 소림사의 위치를 가르쳐 주었다.

서문영과 독고현은 사람들이 가르쳐 주는 대로 몇 개의 산을 넘고, 들판을 지났다.

하지만 아무리 걸어도 소림사는 나오지 않았다.

답답했지만, 더는 물어볼 곳도 없었다.

날씨가 수상해지면서부터는 사람도 보이지 않았던 것이다.

소림사(少林寺)로 가는 사람들

"날씨가 어째 꾸물꾸물하군요."

서문영이 불안한 눈으로 어두워져 가는 하늘을 살폈다. 아직 대낮임에도 불구하고 초저녁처럼 침침해지고 있었다.

"그래봤자 눈밖에 더 오겠어요? 아아! 눈 내리는 소림사! 생각해 봐요. 너무 근사하지 않아요?"

서문영이 인상을 찡그렸다. 감군사를 그만두겠다고 한 뒤로 독고현은 갑자기 어려진 것 같았다. 어딘지도 모르는 산중에서 '눈밖에 더 오겠어요?'라니.

"아, 물론 소림사 대웅전 안에 들어가 앉아 있으면 모든 게 근사하겠죠. 하지만 지금은 눈 내리면 안 돼요. 길 잃고 얼어 죽기 딱 좋아요."

"왜 그렇게 겁이 많아요? 감군총사이자 어림친위군의 부대장님께서!"

"헉!"

서문영의 입에서 비명이 흘러나왔다. 독고현의 야유 때문이 아니다. 갑자기 이마에 뭔가 차가운 것이 툭 떨어졌다.

눈이 내리기 시작한 것이다.

"큰일 났네, 큰일 났어!"

서문영은 주변을 휘휘 둘러보았다. 하지만 어디를 보아도 비슷한 산이요, 비슷한 길이다.

"서둘러야겠습니다."

서문영이 잔뜩 긴장한 목소리로 말하자 독고현도 뒤늦게 사

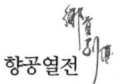
향공열전

태의 심각성을 인식했다.

그때부터 두 사람은 부지런히 걸었다.

살아가다 보면 급할수록 꼬이는 경우가 왕왕 있다. 지금 서문영과 독고현이 그랬다.

예컨대 눈이 내리기 직전까지만 해도 최소한 길을 잃었다는 생각은 들지 않았다.

자신들이 지금까지 온 길을 대충 짐작하고 있었기 때문이다. 그래서 '소림사는 이쪽 방향이다'라고 하는, 곧 길을 잃게 될 사람들 특유의 제멋대로의 믿음을 가지고 있었다.

그런데 눈이 내리기 시작한지 일각(一刻; 15분) 만에, 두 사람은 믿음을 잃어버리고 말았다.

일단 믿음을 잃자 두 사람은 걷는다는 것 자체를 두려워하게 되었다. 미친 듯이 걸으면서 걷는다는 것을 두려워한다는 것은 일종의 저주다.

"우리 길 잃은 거죠?"

독고현의 말에 서문영이 "예!"라고 답했다.

"……"

시간이 지날수록 가시거리(可視距離)가 점점 짧아져 갔다. 눈이 점점 더 많이 오고 있다는 뜻이리라.

"난 겁나지 않아요!"

갑자기 독고현이 소리쳤다.

서문영은 '이게 무슨 소린가?' 싶어서 고개를 돌렸다.

사납게 달라붙는 눈발 속에서 독고현은 오히려 웃고 있었다. 두 팔까지 활짝 벌리고서.

순간 서문영의 눈에 독고현의 창백한 얼굴이 들어왔다. 그러고 보니 그녀는 완쾌되지도 않은 몸으로 무리를 하고 있었다.

서문영이 다가가 독고현의 허리를 안았다.

독고현의 가녀린 두 손이 서문영의 목을 감싸 안았다.

서문영은 두 손으로 독고현을 안고 정면으로 달리기 시작했다.

이 순간 서문영은 자신이 달려갈 길을 선택했다. 죽든지 살든지 더 이상 고민하지 않겠다고 다짐하면서 말이다.

독고현의 뜨거운 숨결이 목어림에서 느껴졌다.

서문영은 더욱 강하게 독고현을 안았다.

독고현이 뭐라고 중얼거렸다.

가만히 귀 기울이니 "난 겁나지 않아요"라는 말이 들린다.

정말 두렵지 않은 걸까?

서문영은 그 반대라고 생각했다. 너무 무서워서 무섭지 않다고 자신을 설득하는 것이리라.

서문영이 독고현의 귀에다 가만히 속삭였다.

"내가 죽게 내버려 둘 것 같아요?"

갑자기 서문영의 신형이 하늘로 치솟았다. 그리고 하늘로 뻗은 나뭇가지를 밟고 달리기 시작했다.

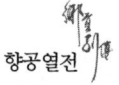
향공열전

삼단전(三丹田)에서 일어난 진기가 전신혈도를 뜨겁게 달구었다.

순간 써도 써도 마르지 않을 것 같은 미증유(未曾有)의 거력(巨力)이 손끝과 발끝에서 꿈틀거렸다.

서문영은 더 높이 날아오르고, 더 멀리 뛰었다.

그래도 힘은 남아돌았다.

서문영은 저도 모르게 힘껏 외쳤다.

"아아아아―!"

하늘이 울리고 땅이 진동했다.

그렇게 얼마나 달렸을까?

다소 마음의 여유를 되찾은 서문영이 발밑을 내려다보았다.

이미 소림사니 뭐니 하는 것은 마음에서 지운 지 오래다. 지금은 그저 작은 인가(人家)라도 하나 발견했으면 하는 바람뿐이었다.

'체력이 떨어진 독고현을 위해서라도 쉴 곳을 찾아야 한다.'

그러나 자연은 냉엄했다. 발밑의 풍경은 아까와 비교해 별반 달라진 게 없었다.

서문영은 또다시 나무를 박차고 날아올랐다.

눈을 헤치며 얼마나 달렸을까?

나무에서 나무로 이동하던 서문영이 급하게 멈춰 섰다.

저 멀리 희미하지만, 전각이 보이는 듯했다.

방향을 바꾼 서문영이 다시 달리기 시작했다.
"아! 소림사!"
산속에 수십 채의 전각이 새색시처럼 얌전하게 서 있었다.
감격으로 코끝이 찡했다.
끝없이 먼 길을 돌아 기적처럼 사찰을 발견하게 된 것이다.

그날 저녁 서문영은 가슴에 독고현을 안고 천년고찰 대림사(大林寺)의 산문(山門)을 넘었다.

〈6권에서 계속〉

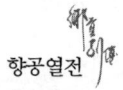

젊은 작가들의 '3인 3색'
퓨전 판타지 출간 기념 이벤트!

제 2 탄!

『마법사 무림에 가다』의 베스트 작가 박정수!

이번에는 흑마법으로 중원 무림을 평정한다.
마교에서 부활한 대흑마법사
마현의 무림종횡기!

흑마법사 무림에 가다

무림인들은 자기 실력의 3할은 숨겨 둔다고?
그렇다면 내가 숨겨둔 비장의 3할은 바로 흑마법이다!

제1탄, 기천검 작가의 『아트 메이지』(6월 10일 출간)
제2탄, 박정수 작가의 『흑마법사 무림에 가다』(6월 24일 출간)
제3탄, 박성호 작가의 『이지스』(7월 4일 출간 예정)

250만원 상당의 사은품 증정!!

LG, R10.AXE811
- 인텔 코어2듀오 E8200
- RAM:2GB/500GB
- LCD 22인치 Wide

LG, R200-TP83K
- 인텔 코어2듀오 T8300
- RAM:2048MB/200GB
- LCD 12.1인치

캐논, EOS40DFULL
- 1010만화소(1.05"CMOS)
- LCD/DSLR/1:1.6(35mm기준)
- 셔터(1/8000)/연사(초당 6.5장)

컴퓨터 or 노트북 or 디지털 카메라 중 택 1

EVENT ONE

이벤트를 진행하는 3종의 책을 '모두 구입하신 분들 중' 추첨을 통해 사은품을 드립니다.

[사은품]
1명 : 〈최신형 컴퓨터 or 노트북 or 디지털 카메라〉 중 택 1 + 3종의 3권(작가 친필사인)
('EVENT ONE에 참여하신 분들 중 30명'에게 작가 친필사인이 들어 있는 3종 3권을 드립니다.)

[응모요령]
1,2권 띠지에 부착된 응모권 6개를 오려 드림북스로 보내주세요.

EVENT TWO

이벤트를 진행하는 3종의 책을 '개별적으로 구입하신 분들 중' 추첨을 통해 사은품을 드립니다.

[사은품]
3명 : 백화점 상품권(10만원) + 구입한 도서의 3권(작가 친필사인)
(『아트 메이지』(1명), 『흑마법사 무림에 가다』(1명), 『이지스』(1명))

[응모요령]
1,2권 띠지에 부착된 응모권 2개를 오려 드림북스로 보내주세요.

EVENT THREE

책을 읽고 감상평을 올리시는 분들 중 11명을 추첨하여 사은품을 드립니다.

[사은품]
서평 으뜸상(1명) : 전자사전 + 서평을 쓴 도서의 3권(작가 친필사인)
서평 우수상(10명) : 문화상품권(1만원)
                  + 서평을 쓴 도서의 3권(작가 친필사인)

[응모요령]
이벤트 진행 도서들 중 하나를 읽고 인터넷 서점(YES24) 리뷰란에 감상평을 올려주시고,
그 내용을 복사하여(이메일, 아이디 기재) 한 번 더 '드림북스 홈페이지 감상란'에 올려주세요.

[보내주실 곳] (우)142-815 서울시 강북구 미아8동 322-10
            (주)삼양출판사 2층 드림북스 이벤트 담당자 앞

[이벤트 기간] 2008년 6월 13일~2008년 7월 30일

[당첨자 발표] 2008년 8월 13일(당사 홈페이지 및 장르문학 전문 사이트에 발표합니다.)

드림북스 홈페이지 http://www.sydreambooks.com
드림북스 블로그 http://www.blog.naver.com/dream_books
문피아 사이트 http://www.munpia.com/출판사 소식/드림북스
조아라 사이트 http://www.joara.com/출판사 소식

※ 응모권을 보내주실 때는 '이름, 연락처, 주소'를 정확히 기입해 주세요.
※ 사은품은 이벤트 진행도서 3종 3권의 책이 모두 출간된 직후 일괄 배송합니다.
※ 사은품은 상기 이미지와 다를 수 있습니다.